BIG

PICKWICK

RENÉE KNIGHT

LA VITA PERFETTA

Traduzione di Velia Februari

PIEMME

Questo romanzo è un'opera di fantasia. Personaggi e situazioni sono invenzioni dell'autrice e hanno lo scopo di conferire veridicità alla narrazione e sono quindi utilizzati in modo fittizio. Qualsiasi analogia con fatti, eventi, luoghi e persone, vive o scomparse, è puramente casuale.

Realizzazione editoriale a cura di Conedit Libri Srl.

www.pickwicklibri.it
www.edizpiemme.it

La vita perfetta
di Renée Knight
Titolo originale dell'opera: *Disclaimer*

ISBN 978-88-6836-857-9

I edizione Pickwick BIG luglio 2017

Anno 2017-2018-2019 - Edizione 1 2 3 4 5 6 7 8 9 10

A Greg, George, Betty
e a mia madre, Jocelyn

1

Primavera 2013

Catherine si fa forza, ma le sembra di non farcela. È aggrappata allo smalto freddo del lavandino e solleva la testa per guardarsi allo specchio. Il viso che le restituisce lo sguardo non è lo stesso con il quale si è coricata. Lo ha già visto, quel viso, e sperava di non rivederlo più. Si osserva sotto quella nuova luce impietosa e inumidisce l'asciugamano passandoselo sulla bocca, poi se lo preme sugli occhi come se potesse, così, soffocare la paura.

«Stai bene?»

La voce del marito la coglie alla sprovvista. Sperava che continuasse a dormire. Che la lasciasse in pace.

«Sì, meglio» mente, spegnendo la luce. Ancora bugie. «Deve essere stato il take-away di ieri sera.» Si volta verso di lui, un'ombra nel cuore della notte.

«Rimettiti a dormire. Sto bene» sussurra. È ancora mezzo addormentato, ma trova comunque la forza di posarle una mano sulla spalla.

«Sicura?»

«Sì, sicurissima» risponde lei. L'unica cosa di cui è sicura è che ha bisogno di starsene un po' da sola.

«Robert. Per favore. Torno tra un minuto.»

La sua mano indugia sulla spalla ancora un istante, poi Robert obbedisce. Catherine aspetta che si sia riaddormentato prima di tornare in camera da letto.

Adesso guarda il libro: è lì sul comodino, capovolto, aperto dove lo ha lasciato. Il libro di cui si è fidata. I primi capitoli avevano stuzzicato il suo interesse, trasmettendole qualcosa di piacevole, lasciandole solo intravedere il brivido che sarebbe arrivato, un incentivo a farla andare avanti pagina dopo pagina. Quel libro l'ha come irretita, attratta con l'inganno finché non si è accorta di essere in trappola. A quel punto le parole avevano cominciato a rimbalzarle in testa e colpirla al petto, una dopo l'altra. Era come se una folla di persone fosse saltata davanti a un treno in corsa e lei, il macchinista impotente, non avesse potuto evitare l'impatto mortale. Era troppo tardi per frenare. Non c'era modo di tornare indietro. Senza poterci fare nulla, Catherine aveva incontrato, tra le righe di quel libro, se stessa.

Qualsiasi analogia con persone, vive o scomparse... La formula del *disclaimer*, nella prima pagina, è barrata da una riga rossa. Se ne accorge solo ora: non ci aveva fatto caso quando ha cominciato a leggere. La somiglianza non è *puramente casuale*; è innegabile. È lei, Catherine. È un personaggio chiave, la protagonista. Anche se il nome è diverso, i dettagli sono inconfondibili, persino la descrizione di cosa indossava quel pomeriggio. Un frammento della sua vita che ha tenuto ben nascosto. Un segreto che non ha confessato a nessuno, nemmeno alle due persone al mondo che credono di conoscerla meglio di chiunque altro: suo marito e suo figlio. Nessuno può aver inventato quello che Catherine ha appena letto. Eppure eccolo lì, nero su bianco, sotto gli occhi di tutti. Pensava di averci messo una pietra sopra. Che fosse finita. Invece è tornato a galla. Nella sua camera da letto. Nella sua testa.

Cerca di scalzare quell'idea ripensando alla sera precedente, a prima che aprisse quel libro. La soddisfazione di essersi assestati nella nuova casa, del vino e della cena, di starsene accoccolati sul divano, a sonnecchiare davanti alla tv, e poi lei e Robert che sprofondavano nel letto. Una quieta felicità che ha dato per scontata; troppo quieta per darle conforto. Ora non riesce a dormire, perciò scende dal letto e va al piano terra.

Ce l'hanno ancora un piano terra, più o meno. Ma ora vivono in una modesta casetta, non più un villino. Hanno traslocato da appena tre settimane. Due camere anziché quattro. Due camere bastano e avanzano per lei e Robert. Una per loro. Una per gli ospiti. E hanno optato per gli spazi aperti. Niente porte. Non ne hanno più bisogno ora che Nicholas se n'è andato. Accende la luce in cucina e prende un bicchiere dalla dispensa. Niente rubinetto. Acqua fredda direttamente dal frigo nuovo, che somiglia più a un armadio. La tensione le fa sudare le mani. Scotta come se avesse la febbre e cammina con piacere sul grès freddo del pavimento. L'acqua le è di sollievo. Mentre beve, guarda dall'enorme finestra che si affaccia sul retro di quella casa ancora sconosciuta. Solo buio là fuori. Niente da vedere. Non ha ancora trovato il tempo per far montare le persiane. Si sente esposta. Osservata. Tutti possono vederla, ma lei non può vedere loro.

2

Due anni prima

Mi sentivo in colpa per quello che era successo, davvero. Dopotutto era solo un bambino di sette anni. E io ero, per così dire, l'adulto responsabile, anche se sapevo benissimo che a nessuno dei genitori piaceva l'idea che io lo fossi. In quel periodo ero decisamente caduto in basso: Stephen Brigstocke, l'insegnante più odiato della scuola. Indubbiamente il più odiato dagli studenti, anche se non da tutti i genitori: anzi, mi auguro che almeno qualcuno si sia ricordato di com'ero prima di allora, quando insegnavo ai loro figli maggiori. A ogni modo non mi ero sorpreso quando Justin mi aveva convocato nel suo ufficio. Me l'aspettavo. Ci aveva messo più del previsto, ma è così che funzionano le scuole private. Sono dei piccoli feudi. I genitori si illudono di comandare perché pagano, in realtà non è così. Insomma, prendete me: ero stato assunto senza neanche aver fatto un colloquio. Io e Justin eravamo andati a Cambridge insieme; io avevo bisogno di soldi e lui di un coordinatore per l'inglese. Sapete, le scuole private pagano più di quelle pubbliche e avevo già alle spalle anni di esperienza in una scuola unificata. Povero Justin, doveva essere stata dura per lui sollevarmi dall'incarico. Quantomeno imbarazzante. Perché si era trattato più di una civile interruzione del rapporto di lavoro che di un licenziamento in tronco. Era stato gentile da parte sua, e io l'avevo molto apprezzato. Non potevo permettermi di perdere i contributi ed ero vicino alla pensione, perciò Justin aveva semplicemente accelerato il decorso naturale della mia carriera. In effetti eravamo entrambi vicini al pensionamento, ma la sua uscita di scena era stata ben diversa dalla mia. Avevo sentito dire che alcuni studenti si erano perfino commossi. Figuriamoci se avrebbero pianto per me. Be', perché avrebbero dovuto farlo? Non meritavo quelle lacrime.

Non voglio che vi facciate un'idea sbagliata: non sono un pedofilo. Quel bambino non l'ho mai sfiorato, nemmeno con un dito. Ci mancherebbe altro, io non ho mai toccato i miei studenti. Il problema è che li trovavo di una noia mortale. È così terribile da dirsi di un bambino di sette anni? Immagino di sì, se detto da un insegnante. Ero stufo di leggere i temi barbosi che probabilmente alcuni scrivevano con impegno, ma soprattutto ero stufo della percezione che avevano di loro stessi, del fatto che, accidenti, credessero di avere pensieri interessanti da esprimere. E così una sera la goccia aveva fatto traboccare il vaso. La catarsi della penna rossa non funzionava più e, quando ero arrivato al tema di questo bambino di cui non ricordo il nome, avevo scritto un giudizio critico molto dettagliato sui motivi per cui non me ne importava un benemerito cazzo della sua vacanza nel sud dell'India dove aveva soggiornato insieme agli abitanti del posto. Sai che onore per quella povera gente! Ovviamente ci era rimasto male. Ovviamente, e mi dispiaceva. E ovviamente lo aveva raccontato ai genitori, e non mi dispiaceva affatto. Aveva accelerato il mio allontanamento e non c'è dubbio che avessi bisogno di staccare la spina, tanto per il loro quanto per il mio bene.

E così eccomi a casa con un sacco di tempo libero. Un insegnante d'inglese in pensione. Vedovo. Probabilmente sono stato fin troppo schietto: quello che ho detto sinora potrebbe risultare fuorviante. Potrebbe farmi apparire come un uomo crudele. E quello che ho fatto al bambino è stato crudele, lo ammetto. Ma normalmente non sono una persona cattiva. Tuttavia da quando è morta Nancy, ho lasciato che alcune cose mi sfuggissero di mano. Be', molte cose, a dire il vero.

È difficile credere che, un tempo, fossi stato eletto Miglior Professore dell'Anno. Non dagli studenti della scuola privata, ma da quelli della pubblica in cui avevo insegnato prima. E non era successo una sola volta: avevo ricevuto il titolo per diversi anni di fila. In un caso, credo fosse il 1982, io e mia moglie Nancy avevamo ottenuto tutti e due il premio dalle nostre rispettive scuole.

Avevo iniziato a insegnare seguendo Nancy. Lei insegnava ai bambini dai cinque ai sette anni nella scuola di Jonathan, nostro figlio, mentre a me erano stati assegnati gli adolescenti tra i quindici e i sedici anni nella scuola in fondo alla strada. So che alcuni docenti la reputano una fascia d'età difficile, ma a me piaceva. L'adolescenza non è certo una passeggiata, perciò la mia idea era di dare tregua a quei poveri cristi. Non li ho mai costretti a leggere un libro se non volevano farlo. Una storia è sempre una storia. Non importa leggerla in un libro. Un film, uno sceneggiato televisivo, una commedia sono comunque racconti da seguire, interpretare, gustare. A quei tempi ci mettevo passione. Mi importava. A quei tempi. Ma ora non insegno più. Sono in pensione. Sono vedovo.

3

Primavera 2013

Catherine inciampa dando la colpa ai tacchi alti, ma sa che è perché ha bevuto troppo. Robert l'afferra appena in tempo per impedirle di cadere all'indietro sui gradini di cemento. Con l'altra mano gira la chiave e apre la porta d'ingresso, tenendola stretta per il braccio mentre la conduce all'interno. Lei calcia via le scarpe e cerca di dirigersi in cucina con un'andatura quantomeno dignitosa.

«Sono fiero di te» le dice Robert raggiungendola da dietro e cingendola con le braccia. Le bacia la pelle nel punto in cui collo e schiena si incontrano. Lei rovescia la testa all'indietro.

«Grazie» gli dice chiudendo gli occhi. Ma poi quell'istante di felicità si volatilizza. È notte. Sono a casa. E lei non vorrebbe andare a dormire nonostante sia esausta. Sa che non dormirà. Non dorme bene da una settimana. Robert non lo sa. Catherine finge che sia tutto a posto ed è riuscita a tenerlo all'oscuro. Finge di dormire distesa accanto a lui, nella solitudine dei propri pensieri. Dovrà inventarsi una scusa per spiegargli come mai non andrà subito a letto con lui.

«Tu va' pure» gli dice. «Arrivo tra un minuto. Prima voglio controllare le e-mail.» Sorride con aria incoraggiante, ma non ce n'è bisogno. Robert deve alzarsi presto il giorno dopo, ecco perché Catherine apprezza ancora di più il fatto che quella sera lui si sia dimostrato felice di ricoprire il ruolo dell'accompagnatore silenzioso e sorridente, e di lasciare a lei il centro dell'attenzione. Non ha mai insistito per andare via. No, le ha concesso la libertà di godersi quel momento di gloria. Naturalmente anche lei lo ha fatto in molte occasioni per lui, ma Robert ha comunque recitato il suo ruolo con una certa grazia.

«Ti porto su un bicchiere d'acqua» le dice.

Sono appena rientrati dal ricevimento organizzato dopo la cerimonia di un prestigioso premio televisivo. Un premio per la televisione impegnata. Non soap opera. Non fiction. Televisione vera. Catherine ha vinto con un documentario sullo sfruttamento sessuale minorile. Bambini che nessuno si prende la briga di difendere, che nessuno degna di attenzione. La giuria ha trovato il suo film coraggioso. Anche lei è stata definita coraggiosa. Non ne hanno idea. Non hanno idea della persona che è. Non è stato coraggio. È stata determinazione nel raggiungimento dell'obiettivo. E probabilmente, sì, anche un po' di coraggio. Riprese nascoste. Uomini senza scrupoli. Non adesso, però. Adesso è a casa. E, anche con le persiane nuove, teme di essere spiata.

Da qualche giorno, Catherine riempie le sue serate con una serie di distrazioni per impedirsi di pensare al momento inevitabile in cui dovrà distendersi nel letto, sveglia, al buio. È riuscita a ingannare Robert, pensa. È persino riuscita a giustificare le vampate e il sudore che si manifestano all'avvicinarsi della sera come un effetto indesiderato della menopausa. Ha altri effetti per adesso, certo, ma non le vampate. Anche se Catherine lo ha invitato ad andare subito a letto, non appena Robert è salito di sopra si è resa conto che avrebbe preferito averlo lì con sé. Vorrebbe avere il coraggio di dirgli tutto. Vorrebbe aver avuto il coraggio di dirglielo allora. Ma non lo ha fatto. E ormai è troppo tardi. È successo vent'anni fa. Se glielo dicesse adesso lui non capirebbe. Si lascerebbe accecare dal fatto che lei glielo ha tenuto nascosto per tutto quel tempo. Che ha omesso di dirgli una verità che aveva tutto il diritto di conoscere. È *nostro* figlio, santo cielo, lo sente esclamare.

Non ha bisogno di leggere uno stramaledetto libro per sapere che cosa è successo. Ricorda tutto nei minimi particolari. Suo figlio avrebbe potuto morire. Per tutti quegli anni lei ha protetto Nicholas. Lo ha protetto dalla verità. Gli ha permesso di vivere in una beata ignoranza. Non sa che per poco la sua piccola vita ha rischiato di spezzarsi. E se avesse serbato qualche *ricordo* dell'accaduto? Le cose sarebbero diverse? Lui sarebbe diverso? E il loro rapporto? È assolutamente sicura che non ricordi niente. Perlomeno niente che lo avrebbe portato vicino alla realtà dei fatti. Per Nicholas era un pomeriggio come un altro della sua infanzia. È anche possibile che lo ricordi come un giorno felice, suppone Catherine.

Se ci fosse stato anche Robert, sarebbe stato diverso. È naturale che sarebbe stato diverso. Non sarebbe successo niente. Solo che lui non c'era. E così lei non glielo aveva detto perché non ce n'era bisogno: non l'avrebbe mai scoperto. Ed era meglio così. *È* meglio così.

Apre il portatile e digita il nome dell'autore. Ormai è diventata un'abitudine. Lo ha già fatto nella speranza di scoprire qualcosa. Un indizio. Ma non ha trovato niente. Solo un nome: E.J. Preston. Quasi sicuramente uno pseudonimo. «*Un perfetto sconosciuto*, il primo e probabilmente l'ultimo romanzo di E.J. Preston.» Non si capisce nemmeno se sia un uomo o una donna. La casa editrice si chiama Ramnusia e, quando Catherine ha controllato, i suoi sospetti hanno trovato conferma, ossia il libro è autopubblicato. Prima non conosceva il significato di Ramnusia. Adesso sì. La dea della vendetta, Nemesi.

È un indizio, no? Forse per il sesso dell'autore. Ma è impossibile. Non può essere. E poi nessun altro, oltre a lei, conosceva i dettagli dell'accaduto. Nessuno che sia ancora in vita. Cerca qualche recensione. Non ne trova. Forse lei è l'unica ad averlo letto. E anche se ci fossero altri lettori, non immaginerebbero mai che è lei la donna al centro della storia. Invece qualcuno sì. Qualcuno lo sa.

Come accidenti ci è arrivato quel libro in casa sua? Non ricorda di averlo comprato. È semplicemente apparso in mezzo ai volumi sulla mensola accanto al letto. E comunque il trasloco è stato un caos. Scatoloni e scatoloni di libri ancora in attesa di essere riordinati. Forse ce lo ha messo lei. Lo ha preso da una scatola, affascinata dalla copertina. O forse era di Robert. Ha una marea di libri che lei non ha mai letto e che non riconoscerebbe mai. Libri vecchi di anni e anni. Lo immagina curiosare su Amazon, imbattersi in quel titolo accattivante e ordinarlo online. Per puro caso. Una sinistra coincidenza.

Ma un'altra possibilità inizia a prendere forma nella sua mente e Catherine comincia a credere che ce l'abbia messo qualcuno. Che qualcuno si sia introdotto nella loro abitazione, in quel posto che non riesce ancora a chiamare «casa». Che uno sconosciuto sia entrato in camera. Che abbia lasciato il libro sulla mensola accanto al letto. Con cautela. Senza toccare altro. Dal suo lato del letto. Ben sapendo qual è, il suo lato del letto. Dando l'impressione che ci sia finito da solo. I pensieri si assommano scontrandosi l'uno contro l'altro fino a uscirne distorti e frastagliati. Vino e angoscia, una combinazione pericolosa. Ormai dovrebbe sapere che è meglio non mischiare i veleni. Affonda la testa dolorante tra le mani. Ultimamente ha il mal di testa fisso. Chiude gli occhi e vede il disco bianco del sole sulla copertina del libro. Come accidenti ci è finito in casa sua?

4

Due anni prima

Nancy era morta da sette anni e ancora non mi ero deciso a sbarazzarmi delle sue cose. I vestiti appesi nell'armadio. Le scarpe, le borse. Aveva dei piedi minuscoli. Portava il trentacinque. I documenti, le lettere, in ordine sulla scrivania e nei cassetti. Mi piaceva guardarli. Mi piaceva trovare della posta intestata a lei, anche se erano le bollette del gas. Mi piaceva vedere il suo nome e il nostro indirizzo uniti in via ufficiale. Ma una volta andato in pensione non avevo più scuse. Datti da fare, Stephen, avrebbe detto lei. E così mi ero rimboccato le maniche.

Avevo iniziato dai vestiti, staccandoli dalle grucce, togliendoli dai cassetti e disponendoli sul letto per prepararli al loro ultimo viaggio fuori dalla nostra casa. Ben fatto, avevo pensato, finché non avevo notato un cardigan che era scivolato giù dalla gruccia e che si nascondeva in un angolo dell'armadio. Era del colore dell'erica. Di un sacco di colori, in realtà. Azzurro, rosa, viola, grigio, ma l'impressione generale era quella dell'erica. Lo avevamo comprato in Scozia prima di sposarci. Nancy lo portava come uno scialle: le maniche, svuotate delle braccia, che le ricadevano dalle spalle. L'ho tenuto, è qui tra le mie mani. È di cashmere. Le tarme lo hanno mangiato e ora c'è un forellino sulla manica, del diametro di un mignolo. Nancy aveva conservato questo scialle per quasi cinquant'anni. Le è sopravvissuto e ho il sospetto che sopravvivrà anche a me. Se continuerò a restringermi, cosa che indubbiamente accadrà, presto potrei riuscire a entrarci.

Ricordo che Nancy se lo metteva di notte, quando si alzava per allattare Jonathan. Teneva la camicia da notte sbottonata, la piccola bocca di nostro figlio richiusa intorno al capezzolo e il cardigan posato sulle spalle a tenerle caldo. Se si accorgeva che la guardavo dal letto, mi sorrideva, e io mi alzavo per preparare il tè. Cercava sempre di non svegliarmi; voleva che continuassi a dormire perché a lei alzarsi non dispiaceva. Era felice. Lo eravamo entrambi. La gioia e la meraviglia di un figlio concepito in tarda età quando ormai avevamo perso la speranza. Non litigavamo mai su chi dovesse alzarsi o rinunciare al sonno. Non dico che ci eravamo divisi i compiti al cinquanta e cinquanta. Avrei potuto fare di più, ma in realtà Jonathan aveva bisogno di Nancy, non di me.

Anche prima di quelle veglie di mezzanotte, il cardigan era uno dei suoi indumenti preferiti. Lo indossava mentre scriveva: su un vestito estivo, una camicetta, sull'abito da sera. Io la scrutavo oltre la mia scrivania e la vedevo battere vigorosamente sulla tastiera della macchina da scrivere, le maniche che le ricadevano flosce lungo i fianchi. Sì, prima di insegnare io e Nancy scrivevamo. Lei aveva smesso poco dopo la nascita di Jonathan. Sosteneva di aver perso l'entusiasmo e, quando avevamo iscritto Jonathan alla materna, aveva deciso di insegnare nello stesso istituto.

Anche se avevamo pubblicato diversi libri, né io né Nancy riscuotevamo grande successo come scrittori. Ripensandoci, dovrei ammettere che Nancy era comunque più brava di me, tuttavia era stata proprio lei a insistere che continuassi quando aveva deciso di smettere. Credeva in me. Era convinta che un giorno sarebbe successo, che avrei sfondato. Be', forse aveva ragione. La fede di Nancy è sempre stata il mio sprone. Però restava lei la scrittrice migliore. Non l'ho mai dimenticato, sebbene lei continuasse a negarlo. Mi aveva sostenuto per anni mentre, parola dopo parola e capitolo dopo capitolo, scrivevo i miei primi libri. Tutti respinti. Poi, grazie al cielo, Nancy aveva capito che non volevo più continuare. Ero stufo. E mi sembrava uno sbaglio. Era stato difficile convincerla che per me era stato un sollievo finirla lì. Ma non mentivo. Era stato un sollievo davvero. In realtà mi piaceva più leggere che scrivere. Per essere uno scrittore, un bravo scrittore, bisogna essere decisi. Bisogna essere pronti a mettersi in gioco. Avere coraggio, e io sono sempre stato un vigliacco. Era Nancy quella coraggiosa. E così avevo iniziato a insegnare.

Ci era voluto coraggio anche per sbarazzarmi delle cose di mia moglie. Avevo ripiegato i suoi vestiti e li avevo stipati in sacchetti di plastica. Le borse e le scarpe le avevo riposte nelle casse del vino. Quando avevo portato quel vino in casa, non avevo la più pallida idea che avrei usato le casse per metterci gli oggetti di mia moglie dopo la sua morte. Avevo impiegato una settimana a imballare tutto, molto di più per portarlo fuori di casa.

Non sopportavo di perdere tutto e subito, perciò avevo dilazionato i miei viaggi al mercatino di beneficenza. Ero entrato in confidenza con le signore dell'All Aboard. Avevo raccontato loro che i vestiti appartenevano a mia moglie e in seguito, quando ci andavo, trovavano sempre del tempo per me. Se ci capitavo durante la pausa caffè, me ne offrivano sempre una tazza. Mi infondeva uno strano conforto, quel mercatino pieno di vestiti di persone morte.

Temevo che, una volta terminato di smistare le cose di Nancy, sarei ripiombato nello stesso stato letargico di quando ero andato in pensione, invece no. Nonostante la tristezza, sapevo di aver fatto qualcosa che Nancy avrebbe approvato e avevo preso una decisione: da quel momento in poi mi sarei impegnato solo in attività che, se mia moglie fosse stata ancora in vita, avrebbero suscitato amore e non dispiacere da parte sua. Sarebbe diventata la curatrice della mia vita, invisibile, oggettiva, interessata soltanto al mio bene.

Una mattina, non molto dopo lo sgombero, mi ero diretto

alla metropolitana. Mi ero svegliato con un'idea ben precisa in testa: mi ero alzato, lavato, rasato, vestito, avevo fatto colazione e alle nove in punto ero pronto a uscire. Ero di buon umore e mi pregustavo la giornata che avrei trascorso alla British Library. Pensavo di ricominciare a scrivere. Non narrativa, ma qualcosa di più veritiero, magari un saggio. Io e Nancy andavamo spesso in vacanza sulle coste dell'Anglia orientale e un'estate avevamo affittato una torre Martello. Avevo sempre desiderato saperne di più del posto, ma tutti i libri che avevo trovato sull'argomento mi erano parsi aridi e asettici. Anche Nancy mi aveva regalato alcuni libri sul tema in occasione di diversi compleanni, ma si trattava di volumi noiosi pieni zeppi di numeri e date. E così avevo individuato l'argomento di cui scrivere: avrei riportato in vita quel luogo meraviglioso. Tra quelle mura avevano respirato molte generazioni nel corso dei secoli ed ero determinato a scoprire chi vi avesse abitato da allora sino a oggi. E così quel mattino mi ero incamminato di buona lena. Poi avevo visto un fantasma.

Non la vedevo chiaramente. C'erano alcune persone tra me e lei. Una donna che spingeva la carrozzina. Due ragazzi che facevano una passeggiata. E fumavano. Ma sapevo che era lei. L'avrei riconosciuta ovunque. Camminava in fretta, con determinazione, e avevo provato a raggiungerla, ma era più giovane di me, le gambe più forti delle mie. Avevo il batticuore per lo sforzo e mi ero dovuto fermare un momento. Nel frattempo la distanza che ci divideva era aumentata e, quando ero riuscito a ripartire, era già scomparsa nella stazione della metro. L'avevo seguita, annaspando per superare il tornello meccanico con la paura che fosse già salita su un treno, con la paura di averla persa. Le scale erano ripide, troppo ripide, e temevo di cadere nella foga di raggiungerla sul binario. Mi ero aggrappato al corrimano e avevo imprecato contro la mia fragilità. Era ancora lì. Sorridendo mi ero avvicinato a lei. Pensavo che mi avesse aspettato. Lei si era voltata e mi aveva fissato dritto negli occhi. Non sorrideva. Aveva un'espressione ansiosa, quasi impaurita.

Naturalmente non era un fantasma. Era una giovane donna, sui trent'anni. Indossava il cappotto di Nancy, quello che avevo donato al mercatino di beneficenza. Aveva i capelli dello stesso colore di Nancy alla sua età. O, perlomeno, è ciò che avevo visto. Avvicinandomi, mi ero reso conto che il colore dei capelli di quella donna non somigliava affatto a quello di Nancy. Erano castani, sì, ma di un castano finto, opaco, smorto. Non avevano i riflessi palpitanti e vivaci dei capelli di mia moglie. Era chiaro che il mio sorriso l'aveva spaventata, perciò avevo distolto lo sguardo nella speranza che capisse che non intendevo farle alcun male, che si era trattato semplicemente di un equivoco. All'arrivo del treno, l'avevo lasciata andare e avevo aspettato la corsa successiva: non volevo dare l'impressione di pedinarla.

Mi ero ripreso da quell'esperienza solo a metà mattina. Il silenzio della biblioteca, la bellezza di quel posto e l'attività rassicurante della lettura, il prendere appunti e fare progressi mi avevano restituito l'entusiasmo con cui era iniziata la giornata. Quando ero rincasato, nel tardo pomeriggio, ero tornato in me. Mi ero comprato un pasto precotto da Marks and Spencer come premio, una cena delle più semplici. Avevo stappato una bottiglia di vino, ma ne avevo bevuto solo un bicchiere. Non bevo molto ultimamente: preferisco avere il pieno controllo dei pensieri. Troppo alcol, e quelli scappano nella direzione sbagliata, come bambini indisciplinati.

Intendevo rileggere gli appunti prima di andare a dormire, perciò mi ero messo alla scrivania per cominciare. Le carte di Nancy ingombravano ancora il piano. Avevo scartabellato tra circolari e bollette pur sapendo che non avrei trovato niente di interessante. Se ci fosse stato qualcosa, non ne avrei percepito la presenza in qualche modo? Avevo rovesciato tutto nel cestino, poi avevo estratto la macchina da scrivere dal mobile e l'avevo posata al centro della scrivania vuota predisponendo il necessario per il lavoro del giorno dopo.

Quando Nancy scriveva, aveva una scrivania tutta per sé, un piccolo mobile di quercia che adesso si trova nell'appartamento di Jonathan. Quando aveva smesso, abbiamo deciso di condividere la mia. Lei usava i cassetti a destra, io quelli a sinistra. I manoscritti li teneva nell'ultimo cassetto e, sebbene ce ne fossero altri impilati sulle mensole, i tre nella scrivania erano quelli in cui aveva riposto maggiore speranza. Sebbene sapessi che si trovavano lì, rivederli mi aveva turbato. *Vista sul mare*, *Fuori dall'inverno*, *Un amico speciale*, tutti inediti. Avevo preso *Un amico speciale* e l'avevo portato a letto con me.

Dovevano essere quarant'anni che non leggevo quelle parole. Nancy aveva scritto quel romanzo l'estate prima della nascita di Jonathan. Era come se fosse lì nel letto insieme a me. Sentivo chiaramente la sua voce: Nancy da giovane, non ancora madre. C'era energia in quel libro, audacia, e mi aveva riportato a un periodo in cui il futuro ci emozionava, quando ciò che doveva ancora succedere ci incuriosiva anziché spaventarci. Quella sera mi ero addormentato felice. Felice perché, nonostante non fosse più con me, avevo avuto la fortuna di averla al mio fianco. Nessun segreto tra noi. Avevamo condiviso ogni aspetto della nostra vita. E pensavo che sapessimo praticamente tutto l'uno dell'altra.

5

Primavera 2013

«Aspettami... Esco anch'io!» grida Catherine dalla cima delle scale.

Robert si ferma sulla soglia e alza lo sguardo. «Scusa, tesoro, ti ho svegliato?»

Lei lo sa, che ha fatto meno rumore possibile: ha ridotto la doccia al minimo, si è vestito in punta di piedi. Ma Catherine era sveglia sin dall'inizio. Distesa immobile. Gli occhi semichiusi a osservarlo amorevolmente per la premura che dimostrava nei suoi confronti. Ha aspettato il più a lungo possibile. Non appena Robert è uscito dalla stanza, è scesa goffamente dal letto, si è vestita e gli è corsa dietro. Non poteva restare da sola. Magari più tardi, ma non ora.

Si siede sull'ultimo gradino e indossa le scarpe da ginnastica.

«Ho un gran casino in testa. Meglio se esco subito e mi schiarisco un po' le idee» dice legando i lacci con le dita tremanti. Ascolta la propria voce sperando che suoni normale, credibile. Le mani che tremano potrebbero essere un postumo della sbornia. Si è presa una settimana di ferie per aprire gli scatoloni e riordinare il contenuto – per trasformare quelle stanze in una vera casa – ma quella mattina proprio non ce la fa. E ha detto la verità: ha un gran casino in testa. Solo che i festeggiamenti della sera prima non c'entrano niente.

Robert guarda l'orologio. Tra poco deve essere in ufficio.

«Faccio in un attimo» esclama lei correndo in cucina per

riempire una bottiglietta d'acqua e prendere l'iPod prima di uscire insieme a lui. Sbattono la porta, chiudono a chiave e si avviano insieme verso la metro. Catherine lo prende per mano. Lui la guarda e le sorride.

«È stato divertente ieri sera» le dice. «Hai ricevuto molte e-mail di congratulazioni?»

«Qualcuna» risponde lei, anche se non ha nemmeno controllato. Era l'ultimo dei suoi pensieri. Lo farà più tardi, quando tornerà a casa e magari sarà più tranquilla. Robert le stampa un bacio sulla guancia, le dice che non dovrebbe rincasare tardi e che spera le passi il mal di testa, quindi scompare nella metropolitana. Non appena se n'è andato lei si volta, si mette gli auricolari e prende a correre lungo la strada. Ripercorre il tragitto al contrario, verso l'unico spazio verde del quartiere. Batte i piedi al ritmo della musica.

Supera la strada di casa senza fermarsi. Il cuore le batte forte, il sudore le scende già tra le scapole. È fuori allenamento. Dovrebbe limitarsi a una camminata veloce e rinunciare a correre, ma ha bisogno di provare fastidio. Raggiunge l'alta cancellata di ferro battuto del cimitero e l'attraversa. Compie un giro poi si ferma a corto di fiato, piegata in avanti con le mani sulle ginocchia. Dovrebbe fare stretching, ma si vergogna. Non è un'atleta, è solo una donna che si sgranchisce le gambe.

Non ti fermare, non ti fermare. Si raddrizza e riparte, una corsetta leggera senza pretese, per allentare i pensieri. Quando è a metà del percorso, modera il passo fino a un'andatura decisa per mantenere il cuore in forze, in movimento. I nomi si distaccano dalle lapidi fluttuando verso di lei: Gladys, Albert, Eleanor, nomi antichi, di persone morte ormai da tempo. Ma sono i bambini che le saltano all'occhio. Sono quelle le lapidi che si sofferma a leggere. L'inizio e la fine della loro breve esistenza. Non lo fanno tutti? Fermarsi davanti alle tombe dei bambini, addormentati per sempre nei loro lettini d'erba? Occupano meno spazio dei vicini adulti eppure la loro presenza è impossibile da ignorare; reclama attenzione. Ti prego, fermati un istante. E Catherine obbedisce. E immagina una lapide che poteva essere lì, e che invece non c'è.

Nicholas Ravenscroft
nato il 14 gennaio 1988,
strappato alla sua famiglia il 14 agosto 1993
amatissimo figlio di Robert e Catherine

E immagina di essere stata lei a informare Robert che Nicholas era morto. E sente le sue domande: e tu dov'eri? Com'è potuto succedere? Com'è possibile? E lei sarebbe esplosa, gli avrebbe riversato tutto addosso e lui sarebbe rimasto schiacciato da quel peso. Lo vede lottare, respingere la valanga, cercare di tenere alta la testa per respirare, ma senza uscirne mai del tutto.

Però Nicholas non è morto. È vivo, e lei non deve dire niente a Robert. Sono tutti vivi e stanno bene.

6

Due anni prima

Quel mattino mi ero svegliato perfettamente riposato dopo aver letto *Un amico speciale*. Ero ansioso di cominciare a lavorare e intendevo rileggere gli appunti prima di batterli a macchina. Sapevo che c'era della carta nella credenza: bene o male tutto finiva lì. Intravedevo la risma sotto la scatola dello Scarabeo e del Backgammon, ma quando avevo provato a tirarla fuori, non si era mossa. Era incastrata sul retro della credenza. Un pannello di legno si era incuneato dietro il mobile e io avevo provato a spingerlo nel tentativo di liberare la carta; tutto inutile. Qualcosa era intrappolato tra la credenza e la parete. Avevo infilato la mano dietro il mobile e avevo sentito un oggetto morbido. Era una vecchia borsa di Nancy: una furbetta che era riuscita a sfuggire al mercatino di beneficenza.

Mi ero addossato alla parete, con le gambe in avanti e la borsa in grembo. Era di camoscio nero con la chiusura a scatto decorata da due perle a goccia. L'avevo spolverata e avevo guardato all'interno. C'era il mazzo di chiavi di casa di Jonathan, un rossetto e un fazzoletto ancora ripiegato a forma di triangolo come appena stirato. Avevo stappato il rossetto e l'avevo annusato. Aveva perso il suo aroma, ma aveva mantenuto il taglio obliquo nonostante i tanti anni in cui aveva sfiorato le labbra di Nancy. Mi ero portato il fazzoletto al naso e il suo profumo aveva evocato ricordi di serate a teatro. Quello che non mi aspettavo di trovare era la busta gialla di fotografie con la scritta KODAK a grossi caratteri neri. Era una scoperta preziosa e volevo onorarla come si doveva.

Mi ero preparato del caffè e mi ero seduto sul divano, pregustando una profusione di ricordi felici. Supponevo che fossero foto delle vacanze. Speravo che ci fossero anche alcuni scatti della torre Martello, che il ritrovamento della borsetta fosse un messaggio da parte di Nancy per aiutarmi con il mio progetto. E in un certo senso non mi sbagliavo, solo che non era esattamente quello che mi aspettavo.

La mia mente, così limpida quel mattino, era assediata da pensieri che sembravano appartenere a qualcun altro. Non capivo più quali fossero i miei e quali i suoi, quale la verità e quali le menzogne. Intanto il caffè si era freddato; le fotografie erano sparse sulle mie ginocchia. Mi aspettavo immagini che avrei riconosciuto, invece non avevo mai visto quegli scatti.

La donna guardava dritto verso l'obiettivo. Con aria provocante? Credo di sì. Sì, senza dubbio provocante. Erano foto a colori. Alcune scattate sulla spiaggia. Era distesa sulla sabbia, una sirenetta sorridente in bikini rosso. Aveva i seni in fuori come una pin up e certamente l'atteggiamento di una donna che si reputava molto desiderabile. Desiderabile. Sì, ecco cos'era. Sessualmente desiderabile. Altre fotografie erano state scattate in una stanza d'albergo. Erano indecenti. Lei era indecente. Eppure non riuscivo a distogliere lo sguardo. A smettere di guardarle. Le avevo esaminate più volte, facendomi del male, e più le guardavo più mi arrabbiavo perché più le guardavo e più capivo.

Quello che mi straziava il cuore era che sapevo chi le avesse scattate. E il dolore si era reso insopportabile proprio quando avevo capito chi c'era dietro la macchina. Conoscevo quella bella faccia, anche se era nascosta. Avevo continuato a studiare le foto, ma per quante volte le avessi controllate, non scorgevo altro che la sua ombra ai margini di un'inquadratura. Avevo persino guardato i negativi, sollevandoli controluce nel caso ce ne fosse almeno una che lo ritraesse e che non fosse stata stampata. I negativi erano più delle stampe e speravo che potessero rivelare la sua presenza, ma erano indistinti, sfocati, inservibili.

Come si era permessa Nancy di introdurre quelle fotografie in casa nostra? Di tenermele nascoste e poi lasciare che infestassero la nostra famiglia? Dovevano essere lì da anni. Le aveva forse dimenticate? O aveva deciso di correre il rischio, sapendo che un giorno sarebbero finite nelle mie mani? Ma era troppo tardi. Ora che le avevo trovate, lei non c'era più. Non sarei mai riuscito a discuterne con lei. Avrebbe dovuto distruggerle. Se non aveva intenzione di parlarmene, doveva distruggerle. Invece mi aveva permesso di ritrovarle, quando ormai ero un vecchietto patetico, molto tempo dopo che le cose erano accadute, quando ormai non potevo farci più niente.

Una delle qualità che più ammiravo in Nancy era la sincerità. Quante volte aveva guardato quelle foto in mia assenza? Per poi nasconderle di nuovo? Immaginavo aspettasse che fossi uscito per tirarle fuori e poi rimetterle a posto prima che tornassi a casa. Tutte le volte che prendevo qualcosa dalla credenza, tutte le volte che giocavamo a Scarabeo, Nancy sapeva che erano lì e non aveva detto una parola. Mi ero sempre fidato di lei, ma a quel punto temevo che mi avesse nascosto anche dell'altro.

È straordinaria la forza che riesce a generare la rabbia. Avevo messo la casa a soqquadro in cerca di altri misteri. L'avevo presa d'assalto quasi fosse un nemico. Ero andato di stanza in stanza a scoperchiare, rovesciare, rivoltare, lasciando una confusione del diavolo, ma non avevo trovato nient'altro. Quell'esperienza mi aveva lasciato la sensazione di aver infilato il braccio in uno scarico intasato e di brancolare in una melma putrida per cercare di sbloccarlo. Solo che non c'era niente di solido da afferrare. Sentivo soltanto una poltiglia che mi penetrava sotto la pelle e sotto le unghie, che mi riempiva le narici con il suo fetore, che mi si appiccicava ai peli, che filtrava nei miei capillari e inquinava tutto il mio corpo.

7

Primavera 2013

Un granello di polvere atterra sul cuscino. Nessuno ne sentirebbe il rumore. Catherine sì. Sente tutto: ha l'udito finissimo. E la vista altrettanto acuta. Persino nell'oscurità più assoluta. I suoi occhi si sono abituati. Se Robert si svegliasse ora sarebbe cieco; Catherine no. Osserva i suoi occhi chiusi: i movimenti impercettibili delle palpebre, la lieve vibrazione delle ciglia, e si domanda cosa stia succedendo lì dietro. Le nasconde qualcosa? E sarebbe bravo quanto lei? È la persona a lei più vicina eppure è riuscita, in tanti anni, a tenerlo all'oscuro. Non importa quanta intimità ci sia tra di loro, Robert non lo saprà mai e questo pensiero per lei è agghiacciante. Tenendolo dentro, Catherine ha lasciato che quel segreto crescesse a dismisura, e adesso è troppo grande per potersene liberare. Il fatto di avere un segreto è diventato quasi più importante del segreto in sé.

Robert si gira a pancia in su e inizia a russare, e così Catherine lo fa rotolare delicatamente sul fianco in modo che le dia le spalle. Attenta a non svegliarlo – non vuole iniziare una conversazione a quell'ora della notte – gli si avvicina per poter inspirare il suo odore.

Ricorda il momento esatto di vent'anni prima in cui l'aveva stretta con un braccio e le aveva chiesto: «Tutto bene?». No, Catherine non stava bene, ma non voleva darlo a vedere perché non poteva spiegargliene il motivo e a quel tempo non era così brava a nascondere la verità. Gli aveva risposto: «No, non proprio», e sebbene avesse sentito salire le lacrime agli occhi, le aveva trattenute perché sarebbero state seguite da una slavina di parole. Se avesse pianto non sarebbe riuscita ad arginare il resto. Perciò si era trattenuta e aveva fatto una confessione, anche se era falsa.

«Devo tornare al lavoro. Mi sento male solo a dirlo. So che è una fortuna avere la possibilità di stare a casa, il fatto che tu guadagni abbastanza per mantenerci entrambi, ma... mi sento sola. Sono depressa...» Aveva appena iniziato a scavare una via di fuga per se stessa, e anche per Nicholas. Suo figlio teneva vivo quel ricordo, ma non poteva dirlo a Robert. Non poteva dirgli che restare da sola con Nicholas la mandava fuori di testa, che la sua presenza evocava ricordi che lei voleva cancellare.

«Mi capisci?» gli aveva chiesto. E ricorda di averlo guardato negli occhi chiedendosi se sarebbe stato in grado di leggerle dentro.

«Ma certo» aveva risposto lui, traendola a sé per baciarla. Catherine aveva comunque percepito la frustrazione del marito. Robert aveva provato a nasconderla con quel bacio, a nascondere il proprio dispiacere davanti all'ammissione della moglie di non poter essere la madre che lui desiderava per suo figlio. Non l'aveva mai detto, non aveva mai espresso a voce quella delusione, tuttavia lei la sentiva aleggiare, inespressa, tra di loro.

C'era stato un momento in cui gli aveva quasi detto la verità. Invece poi aveva mentito di nuovo dicendogli che avrebbe passato il fine settimana da una vecchia compagna di scuola. Era un'amica che lui non conosceva bene, abitava fuori Londra; non l'avrebbe mai scoperto. Gli aveva detto che si trattava di un'emergenza, che la sua amica era sull'orlo di una crisi di nervi. Aveva preparato un borsone ed era partita il venerdì direttamente dal lavoro, incaricando la nuova tata di andare a prendere Nicholas a scuola e squagliandosela prima che Robert tornasse a casa. Aveva preso un taxi, non la metro: non voleva rischiare di imbattersi in qualche conoscente.

Quando era tornata a casa, la domenica sera, Nicholas era già a letto. Robert le aveva detto che aveva una brutta cera, e lei aveva risposto che era stato un fine settimana piuttosto deprimente e che era sfinita. Era tutto vero.

«Ho solo bisogno di andare a letto presto» aveva detto e aveva cambiato subito argomento, chiedendogli della nuova tata.

«Pare sia andata bene. Venerdì quando sono arrivato a casa, Nick era di buonumore.»

«Bene» aveva commentato lei.

E l'indomani mattina aveva fatto in modo di stare bene. Le guance avevano ripreso colore, e doveva preparare Nick per la scuola prima di andare al lavoro, quindi non c'era tempo per le chiacchiere, perché lui notasse che era distratta. Anche il lavoro era frenetico. Era molto occupata ed era proprio quello che desiderava. Essere così impegnata da non lasciare spazio ai ricordi. E riusciva anche a svuotare la mente dal passato. Era quello lo scopo. Era quello che la muoveva. E ora il passato si è riaperto un varco spingendo da parte tutto il resto: se ne sta lì tutto impettito ed esige la sua attenzione.

Il libro si trova ancora sul comodino accanto al letto. Non riesce a finire di leggerlo. Tutte le volte che ci ha provato batte in ritirata come una vigliacca, rileggendo ripetutamente le stesse identiche parole, impantanata là in mezzo. Si allontana da Robert e scivola fuori dal letto, prende il libro e scende al piano terra come una ladra.

Lo sbatte sul tavolo della cucina e si volta di spalle in un ridicolo atteggiamento di ribellione. Oggi è domenica, il giorno di riposo, ma non per lei. Prepara il tè, lo porta nella camera degli ospiti e si siede sul pavimento. Lì ci sono cinque scatoloni che attendono di essere aperti: due portano il nome di Nicholas, tre sono contrassegnati come CAMERA OSPITI. Non ricorda cosa contengano. Ha le vertigini per la mancanza di sonno e le mani le tremano mentre tira fuori gli oggetti, strappando la carta di giornale per spacchettare i diversi soprammobili; tutti oggetti frivoli, inutili. Sperava in un indizio – un biglietto, una busta, qualsiasi cosa potesse essere collegata al libro e l'aiutasse a rintracciare il suo arrivo in casa – invece niente. Prova un altro scatolone. Libri e ancora libri, che ammucchia sulle mensole vuote senza prendersi la briga di metterli in verticale, lasciando che scivolino l'uno sull'altro e che qualcuno cada per terra con un tonfo.

Adocchia gli scatoloni di Nicholas. Avrebbe dovuto passare da loro una settimana fa per mettere ordine, ma non si è fatto vivo e Catherine voleva occuparsene al suo posto, ma Robert glielo ha impedito. Sono le cose di Nick, non le sue. E Catherine si è piccata perché sa benissimo che Nicholas non lo farà con la dovuta attenzione. Considerato soprattutto che non ha più una camera tutta sua. Quella che hanno adesso è una stanza per gli ospiti. Nicholas può andare e venire quando vuole. Naturalmente. E se vuole passare la notte lì, non c'è alcun problema. Nella stanza per gli ospiti. Adesso vive per conto suo. Si paga l'affitto da solo. Ha venticinque anni. E se la cava meglio di quanto osassero sperare. Ha un lavoro. I suoi ritmi. L'indipendenza. Ed è quello che Catherine desidera per lui. L'occasione di diventare la miglior persona possibile. La corrente di pensieri la lascia senza fiato, come se li avesse elencati ad alta voce uno a uno.

«Cara?» La voce di Robert è dolce, ma lei sobbalza comunque. Alza lo sguardo verso di lui dal suo nido di carta di giornale, le mani annerite. Sono le nove ed è in piedi da quattro ore. Legge la preoccupazione sul viso del marito. È un rottame. A quarantacinque anni non puoi pensare di soffrire d'insonnia e non darlo a vedere. Ovviamente lui ha notato il viso pallido, le occhiaie scure.

«Volevo iniziare prima che arrivi Nicholas. Per facilitargli il compito» mente e si guarda intorno: un caos.

«Può aspettare. Non c'è fretta. Lascia che ci pensi lui.» Le posa una mano sulla spalla. «Uova strapazzate?»

Catherine annuisce. Muore di fame. Le capita spesso da

quando non dorme. Lo segue al piano di sotto e stramazza su una sedia al tavolo della cucina, un peso morto nella stanza.

«Preparo io il pranzo?» chiede Robert. A pranzo c'è anche Nicholas e Catherine ha comprato un pollo da fare arrosto per l'occasione.

«No, no, ci penso io» replica lei. Sa che si sentirà meglio nel ruolo che le spetta, camuffata tra gli aromi della carne che arrostisce in forno.

Vede il libro sul lato opposto del tavolo. Sperava che allontanarlo dalla camera le desse un po' di pace. Robert la osserva, covando chissà quali interrogativi nella sua testa. È depressa? È per via del trasloco? Sta per dire qualcosa, ma Catherine lo batte sul tempo. Ha delle domande da porre, preoccupazioni, dubbi che l'affliggono da tempo, e non si è nemmeno accorta che anche Robert stava per parlare. Se avesse aspettato, non avrebbe trovato il coraggio di chiedergli: «È tuo quel libro?».

Si riempie la bocca in modo da apparire disinvolta quando fa un cenno della testa verso il capo opposto del tavolo. Robert si volta e prende il libro tirandolo verso di sé. Non risponde subito. Poi si limita a scuotere la testa, con aria indifferente.

«È bello?» Raccoglie il libro, lo gira per leggere la quarta di copertina.

Catherine deglutisce. «Non direi. È un po' lento.» Lo guarda mentre lo volta nuovamente e ne osserva la copertina.

«*Un perfetto sconosciuto*» legge. «Di cosa parla?»

Lei fa spallucce. «Ah, è senza senso. Trama inconsistente. Inverosimile.»

Robert lo mette da parte. Distrattamente. Senza pensare. Trattandolo come vorrebbe trattarlo anche lei.

«Perché?»

«Pensavo fosse tuo» si arrischia.

«Oh, grazie» dice Robert, ma lei non coglie l'ironia.

«Non ricordo di averlo comprato, ecco tutto. Mi chiedevo da dove fosse uscito...» La sua voce si affievolisce, poi Catherine si alza e mette il piatto in lavastoviglie. Robert si stringe nelle spalle, domandandosi come mai quel libro le interessi tanto, pensando che sia solo una tattica per distrarlo dalle sue vere preoccupazioni. È convinto che sia solo un modo per fare conversazione, e la cosa lo allarma. Non sono quel genere di coppia. Non hanno bisogno di "fare conversazione". Sono affiatati, come non lo sono mai stati in tanti anni. Riconosce i sintomi: Catherine a casa con troppo tempo a disposizione, troppo tempo per guardarsi dentro, per pensare a se stessa.

«Cath. Hai fatto un ottimo lavoro con la casa... mi sembra quasi di viverci da sempre. Ma ti conosco troppo bene. Tu non vedi l'ora di tornare al lavoro, non è vero?»

Lei lo guarda. Ci crede davvero.

«Sono contento che tu non sia l'angelo del focolare. Dovresti partire per girare un altro film e non restare infognata qui, ad aprire scatoloni e arredare la casa.»

I suoi occhi si riempiono di lacrime, la conferma che Robert ha ragione. Lui è la sua roccia. E Catherine glielo lascia credere. «Hai ragione, so che sono stata distratta...»

Lui la interrompe. «E allora torna al lavoro... non c'era bisogno di prendere due settimane di ferie. Il più è fatto e possiamo finire il resto la sera, nei fine settimana. Manca solo qualche altro scatolone. Che ne dici?»

«Perché no.» Catherine abbozza un sorriso. Poi le si accende una lampadina. Adesso ricorda. Ricorda com'è entrato quel libro in casa loro. Le basta guardarlo sul tavolo. Un'immagine che porta scolpita nella mente. È stato poco dopo il trasloco. Il tavolo era invaso da un mucchio di roba. Una scatola piena di bicchieri e disfatta a metà, fogli di giornale accartocciati che sfioravano la copertina del libro che attendeva con pazienza di essere afferrato da lei. Un fascio di lettere ancora da aprire e una busta più grossa, l'imbottitura fuoriuscita nel punto in cui Catherine l'aveva strappata. Da lì ha estratto il libro. Il pacco era stato inoltrato al nuovo recapito. Ricorda il pennarello rosso con cui era stato depennato il vecchio indirizzo e scritto quello nuovo. Si sente gli occhi di Robert addosso mentre sparecchia il resto della colazione; l'energia ritrovata è la conferma che suo marito ha ragione. La conosce troppo bene.

I pensieri le frullano in testa: il libro è stato spedito al vecchio indirizzo, perciò chiunque lo abbia mandato non sa dove abita adesso. Non è entrato in casa sua, in camera da letto. Catherine telefonerà alla famiglia che si è trasferita nella vecchia casa. Chiederà loro di non inoltrare più niente. È troppo disturbo, dirà. Sarà felice di passare a ritirare la posta personalmente. Forse si spingerà oltre. Forse racconterà loro di aver ricevuto un paio di lettere moleste, niente di serio, e che preferirebbe non spedissero altro. E se qualcuno dovesse chiedere il nuovo recapito, potrebbero dire di non conoscerlo? E nemmeno il numero di telefono, no, non devono darlo a nessuno. Stabilisce tutto questo mentre bacia Robert sulla fronte e sale al piano di sopra per fare una doccia. Ma farà tutto domani, non oggi. Oggi si concentrerà su Nicholas, sulla famiglia. Su una domenica perfetta da trascorrere insieme.

8

Due anni prima

Speravo che lavorare a un saggio sui monoliti del XVIII secolo mi avrebbe aiutato a restare lucido, che avrebbe impedito alla mia mente di indugiare sul tradimento di Nancy. Era così che la pensavo allora. Il suo segreto per me equivaleva a un tradimento. Mi sforzavo di non pensarci. Mi sforzavo di concentrarmi sulla torre Martello. Avevo appuntato una fotografia su una delle mensole della credenza sopra alla collezione di cartoline spedite da Jonathan durante i suoi viaggi. Se ne stava lì, afflosciata e ingrigita, e così l'avevo subito tolta. Come facevo a concentrarmi? C'era una scheggia di metallo che mi saettava in testa. Una minuscola scaglia d'argento che mi sfidava a lasciare la scrivania. Insieme al mazzo di chiavi dell'appartamento di Jonathan che avevo trovato nella borsetta di Nancy c'era una chiave più piccola. Troppo piccola per essere di un portone; era una chiave che apriva qualcos'altro, qualcosa che si trovava in casa sua, non nella mia. Rifletteva la luce e mi ammiccava tutte le volte che cercavo di dedicarmi alla scrittura. Chi pensavo di essere? Un uomo che si difendeva dal passato barricandosi dietro muri spessi tre metri? Non ero costruito come una torre Martello. Ero un uomo dalla pelle sottile come carta velina che aveva bisogno di scoprire cosa nascondeva sua moglie. Ero umano, se non altro. Quella chiavetta insignificante mi ossessionava e sapevo che non sarei riuscito a scrivere niente finché non avessi svelato il mistero.

L'appartamento di Jonathan si trovava all'ultimo piano di un caseggiato signorile costruito prima della guerra, dieci anni prima della mia nascita. Non c'era l'ascensore, ma qualcuno doveva aver pensato che certe persone potevano avere difficoltà ad arrivare fino in cima e aveva messo una sedia su ciascun pianerottolo. Avevo fatto una pausa dopo ogni rampa. Su, avanti! Mi ero trascinato fino all'ultimo piano e poi avevo guardato giù, oltre la bellissima ringhiera in ferro battuto che avvolgendosi scendeva fino all'atrio in pietra. Una dolce spirale in cui un essere umano poteva tuffarsi ad angelo in caduta libera, fluttuandovi in mezzo fino a sfracellarsi in una pozza di sangue. Avevo il presentimento che non avrei dovuto essere lì, che non avevo il diritto di interferire. Quella era casa di Jonathan.

La pianta accanto all'ingresso era morta. Nessuno l'annaffiava da tempo. Avevo infilato la chiave nella serratura. Probabilmente bisognava esserci abituati, ma io non lo ero e mi sembrava di averci messo un'eternità ad arrivare, e per tutto il tempo avevo avuto paura che qualcuno mi picchiettasse sulla spalla e mi chiedesse cosa ci facevo lì.

Una volta entrato, ero stato travolto da un tanfo insopportabile. Di decomposizione. Qualcosa di marcio, di moribondo o già morto. Ero andato dritto in cucina, immaginando che provenisse dal cestino dell'immondizia, invece era vuoto. Sul tavolo della cucina c'era un vaso di fiori. Morti, secchi, avvizziti, solo una linea verdognola dove prima arrivava il livello dell'acqua. Avevo esitato, non sapendo se spettava a me gettarli via. Ero andato in salotto, mi ero seduto sul divano di Jonathan e mi ero guardato intorno. Riconoscevo le tracce inconfondibili di una presenza femminile. Altri fiori sul tavolinetto accanto alla finestra. Spenti, brutti, gli steli rinsecchiti che mi imploravano di porre fine alle loro sofferenze. Il tocco di una donna. Li avevo lasciati dov'erano. Non ce li avevo messi io. Non avevano niente a che vedere con me.

Quando ero entrato in camera di Jonathan per poco non ero svenuto per il fetore. Il letto era sfatto, la trapunta sgualcita e buttata sul pavimento. Il copripiumone era blu scuro, le lenzuola bordeaux. Mi ricordavano i colori di un'uniforme scolastica: tonalità scure su cui non si vedevano le macchie. Il cattivo odore proveniva dall'angolo accanto alla scrivania di Nancy. Mi ero avvicinato coprendomi naso e bocca con la mano, ed eccolo lì. Un corpo. In decomposizione. Il collo spezzato, le fauci aperte, i denti esposti, effondeva quel tanfo dal suo interno. Avrei dovuto immaginarlo. La morte. Che lascia sempre la sua scia rapace, come un gatto in calore, anche dopo aver abbandonato la scena del crimine da lungo tempo. In cucina avevo trovato una busta di plastica e, indossandola come un guanto, avevo raccolto tutto quanto, la trappola e il topo, e me n'ero sbarazzato nel cestino della cucina.

Ero tornato in camera e mi ero seduto alla scrivania di Nancy. È più piccola della mia e con le cosce sfioravo la parte inferiore del ripiano. Per Jonathan sarà stata ancor più piccola, e avevo immaginato il suo metro e ottanta di altezza e le sue gambe robuste costrette nello spazio che prima occupava sua madre. Avevo notato con piacere che la scrivania era conservata con cura. Lì non c'erano fiori marci. Niente impronte di tazze o bicchieri, solo un leggero strato di polvere. Sul ripiano c'erano alcuni fogli e una fotografia mia e di Nancy. Mamma e papà. Moglie e marito. Due persone innamorate. Due persone amate.

Avevo acceso l'abat-jour, ma mancava la lampadina. E poi avevo dato il via all'incursione. Avevo aperto il primo cassetto e avevo guardato dentro: vuoto, tranne per qualche matita e una biro che perdeva inchiostro. Avevo controllato gli altri e non avevo trovato niente. L'ultimo cassetto era più piccolo degli altri. Schiacciato sotto la scrivania, scorreva in mezzo a due piedistalli, un nascondiglio sottilissimo. Era chiuso. Avevo infilato la chiave, l'avevo girata, poi avevo spinto la sedia indietro e avevo aperto il cassetto. Una miniera di ferri del mestiere. Penne, temperamatite, lapis, una scatolina di graffette, tre quaderni. Erano di quelli che usava Nancy: taccuini da giornalista a righe blu, niente di speciale. Ne portava sempre uno con sé quando scriveva, riempiendolo di pensieri o immagini che la colpivano, di conversazioni captate per strada, cose così. Ne avevo sfogliato uno, ma senza troppa attenzione. Era il manoscritto sotto i quaderni che mi interessava di più. L'avevo estratto. *Senza titolo*. L'opera di qualcun altro, probabilmente, perché Nancy iniziava sempre dal titolo e, a giudicare dalla data, era stato scritto quando lei ormai aveva rinunciato. Era di Jonathan? Avevo girato la prima pagina. No, il manoscritto era dedicato a lui. Non l'aveva scritto lui. *A mio figlio, Jonathan*, avevo letto, e poi il nome di mia moglie in calce a ogni pagina: l'autrice era Nancy. Un libro, scritto in segreto e di nascosto ai miei occhi indiscreti.

Le parole non hanno mai ammazzato nessuno, mi ero detto, eppure temevo che il contenuto di quelle pagine potesse annientarmi. Non ero pronto a leggerle. C'erano altri oggetti sparsi nel cassetto che si rannicchiavano sotto il manoscritto di mia moglie: un coltellino svizzero, un pacchetto di sigarette a metà, un deodorante spray dozzinale dal nome equivoco. Avevo afferrato il deodorante e vagato per l'appartamento come un disinfestatore invasato, sparando *Goduria* in aria, coprendo il puzzo di animale morto e tutto ciò che offendeva i miei sensi. Quando mi ero tranquillizzato, avevo riposto il deodorante e avevo preso il manoscritto di Nancy schiacciandomelo al petto come una creaturina tremante e infreddolita. Non avrei dovuto prenderlo, non era destinato a me, era per Jonathan. Invece l'avevo fatto. Avevo lasciato i quaderni e avevo preso il manoscritto. Jonathan non avrebbe mai saputo che ero stato lì, e mi ero ripromesso di restituirlo non appena lo avessi letto.

9

Primavera 2013

«Mamma, che cosa devo farci con questa roba?»

Catherine finisce il vino nel bicchiere e chiude gli occhi, irritata. Bere a pranzo non è mai una buona idea, ma Robert ha aperto due bottiglie del vino migliore che avevano in casa, e lei ha deciso che lo avrebbe bevuto insieme a lui e a Nicholas.

«Prendi quello che vuoi, al resto ci penso io!» grida al figlio. Silenzio. Sente il tonfo dei libri e dei raccoglitori che vengono gettati a terra nella stanza degli ospiti. Spinge indietro la sedia con insofferenza; lo stridore delle gambe sul pavimento le dà i brividi.

«Caffè?» chiede Robert vedendola indietreggiare.

Nicholas siede sul pavimento, nella stessa posizione di Catherine quel mattino all'alba.

«Non so cosa prendere.» Sembra smarrito.

«Scegli quello che non vuoi che sia buttato via. Non abbiamo più tanto spazio, Nick.» Lui annuisce come se avesse capito, in realtà Catherine sa che la cosa non gli quadra.

«Vuoi buttare tutto?» E lei si accorge di averlo ferito. Di nuovo. Con la sua impazienza e la sua efficienza sommaria.

«Be', vediamo un po'» dice con dolcezza sedendosi accanto a lui. Prende un grosso raccoglitore e guarda dentro. Contiene le pagelle delle elementari di Nicholas, tenute insieme da un elastico. Dovrebbe tirarne fuori una e leggerla? Gli farebbe piacere? Le pagelle del figlio l'hanno sempre lasciata con l'amaro in bocca. Ma che importa ormai? Ha venticinque anni. Forse adesso possono farsi quattro risate, perciò vince le proprie resistenze e legge un giudizio della signorina Charles. Ricorda perfettamente la permanente e le labbra sottili della maestra di Nicholas. Era l'ultimo anno delle elementari e Catherine sceglie con attenzione quale giudizio leggere.

«Nicholas è un bambino socievole che interagisce in modo adeguato con tutti i compagni, maschi e femmine», sorride omettendo il resto della frase di Miss Charles: «...ma ha difficoltà a portare a termine il lavoro, pertanto presenta problemi nell'apprendimento». Sempre la stessa solfa, tutti gli anni. Appena sufficiente, necessita di maggiore impegno, fatica a mantenere viva l'attenzione. Se non altro a quei tempi aveva degli amici. Con il passare degli anni sembravano essersi ridotti a una manciata.

«Queste le tengo.» Catherine sorride chiudendo la busta e portandosi le pagelle al petto come se ci fosse affezionata. «Com'è l'appartamento?»

Lui fa spallucce. «Carino.»

«Vai d'accordo con i coinquilini?»

Fa spallucce di nuovo. «Sono un po' degli sfigatelli.»

«Tutti quanti?»

Ancora un'alzata di spalle.

«Oh, tesoro.» Catherine si sforza di far capire a Nicholas che gli concederà il beneficio del dubbio, in realtà si immagina che i coinquilini siano ragazzi svegli, impegnati, ambiziosi. Probabilmente leggono, ed è questo che li fa apparire come degli sfigati ai suoi occhi.

«Sono tutti studenti» aggiunge lui.

«Il lavoro continua a piacerti?» Catherine fa fatica a superare l'imbarazzo.

«Sì.» Si stringe nelle spalle per la quarta volta. «Lo sai.»

Non lo sa. Come fa a saperlo se non glielo dice? Nicholas lavora nel reparto elettrodomestici di un punto vendita John Lewis; non è certo quello che lei e Robert avrebbero desiderato per loro figlio, ma considerando che ha mollato la scuola a sedici anni con un mediocre diplomuccio, questo lavoro le sembra una manna dal cielo. C'è stato un periodo in cui non riuscivano nemmeno a immaginare che potesse dedicarsi a un lavoro. Catherine ricorda quanto soffriva quando le altre madri – sue intime amiche – le telefonavano ansiose di riferirle i successi dei figli e le ponevano la domanda di rito sui risultati di Nicholas, pur sapendo che sarebbe già stato fortunato a portare a casa la sufficienza. È passato tanto tempo, eppure non le ha mai perdonate. Non era amicizia, era pura crudeltà. A ogni modo Nicholas teneva duro al John Lewis, perciò doveva esserci qualcosa che gli piaceva.

«Questa la prendo io» dice Nick, e tira fuori una giostrina. Sono aeroplanini, fatti di balsa e carta, le ali leggermente spiegazzate, i fili annodati.

«E Sandy?» Nicholas scuote la testa guardando il cagnolino spelacchiato in mano alla madre. Ora è lei a sentirsi ferita. Le dispiace che suo figlio non si lasci trasportare all'infanzia, un tempo in cui non poteva dormire senza stringere forte Sandy, e senza che la madre gli rimboccasse le coperte. È tutto così dannatamente complicato. Catherine vorrebbe che Nick si decidesse a diventare adulto, eppure una parte di lei desidererebbe che restasse il suo bambino, che la amava così tanto. Che aveva bisogno di lei. Ma no, il fatto che Nick possa avere ancora troppo bisogno di lei le fa solo paura: in fondo è sollevata che il figlio abbia deciso di buttare Sandy. Si ferma sulla soglia, andando via, e si gira verso di lui.

«Lo capisci, Nick, vero?»

Ha agganciato la giostrina all'angolo di una mensola per cercare di districare i fili.

«Cosa?»

«Il motivo per cui ci siamo trasferiti. Lo sai. Non avevamo più bisogno di tutto quello spazio.»

Nicholas non risponde, e lei sa che non dovrebbe insistere, ma non riesce a trattenersi.

«Non preferisci l'indipendenza? Noi siamo sempre qui se hai bisogno, ma era l'ora, Nick. Non trovi?»

Lui fa spallucce. «Se è quello che vuoi raccontare a te stessa, mamma.»

«La partita sta per cominciare» chiama Robert dal salotto e Nicholas la supera per raggiungere il padre, lasciandola sola con quelle parole velenose.

Catherine torna in cucina e si versa nel bicchiere il resto della bottiglia, poi apre la porta scorrevole che dà sulla terrazza. Si accende una sigaretta, alternando il fumo al vino. Crede che la calmerà, ma non è così. Le dà sui nervi. La rende irrequieta. Vorrebbe punirsi. La sigaretta serve a quello, a una graduale autodistruzione, e così anche il libro. Torna in cucina e lo recupera da sotto il quotidiano della domenica, dove lo ha sepolto poco prima, e apre la prima pagina. No, non ci sono indizi di ciò che segue. È gentile. Delicato. Salta fino alla parte più dolorosa. Si smarrisce, sprofonda sotto quel peso. Il peso dell'ingiustizia. Gli occhi chiusi, le parole che irrompono nella sua mente, un boato dalla televisione. Un gol. Poi silenzio.

Deve essersi addormentata. Non sa quanto tempo è passato. Fuori si sta facendo buio. È intontita. La televisione è spenta e sente dei sussurri nel corridoio, vicino all'ingresso. Poi dei passi verso la cucina.

«Io vado.» Nicholas la saluta con la mano e va verso di lei. Sta per baciarla e lei si sporge in avanti, alzandosi per andargli incontro. Con le labbra le sfiora l'orecchio. «Oh, l'ho letto anch'io.» Il cuore di Catherine smette di battere. Le si serra la gola. «Carino.» Il sudore le imperla il labbro superiore.

Robert sorride: «La mamma invece stenta a finirlo».

«Davvero? Mamma, mi meraviglio di te» e lei sente il libro scivolare via dalla sua mano e finire in quella del figlio. Lui fraintende la sua espressione. «Sì, l'ho finito. Io leggo, sai?»

«No, non intendevo... È tuo? Sei stato tu a mandarmelo?»

«No.»

«Allora forse lo hai dimenticato qui?»

«No. Il mio è a casa.»

«Come mai lo hai letto?»

«Catherine...» Robert pensa che lei lo stia provocando senza motivo.

«No, no, intendevo dire solo che è una coincidenza molto strana. L'ho ricevuto per posta dopo il trasloco e non so chi...»

«Be', il mio era un regalo.»

«Un regalo? Da parte di chi?» Catherine cede. Il figlio la guarda, incredulo, poi si stringe nelle spalle. «Di un cliente soddisfatto. Un tipo che ho aiutato, se non ricordo male. Ma non ci giurerei... Lo ha lasciato alla cassa a mio nome. Niente di che.»

«Chi era?» incalza lei.

«Non lo so, mamma. Te l'ho detto. Che problema c'è? Perché ci tieni a saperlo?»

Lei distoglie lo sguardo, impaurita da ciò che potrebbe leggerle in viso, e borbotta una risposta: «Lascia stare. Non importa». Tuttavia non riesce a chiudere l'argomento. «E quindi ti è piaciuto?» chiede.

«Sì. Ma non voglio rovinarti il finale.»

Lei tace. «Non preoccuparti, tanto non credo che lo finirò.»

«Be', ci vediamo. Vi chiamo in settimana.» Si avvia verso la porta d'ingresso con Robert alle calcagna. Catherine li segue.

«Allora, come finisce?» È disperata. «Non credo che lo finirò» ripete. Nicholas apre la porta e si volta.

«Che lei muore. Brutta fine. Ma se lo merita.» E poi abbraccia il padre e con un sorriso agita le dita per salutare la madre.

10

Un anno e mezzo prima

Le parole del manoscritto di Nancy non mi avevano distrutto. Mi avevano emozionato, appassionato, ma non distrutto. Quando avevo letto *Un amico speciale* scritto da una giovane Nancy, la sua voce mi era risuonata nelle orecchie così limpida che mi ero messo a piangere. Ora, in quest'opera più recente, l'ultima, la sentivo con altrettanta chiarezza, ma era la voce della donna matura con cui ero stato sposato per quasi cinquant'anni. La donna di cui mi ero preso cura prima della morte: la donna che avevo lavato, nutrito, consolato, la donna per cui avevo letto ad alta voce. Non mi aspettavo di trovarla in quelle pagine dattiloscritte, eppure eccola lì. Io avevo smesso di scrivere, lei invece no. E, dopo aver trascorso del tempo a contatto con il suo romanzo, dopo averlo letto e riletto, le parole che all'inizio mi avevano turbato a poco a poco si erano sedimentate dentro di me, trovando crepe e fessure dove assestarsi fino a essere assorbite completamente.

A quel punto ero giunto a credere che Nancy volesse farmi ritrovare il manoscritto, proprio come le fotografie. Li aveva nascosti dove, prima o poi, li avrei scovati. Poteva distruggerli, ma aveva deciso di non farlo. Aspettava che fossi pronto, e finché lei era in vita non lo ero mai stato. Avevo bisogno di affrontarli da solo. Il manoscritto di Nancy mi aveva dato una smossa, una scrollata, e aveva acceso in me un barlume di vita. Mi aveva riportato alla mente una cosa su cui io e lei eravamo sempre stati d'accordo: la letteratura è il modo migliore per schiarirsi le idee.

Era tantissimo tempo che non imprimevo parole sulla carta e ora lo avrei fatto per la prima volta senza Nancy al mio fianco. Lei era sempre stata la mia ispirazione. I dubbi che avevo sempre avuto in passato, le domande che mi avevano tormentato si erano come volatilizzate perché conoscevo la ragione per cui quel libro doveva essere scritto e non avevo dubbi su chi fosse il destinatario.

Avevo girato la scrivania in modo da avere la finestra davanti a me, e osservare l'andirivieni della giovane famiglia che abitava di fronte. A scuola al mattino, la madre che tornava il pomeriggio con i figli. La loro giornata serviva a scandire anche la mia: rifletteva i ritmi che avevamo tanti anni prima, quando Nancy andava a scuola con Jonathan e tornava con lui all'ora del tè, momento in cui mettevo il punto all'ultima frase della giornata.

All'inizio avevo riposto le fotografie lontano dai miei occhi in un cassetto della scrivania, ma erano al centro della storia perciò le avevo tirate fuori e le avevo appuntate al telaio di legno della finestra. Formavano un mosaico di sesso e inganno: una sorta di collage concettuale. Tutte le volte che guardavo quella giovane famiglia uscire o rientrare in casa, la cornice attraverso cui li osservavo mi ricordava la semplicità con cui si può corrompere l'innocenza. Mi aiutava a mantenere la concentrazione.

Senza alcuna fretta avevo impiegato mesi a copiare il manoscritto di Nancy nella mia calligrafia. Volevo sapere quali sensazioni avesse provato mentre creava quelle frasi; volevo entrare nella sua mente, vedere ciò che aveva visto lei man mano che le parole apparivano sulla pagina. Scrivevo a penna perché volevo sentire la forma di ciascuna lettera, volevo che la mia pelle fosse in contatto con la carta e ne sentisse la levigatezza mentre la mia mano si spostava da sinistra a destra, scivolando sulla pagina. Non volevo che ci fosse distanza tra me e la scrittura. Pelle, penna, foglio, pelle. Volevo che fossimo un tutt'uno. Ci avevo impiegato tutto il tempo necessario e mi ero abbandonato al ritmo delle parole, assaporandole a una a una. C'erano momenti in cui avevo la sensazione che una frase potesse essere migliorata, ma non mi soffermavo a fare correzioni; tiravo dritto, dicendomi che solo quando avessi raggiunto la conclusione mi sarei guardato indietro, come uno scalatore prossimo alla vetta. Senza mai guardare giù.

Ricordavo che io e Nancy ridevamo quando sentivamo certi scrittori dire che erano posseduti dai loro personaggi, che per loro era come se il libro si fosse scritto da solo. Per me, però, era vero. Vedevo i personaggi emergere dalla pagina, vivi, a tutto tondo. In carne e ossa, energici e vigorosi. La mia mano, incerta ma allo stesso tempo instancabile, spargeva le parole che da Nancy fluivano attraverso di me.

Quell'esperienza era rigenerante: aveva aperto un varco affinché Nancy tornasse da me, la sua dolce e amorevole presenza che rientrava nella nostra casa. Al termine di ciascuna giornata di scrittura, quando mi doleva la mano, mi preparavo tè e pane tostato e leggevo ad alta voce per lei, come se fosse seduta sulla sua vecchia poltrona davanti a me.

E poi, quando finalmente mi ero sentito soddisfatto, l'avevo battuto a macchina. *Tap, tap, tap* facevano le mie dita mentre imprimevano le parole sulla pagina. E finalmente ho finito. Quanto ci ho messo? Dall'inizio alla fine? Ho trascorso mesi in compagnia del manoscritto di Nancy, a ricopiarlo, ma il vero inizio risaliva a molti anni prima, solo che sul momento non lo avevo capito. Sentivo Nancy che mi sorrideva, che mi spronava ad andare avanti. Lo aveva sempre detto, che un giorno avrei sfondato come scrittore.

11

Primavera 2013

Non appena la porta si richiude alle spalle di Nicholas, Catherine si rifugia nel bagno a piano terra. Lo strumento di tortura è finito in mano a suo figlio, anche se lui non sembrava consapevole di avere un legame diretto con il libro. Sente Robert fuori dalla porta e prende una rivista, agitando le pagine per fargli capire che ci metterà del tempo. Si guarda le mutandine appese alle caviglie ed è subito preda dell'autocommiserazione. Non se lo merita. Perché tormentarla così? E perché adesso? Scoppia a piangere, desiderando quasi che Robert la senta e corra a consolarla. È ancora fuori dalla porta.

«Tutto bene?»

«Sì, tutto bene.» Agita di nuovo la rivista poi si alza, tirando su le mutandine e soffiandosi il naso mentre l'acqua dello scarico scende. Poi si guarda allo specchio. Ha un aspetto orribile, ma è domenica, è permesso. Datti una sistemata, stupida che non sei altro! E leggi il resto del libro, non puoi più rimandare. Affrontalo! Poi capirai come agire, a cosa ti trovi di fronte. Sorride al proprio riflesso, e quasi ride per la follia di quella situazione.

Sono le tre del mattino e Robert dorme. Per la serata Catherine è riuscita a farla franca e, quando sono andati a letto, si è sottoposta al rito di ogni notte fingendo di dormire accanto a lui, in attesa che prendesse sonno. Non appena lui ha iniziato a russare, Catherine è scesa di sotto e si è chiusa di nuovo in bagno. Adesso sta leggendo la descrizione della propria morte. O di come l'ha immaginata l'autore. O di come finirà davvero la sua vita. Ed è crudele. E ingarbugliata. Vede ciò che non sarebbe in grado di vedere se fosse morta sul serio. L'immagine che si presenterebbe agli occhi altrui. Il cranio fracassato da cui escono le cervella. La lingua tranciata dai suoi stessi denti. Il naso, reciso, incastrato sotto uno zigomo. Ecco come la riduce il treno dopo che è saltata sui binari. Soltanto Catherine saprebbe, cadendo, di non essere saltata affatto. Qualcuno l'ha spinta. Un tocco leggero, delicato. È inciampata sui binari mentre il treno entrava nella stazione affollata. Una fiumana di persone. Un terribile incidente. È il prezzo che deve pagare per aver vissuto gli ultimi vent'anni facendo finta di niente.

Catherine non ricorda di aver mai provato una paura tanto forte. Aveva dimenticato come ci si sentisse. È una donna di mezz'età, un'età in cui l'idea della morte timidamente si avvicina, ma lei è sempre riuscita a guardare avanti con serenità, scacciando gli aculei aguzzi della paura che potevano rallentare il suo cammino. Solo che adesso è finita tra le sue grinfie. L'odio diretto verso di lei è puro. È il genere di odio che immagina si possa covare per un sadico assassino o un pedofilo, e lei non appartiene a nessuna delle due categorie. L'autore l'ha trasformata in un essere spregevole. Ha sfigurato il suo personaggio. Lui, o lei, pretende delle spiegazioni da Catherine. E perché dovrebbe dargliene? Meglio di no. Non è quello il suo ruolo.

Il ruolo di Catherine è quello di carpire la verità alle persone. Ne ha fatto una carriera. È il suo talento. È persuasiva, una delle migliori. Indurre le persone a confessare la verità, ad aprirsi, a sviscerare i segreti più delicati che preferirebbero non rivelare e a disporli in bella vista perché gli altri possano contemplarli e imparare da loro una lezione; il tutto realizzato con la massima eleganza, senza mai concedere niente di se stessa. E non si sottoporrà a un interrogatorio proprio adesso. Stanerà il cacciatore, quello che ha travisato la sua storia. Ma chi è? Una persona che non ha mai incontrato? Esatto, è qualcuno che lei non conosce. Rilegge l'ultima frase: *Peccato non si fosse resa conto prima che continuare a far finta di niente avrebbe avuto conseguenze mortali.*

Vorrebbe accartocciare quel libro, ma le duecento pagine sono più robuste delle sue mani. Lo distruggerà lo stesso. Non subirà passivamente. Si alza, la vestaglia che ricade morbidamente ai suoi piedi, e va in cucina. Trova i fiammiferi, quelli lunghi e raffinati, il cui unico scopo ultimamente è stato quello di accendere le candele all'aroma di fico, e avvicina la fiamma alla copertina del libro. È lento a bruciare, la copertina plastificata resiste emanando inizialmente solo un odore tossico. Alla fine le pagine iniziano a prendere fuoco, i margini si anneriscono e producono un bordo rosso, poi azzurro e infine giallo man mano che le fiamme salgono. Tiene il libro in mano finché ci riesce senza bruciarsi le dita, poi getta il malloppo fiammeggiante nel lavello, apre il rubinetto e spegne il fuoco che ha acceso.

«Cosa fai?» Catherine non muove un muscolo. Robert si precipita verso di lei e fissa quel cumulo annerito. Lo osservano insieme, quell'oggetto che, malgrado tutti i suoi sforzi, ha ancora l'aspetto inconfondibile di un libro. Robert è accanto a lei e la guarda negli occhi in cerca di spiegazioni. Catherine si discosta da lui stringendosi addosso la vestaglia.

«Catherine?»

Lei scuote la testa. È stata beccata. Beccata con le mani nel sacco. Forse era quello che voleva. Forse è meglio così. Robert solleva il volume grondante: *Perfetto*, l'unica parola ancora leggibile sulla sovraccoperta.

«Parla di me.» Avrebbe anche potuto dire: "Sono impazzita". Vorrebbe rimangiarsi quelle parole, ma ormai le sono sfuggite. È questo che vuole? Dirglielo? Adesso?

«Tesoro.» Catherine coglie lo smarrimento e l'angoscia racchiuse in quella parola quando Robert lascia cadere il libro nel lavello. Lei lo prende con entrambe le mani, poi corre verso il cestino come se fosse ancora in fiamme, e ce lo getta. Tira fuori il sacchetto nero e lo chiude. Fa tutto molto velocemente, come se qualcuno avesse premuto il tasto di avanzamento rapido. Porta il sacchetto fino all'ingresso e poi fuori di casa, scaricandolo nel bidone all'esterno e chiudendo il coperchio con un gran fracasso. Infine, più lentamente, sale i gradini, rientra in casa e chiude la porta.

Vede che Robert è ancora in cucina e che la sta fissando. Lui non si muove, e lei nemmeno. Il lungo corridoio li separa: tre metri di spazio che brulicano di parole non dette. Catherine fa una grande fatica per decidere quali reprimere e quali usare. E, una volta scelte, in quale ordine disporle. È lei a fare il primo passo: attraversa il corridoio verso Robert, la bocca aperta, raccoglie le parole man mano che avanza.

«È stato spedito al nostro vecchio indirizzo. A me. Racconta una cosa che è successa tanti anni fa.» Esita. «Qualcuno vuole punirmi.»

«Punirti? Chi vuole punirti?»

«Chiunque abbia scritto quel libro.»

«Punirti per cosa? Ha a che fare con uno dei tuoi film? Se è così, dovremmo avvisare la polizia...»

«No, i film non c'entrano.»

«E allora di che si tratta?» Sembra impaziente. È stanco. «Chi lo ha mandato?»

«Non lo so.»

«Cosa ti fa pensare che parli di te?» C'è disprezzo nella sua voce.

«Mi sono riconosciuta.»

«C'è il tuo nome?»

Lei gli afferra la mano, sperando che le dia la forza di andare avanti.

«No, il mio nome non c'è, ma la descrizione fisica e...»

«La descrizione fisica? Tipo? Donna bionda di mezza età? Ma fammi il piacere, Catherine!»

Robert sfila la mano dalle sue e si siede. Lei sente le parole scenderle in gola lasciando spazio alla rabbia. È arrabbiata con la sua ignoranza. Lo incolpa perché non sa. Perché non c'era. Perché lui le rende difficile confessare. E ormai il momento è sfumato. Non può dirglielo, non così, e scoppia a piangere per la propria incapacità di parlare. Si siede anche lei e crolla, il viso sepolto tra le mani.

«Oh, Catherine, Catherine. Perché hai aspettato tanto?» Il suo tono di voce è più dolce. Le accarezza i capelli. «Cosa c'è in quel libro? Nick lo ha letto, vero? E la cosa ti ha turbato, mi pare. Perché?»

Robert aspetta una risposta e lei si costringe a guardarlo, il viso rigato e paonazzo.

«Sono spaventata... Da quello che ho visto...» Si sprona a proseguire, a cercare di dirgli almeno una parte della verità. «Ho odiato me stessa. Scusa, scusami...» Indugia; non può farlo, perciò decide di dirgli parole a cui certamente Robert crederà: «È paranoia... è tutto nella mia testa, non so come spiegartelo...».

Un istante di silenzio che lui riempie subito.

«Oh, Catherine, non devi spiegarmi niente. Sono io che devo chiederti scusa. Non volevo arrabbiarmi, è solo che mi preoccupo per te.» Le stringe la mano. «So che non è facile tra te e Nick. Per te è dura. Però lo sai che ti vuole bene, no? Per lui è più facile parlare con me, tutto qua.» L'abbraccia per addolcire la pillola, ma le sue parole la fanno trasalire lo stesso. «Nick sa essere un osso duro, lo so. E non sto dando la colpa a te. Evidentemente quel libro ha fatto scattare qualcosa... dentro di te. Di cosa si tratta? Senso di colpa? Di un rapporto tra madre e figlio non proprio idilliaco?» Attende una conferma e la legge nel suo silenzio. «Non hai niente di cui sentirti in colpa, Catherine. Nick ha venticinque anni ed era ora che andasse a vivere da solo. Può sempre tornare qui se ne ha bisogno. Abbiamo una stanza per gli ospiti.» Le prende il viso tra le mani e la costringe a guardarlo negli occhi.

«L'unica che ti punisce, Catherine, sei tu.» La sua voce è gentile. «Devi smetterla. Me lo prometti?»

Lei annuisce.

«Ci siamo già passati, Cath. Cerchiamo di superarla in fretta stavolta... non devi torturarti. Va' dal medico. Parla con lei. Perché non le chiedi di prescriverti qualcosa per dormire?» Le sorride. «Ti conosco troppo bene. Hai provato a nascondermelo, ma io lo so. E hai una pessima cera.» La bacia. Lei annuisce di nuovo.

«Scusami, sarai esausto» dice Catherine. «E domattina devi alzarti presto.»

«Non importa» replica lui. «Promettimi che andrai dal medico.»

«Va bene. Te lo prometto.»

«Sai che puoi parlarmi di qualsiasi cosa. Lo sai, vero.» Non è una domanda. Le prende la mano e la conduce al piano di sopra. «Dimmelo, Catherine. Quando ti senti così, dimmelo.» Le sue parole – gentili, premurose – contrastano con il fondale proiettato nella sua mente: il suo viso, quello che Robert sta accarezzando, irriconoscibile, maciullato sui binari del treno.

12

Tardo inverno, primavera 2013

Nelle mani giuste una matita appuntita può rivelarsi un'arma letale. Come minimo può cavare un occhio, ma può anche arrivare a conficcarsi nell'orbita fino al cervello. Ho temperato la mia alla perfezione. Ma un'arma letale è innocua se manca il bersaglio.

Conoscevo il mio bersaglio, conoscevo il suo nome da anni. Dovevo solo trovarla.

Ho accettato il consiglio di un uomo del posto, il tipografo che aveva stampato le partecipazioni per il funerale di Nancy. È stato lui a suggerirmi di aggirare l'intermediario e di pubblicare il romanzo per conto mio: «Va' dritto al lettore» mi ha detto. Musica per le mie orecchie, ma... «su internet»? Be', a quel punto mi sono perso. Non ero «su internet». Non possedevo nemmeno un computer. Non ci sono molti vantaggi nell'essere vecchi e soli, ma in quel caso sono riuscito a trarre il massimo dalla mia penosa situazione. Avevo bisogno di aiuto e quel buon samaritano mi ha offerto il suo. «Un portatile» mi ha proposto. Sì, la parola «portatile» mi piaceva e così mi ha aiutato a comprarne uno, guidandomi attraverso il dedalo informatico, e a connettermi a internet. Non ci sarei mai riuscito senza di lui. Che uomo paziente e servizievole! Mi ha dato una libertà che non sospettavo nemmeno di poter avere: mi ha permesso di intraprendere un viaggio in un universo senza confini. Io, un vecchio, libero di andare dove volevo.

La prima tappa è stato il suo nome. L'ho digitato e mi si è

aperto un mondo. Fotografie, una breve biografia e la lista dei suoi film, tutto quello su cui aveva lavorato. Mi sono imbattuto anche in qualche impostore, ma l'ho riconosciuta subito quando l'ho vista. Anche se non l'avevo mai incontrata, non avevo dubbi su quale Catherine Ravenscroft fosse la mia. E c'era anche suo marito. Robert. Robert e Catherine. In una fotografia, la cingeva con un braccio. Lei aveva i capelli arruffati dal vento e sorrideva. Con mio grande stupore, ho scoperto che cliccando sulla foto potevo vedere il posto esatto dove era stata scattata: coordinate GPS. Le ho riportate su una mappa ed eccolo là. Fowey, in Cornovaglia. Una vacanza in un albergo di lusso, immaginavo. La foto era stata scattata con un cellulare. Forse l'aveva fatta suo figlio. Il bambino, ormai un ragazzo. Nicholas. Nicholas Ravenscroft. Eccolo qua. Niente laurea? Avrà abbandonato gli studi? Certo che no! Commesso? Mi aspettavo di più dal rampollo di una coppia così ambiziosa e di successo. Ah, comoda la vita! Tanti anni di silenzio e mi è bastato un istante per scoprire cosa ne è stato di lei e della sua famiglia. Che vita piena e stimolante, la sua, e ben remunerata! Lo si leggeva nei suoi denti – dritti e immacolati – segno inconfondibile di prosperità e benessere, come l'abbronzatura negli anni Sessanta. Anche i suoi capelli sprigionavano benessere: erano tagliati con cura, i fili argentei (doveva pur averne qualcuno) si confondevano nel biondo della chioma. Non c'erano dubbi, scoppiava di salute.

Sono diventato un viaggiatore intrepido. Ero attratto da altri itinerari e confesso che mi sono lasciato distrarre. Uno di questi riguardava un mio ex studente. Era uno dei miei preferiti, quel ragazzo, solo che non era più un ragazzo, ma un uomo di mezza età. Avevo pensato a lui in passato, domandandomi che fine avesse fatto, e adesso potevo scoprirlo. In punta di dita mi sono insinuato nella sua carriera e nella sua vita sociale. Scapolo, senza figli. Non correvo pericoli a osservarlo da lontano. Nessuno lo avrebbe saputo.

Ma il dovere mi chiamava: mi serviva un indirizzo, il centro del bersaglio. Sapevo dove lavorava, ma l'indirizzo di casa, l'indirizzo che mi serviva, continuava a sfuggirmi. Alla fine è stato il marito a vuotare il sacco. Ho trovato il suo profilo nella sezione economica di un quotidiano. Bla, bla, bla e poi: *Robert Ravenscroft abita in un quartiere a nord-ovest di Londra con il figlio e la moglie, Catherine, una documentarista di successo.* Non un indirizzo completo, ma una traccia. Alla fine ho messo in moto le dita e ho trovato il loro recapito sull'elenco. Sig. R. Ravenscroft. Mi sono appuntato il numero di telefono per ogni eventualità.

Quando l'amico tipografo mi ha consegnato le prime copie del romanzo mi sentivo come un bambino la mattina di Natale. Di fatto Natale era passato, ed era stato un Natale di solitudine per me. Un piatto pronto a base di tacchino, patate arrosto e cavoletti di Bruxelles, salsa gravy e ai mirtilli rossi. Il profumo era migliore del sapore: un'illusione di festa quando avevo sollevato la pellicola protettiva. Avevo dovuto attendere la fine di gennaio per festeggiare il mio vero Natale, ma quando ho tolto la prima copia dalla scatola ho capito che era valsa la pena aspettare. Per l'immagine di copertina avevo scelto una delle cartoline di Jonathan. Il cielo azzurro, un sole cocente. Sì, l'effetto era apprezzabile: un sole bianco e incandescente che si continuava a vedere anche a occhi chiusi. Il tipografo si è offerto di sedersi accanto a me e mostrarmi come gestire gli ordini online, ma io non avevo tempo. Volevo solo fare la prossima mossa. Gli ho assicurato che ormai avevo il pieno controllo dell'universo di internet. Non avevo intenzione di star lì ad attendere ordini online.

Quando ho messo quel primo libro in una busta imbottita e ho scritto il suo indirizzo, mi tremavano le mani per la trepidazione. L'ho fatto con la massima cura, assicurandomi di non confondere lettere o cifre del codice postale, per poi decidere che l'avrei consegnato a mano. Fresco di stampa, un omaggio per una persona molto speciale. Perché fosse una sorpresa l'ho recapitato nelle prime ore del mattino, quando ero sicuro che nessuno mi avrebbe visto. Ho udito un tonfo gratificante quando è atterrato sullo stuoino: una bomba a mano che aspettava che qualcuno tirasse la spoletta. Volevo che esplodesse quando meno se l'aspettava, magari mentre era distesa sul divano con un calice di vino in mano. Non avevo inserito un biglietto. Non cercavo di attirare l'attenzione; cercavo solo il riconoscimento. Non di chi ero io, ma di chi fosse lei. Volevo che si specchiasse nella protagonista del libro, che vedesse la vera sé e non la donna che fingeva di essere. Volevo sbatterle in faccia la verità.

Immaginavo il romanzo come un cane da tana, il mio jack russell, che avrebbe fiutato il suo nascondiglio e l'avrebbe spinta a uscire allo scoperto. Le zanne acuminate l'avrebbero smascherata, privandola delle false identità che si era cucita addosso. Si era nascosta bene dentro il suo lungo matrimonio felice, la sua carriera brillante; ed era anche madre, non dimentichiamolo. Un travestimento efficace. Sii onesta, una volta tanto. Sii te stessa. Vediamo come te la cavi da ora in poi.

Ero stanco quando sono tornato a casa e così sono andato a letto. Mi sono svegliato intorno all'ora di pranzo e mi sono preparato un panino al formaggio. Una tristezza: il formaggio era rinsecchito e il pane stantio. C'era ancora una mensola nella dispensa dove tenevo le conserve fatte da Nancy. Non le toccavo da quando era morta, ma quel giorno ho preso un vasetto di chutney di cipolle rosse, ho tolto lo strato di muffa e l'ho spalmato sul formaggio. Nel mandare giù il primo boccone mi è rimasto incastrato qualcosa in gola. Ho smesso di masticare e con la lingua ho cercato di rimuovere quel corpo estraneo. Ma non era un corpo estraneo: era un pezzo di Nancy, un lungo capello bianco. Avrei potuto scegliere qualsiasi altro vasetto, ma per qualche motivo ero stato attirato da quello in particolare, quello che conteneva un pegno d'amore da parte di Nancy. Ho succhiato il capello per ripulirlo e l'ho steso sul bordo del piatto. Era un segno, ne ero convinto. Era proprio da Nancy: non lasciava mai che una buona azione passasse inosservata. Era il suo marchio di approvazione e ho cominciato a pensare a cos'altro avrei potuto fare per renderla felice. Osa, ho pensato.

Era una giornata luminosa e frizzante, il sole splendeva fiero e mi godevo il suo calore sul viso mentre viaggiavo sul piano superiore dell'autobus. Sebbene il tragitto da Oxford Circus fosse breve, ci ho messo più del previsto per svicolare i passanti indecisi e raggiungere il reparto elettrodomestici del John Lewis, ma a pranzo avevo fatto il pieno di energia. Un aspirapolvere nuovo, ecco cosa volevo, ma quale? Mi sono guardato intorno ed eccolo là. Il ragazzo che cercavo. Si è subito dimostrato *cortese*, il giovane commesso competente con le scarpe senza lacci e la targhetta con il nome. Sembrava aver capito esattamente cosa volevo. Un oggettino leggero che un vecchietto come me poteva portare su e giù per le scale. Si è dimostrato comprensivo quando gli ho detto che era mia moglie, tristemente deceduta, a occuparsi delle faccende domestiche. Mi ha proposto un Dyson, un aspirapolvere che potevo trainarmi dietro, dotato di una maniglia che rendeva più facile salire le scale. Accessori e massima potenza di aspirazione, il non plus ultra sul mercato. Oh, ma avrei sentito la mancanza della vecchia scopa elettrica. Forse mi sarei sentito più a mio agio con un modello simile a quello che avevamo prima. Il ragazzo puzzava di tabacco ed era impossibile non notarlo. Appena tornato dalla pausa sigaretta, senza dubbio. La scopa elettrica si è rivelata persino più pesante del Dyson; non ero sicuro di avere la forza di maneggiarla. Forse allora un modello senza fili? Un Bissell? È così che si chiama? Quell'affare con i rulli che cattura la polvere mentre si muove sulla moquette? Che gliene pareva? Ha inclinato la testa e mi ha guardato come se gli avessi chiesto di coniugarmi un verbo in latino. Poi mi ha tempestato di domande: quanto era lungo il pelo? Moquette o tappeti? Oppure pavimenti normali? Si è difeso alla meglio mentre andavamo avanti e indietro, ma non riusciva più a nascondere la propria impazienza. Gli stavo facendo perdere troppo tempo? Avevo intaccato la sua pausa caffè? Lo vedevo serrare la mascella, digrignare i denti, lanciare occhiate a un collega e stralunare gli occhi. Sono certo che se il responsabile lo avesse visto, gli avrebbe fatto una bella lavata di capo. Lei cosa prenderebbe se fosse in me? ho chiesto. Il Dyson, ha risposto. Be', è lei l'esperto, ho replicato, e lui ha tirato giù la scatola dicendomi: «Non la deluderà». Vale tutti i soldi che costa. Prezzo imbattibile. Lo ha portato alla cassa, al che ho cambiato idea. Come dargli la notizia? Costava una fortuna per un pensionato come me. Non potevo permettermelo, gli ho detto. Speravo di non avergli fatto perdere tempo.

Gli avevo dato una possibilità. Per convincermi a comprare qualcosa di cui non avevo bisogno. Ma era senza speranza. Un fallimento totale. Dubito che lo avrebbero preso in considerazione per un avanzamento di carriera. Un paio di giorni dopo sono tornato con un dono di gratitudine per lui e l'ho lasciato alla cassiera. Gli dica che è da parte di un cliente soddisfatto.

Avendo consegnato i primi due volumi, dovevo aspettare, accendendo spesso il portatile in cerca di una recensione, un messaggio, qualsiasi cosa. Non mi sorprendeva che non ci fosse niente da parte del ragazzo, ma mi aspettavo un riscontro da parte della donna. Di quella stronza senza cuore. Inizialmente avevo deciso di restare nell'anonimato il più a lungo possibile per stanarla, ma adesso mi sentivo costretto a tornare a casa sua e controllare che diavolo stava succedendo.

Bellissima abitazione. Riverniciata di recente, il giardino anteriore ben curato. Quella sì che era una casa! Bella davvero, ma certo non sarei stato il benvenuto. Sono rimasto lì per quasi un'ora. Era una giornata di primavera fredda e pungente. Alla fine un'auto ha accostato. Gli sportelli posteriori si sono aperti di scatto e i bambini sono scesi in massa. In tre, di età diverse. Qualcosa non andava. Erano seguiti da una donna. La madre. La madre sbagliata. Forse era anche la macchina sbagliata. Solo perché si era fermata davanti alla casa giusta, non significava che fosse l'auto giusta. La madre sbagliata ha percorso il vialetto della casa giusta, ha aperto la porta ed è entrata. Ho attraversato la strada. Era la casa dove avevo sganciato la bomba, ma era finita nelle mani sbagliate.

Ho fatto un passo sul vialetto e ho notato che da una finestra a piano terra c'era una faccina che mi osservava. Poi se n'è aggiunta un'altra. Due faccine che mi guardavano. Infine una terza che ha imitato le altre due. Ho sorriso e tutti hanno abbandonato la postazione in un lampo, la tenda che dondolava dietro il vetro. Ho continuato a sorridere mentre raggiungevo la porta d'ingresso e suonavo il campanello. Sentivo le loro voci stridule all'interno, emozionate, suppongo, dall'idea di un estraneo alla loro porta. I tre porcellini.

È stata la madre ad aprire. Era pomeriggio, ma aveva messo la catenella. Non era mica mezzanotte, per l'amor di Dio, era l'ora del tè. Il sole era ancora alto. E io le stavo sorridendo. Non le avrei certo sorriso se avessi avuto cattive intenzioni.

«Buonasera, mi scusi se la disturbo...» Pausa a effetto. Per dimostrare che mi dispiaceva sul serio. «Sto cercando di mettermi in contatto con una vecchia amica, Catherine Ravenscroft. Credo abitasse qui...» Fare gli occhi dolci, riattivare il sorriso. «Alcune settimane fa le ho lasciato un regalo di compleanno sulla porta, ma non ho avuto sue notizie e... be', non è da lei.»

«Si sono trasferiti» ha risposto. Senza ricambiare il mio sorriso, manco per sbaglio.

«Aah, ora capisco. È da un po' che non li vedo, lei e il resto della famiglia. Mi chiedevo...» Ancora una pausa. Non voglio apparirle invadente. «Ha per caso il suo nuovo indirizzo?» Ancora gli occhi dolci. Sono vecchio, fragile. E qua fuori fa freddo. Sia gentile con me.

Lei ha scosso la testa.

«No» e ha fatto per richiudere la porta. Benedetta insolenza. Lesto come una saetta, ho infilato il piede.

«La prego» ho detto. «Non voglio importunarla, ma devo assolutamente rintracciarla.»

I tre porcellini si agitavano dietro la madre.

«Tolga il piede da casa mia» ha ordinato. E non scherzava. Era fredda come il ghiaccio. Naturalmente ho tolto subito il piede. Scusandomi. E lei mi ha sbattuto la porta in faccia. Non intendevo spaventarla; era l'ultima cosa che volevo. Onestamente era stato controproducente. Però non potevo lasciar perdere. Dovevo almeno sapere se le aveva recapitato il pacco. Perciò mi sono accovacciato sul gradino davanti alla porta, sulle ginocchia doloranti, e ho aperto la buca delle lettere.

«La prego. Almeno mi dica se le ha fatto avere il mio regalo.» E poi, un colpo di genio. «Sono il suo padrino, capisce. Non voglio che pensi che mi sono dimenticato del suo compleanno.»

«Maaaaaaamma» il richiamo di uno dei porcellini. A dire il vero, i maiali mi hanno sempre fatto tenerezza. Creature intelligenti e leali. La mamma non era molto gentile con quel vecchietto.

«Sì, le ho inoltrato il pacco. Adesso se ne vada. Ci hanno chiesto di non dare a nessuno il nuovo indirizzo. Se ne vada o chiamo la polizia.»

Mi sono rialzato. Uno scricchiolio, una fitta, ma niente di grave.

«Grazie mille» ho borbottato mentre lasciavo andare lo sportellino della buca delle lettere. Avevo sbagliato casa e il mio piccolo missile aveva seguito una traiettoria più tortuosa del previsto, ma a quanto pareva aveva colpito il bersaglio.

Continuavo a controllare se ci fossero recensioni, ma niente da fare. Tenevo traccia dei suoi progressi con l'aiuto del computer. Ero assuefatto; avevo bisogno di una "dose" informatica ogni poche ore. Di quando in quando trovavo informazioni nuove. Un filmato con il sonoro. Che santarellina! Eccola con il marito. Ah, che uomo tranquillo! Erano vestiti eleganti per una serata di gala. Brava ragazza. Ha vinto un premio: *Il coraggioso documentario di Catherine Ravenscroft sullo sfruttamento sessuale minorile...* Oh, l'ironia della sorte! Non vedevo l'ora di sentire la sua voce. Ho chiuso gli occhi permettendo a quel suono di riempire la mia mente: "Vorrei ringraziare le vittime che hanno avuto il coraggio di raccontare la loro storia per essersi fidate di me, perché senza il loro coraggio, senza la loro disponibilità a parlare di ciò che hanno subito...". Accidenti se era convincente. Sì, quei bambini erano coraggiosi. E lei li avrebbe sacrificati senza indugio per la propria gloria. Non avevano la più pallida idea di come fosse in realtà, quelle persone che l'avevano premiata. Avrei voluto zittirla, non sopportavo più il suono della sua voce. L'avrei fatta sparire. Una piccola croce su un riquadro rosso. Clic. Exit. Ora c'è, ora non c'è più. Più semplice di così.

13

Primavera 2013

Sepolta sotto terra, in profondità, almeno dieci metri la separano dalla luce naturale. Catherine non è sola: ci sono decine di persone come lei. Ma ci sono davvero? E c'è anche lui? O lei? Si stringe la borsa allo stomaco e si guarda alle spalle, prima a destra e poi a sinistra. Occhi incrociano i suoi, poi guizzano via.

...Avvertì un tocco delicato sulla schiena e si voltò. Le si parò davanti un mare di volti, nessuno dei quali destò il suo interesse. Lanciò un'occhiata verso il tabellone elettronico e vide che il treno sarebbe arrivato nel giro di tre minuti; quello che non sapeva era che indicava anche il tempo che le restava da vivere...

Va nel panico. È stato uno sbaglio. Qualcuno le pesta un piede. Cerca forse di farla inciampare? Tira indietro il piede e fulmina con lo sguardo il proprietario della scarpa da ginnastica che mugugna parole di scusa e torna a fissare dritto davanti a sé; vuole solo salire sul treno prima di lei, non spingerla sui binari. Qualcuno le respira sul collo, un odore di dopobarba alla sua sinistra; Catherine trattiene il fiato, non riesce a respirare quel profumo nauseante. Lo guarda furtivamente. Un uomo, più alto di lei, la spia di traverso a testa bassa. Porca puttana. Avrebbe dovuto prendere l'autobus. Cazzo, quando è uscita di casa era decisa a non permettere a quel libro di paralizzarla, e poi viaggiare in autobus significa dover effettuare tre cambi, troppi per arrivare al lavoro. Troppo complicato. Catherine la coraggiosa, ecco chi è, non una vigliacca piagnucolona. Cerca di essere la Catherine di Robert. Dalla notte in cui ha dato fuoco al libro, lui ha ricominciato a credere in lei. È stato così premuroso, così pieno di riguardi nei suoi confronti. Lei ha mantenuto la promessa e ha preso un appuntamento con il medico; Robert ha visto le piccole pastiglie gialle sul comodino. L'aiutano a dormire, e aiutano lui a credere che la moglie stia tornando in sé.

La gente la strattona e lei non sopporta di essere spinta verso il treno in arrivo. Si è fatta avanti di un passo al passaggio di ciascun treno, avvicinandosi a poco a poco, pronta per il successivo ma non troppo vicina. Ha scoperto un nuovo rispetto per la linea gialla. Il suo corpo freme per la paura che qualche psicopatico la scelga a casaccio in mezzo a tanti e la spinga sui binari. È già successo e pensa seriamente che possa succedere anche a lei. Solo che non sarebbe un caso. Sarebbe stata scelta di proposito. Sembrerebbe un incidente e Catherine sa quanto è facile che accadano, gli incidenti.

Si concentra sui binari e cerca frammenti spappolati del proprio corpo là in mezzo. Il treno arriva, lei pianta i piedi e si spinge in avanti. Ora tocca a lei salire. Ci riesce. Le porte si richiudono. Non c'è posto a sedere, ma una volta tanto è felice di ritrovarsi nella calca che le impedisce di crollare. Otto fermate e sarà arrivata.

Otto fermate, scende ed esce in strada. Continua a camminare senza guardarsi indietro. Via verso il lavoro, via verso la scrivania, dove ha bisogno di sedersi. Più si avvicina, più si sente al sicuro. Dimentica quasi che, pochi minuti prima, ha sospettato dei perfetti sconosciuti di spiarla, di volerla ammazzare. Però adesso no. Adesso è al sicuro. Passa il badge, supera la sicurezza e si unisce al gruppetto che aspetta l'ascensore. Lì la conoscono tutti. E lei li conosce.

«Ciao, com'è andato il trasloco?»

Catherine sorride a Kim, la dolce Kim, la dolce, giovane e brillante Kim. Getta la borsa sulla scrivania con un tonfo, estrae quel brutto bitorzolo di metallo che ha vinto e lo solleva in un'autoironica posa di trionfo, poi lo adagia sulla mensola alle sue spalle. Anche l'ufficio è uno spazio aperto, come a casa.

«Tutto bene» risponde e prende posto sulla poltrona. In quell'ufficio è lei ad avere il pieno controllo, lei a gestire le attività, a inaugurarle e persino interromperle, se desidera.

«Non è orrendo?» chiede Catherine guardando il premio.

«Potrebbe diventare un'arma contundente. Ci servirà quando arriva Simon» scherza Kim.

«Già, e sarà facile pulire il sangue con uno di questi utilissimi panni multiuso...» e Catherine ne prende uno e pulisce la polvere dal computer, sorpresa della rapidità con cui ha condiviso le intenzioni omicide di Kim.

«Caffè?» chiede la ragazza.

«Sì, grazie.» Catherine sorride.

Iniziano ad arrivare gli altri: produttori, ricercatori, personale della postproduzione. Seguono saluti, congratulazioni, un sentimento diffuso di simpatia verso di lei e verso il gruppo. Persino Simon, che si presenta con la solita tracotanza, è quasi tollerabile. Simon è suo coetaneo, un documentarista appena uscito dalla redazione, uno che si crede un pezzo grosso, ma quel mattino a Catherine non importa. È per il contrasto tra come si sentiva prima e come si sente adesso. Quasi normale.

«A proposito, brava.» Simon le fa l'occhiolino, lanciando una fuggevole occhiata al premio.

Lei lo ignora e apre un nuovo taccuino.

«Qual è il prossimo progetto?» le chiede. Oh, che omuncolo pettegolo e fastidioso!

«Pare che qualcuno sia interessato a trasformare il documentario in un film» mente lei, e gli sforzi del collega per continuare a sorridere la divertono.

«È fantastico» le dice.

«Non trovi?» replica lei senza staccargli gli occhi di dosso.

«Be', se ti va di parlarne, fammi sapere... ne conosco un sacco di gente del cinema.» Fa una smorfia.

«Oh, ti ringrazio, Simon.» Gli fa l'occhiolino, poi si volta e prende una penna, picchiettandola sul taccuino. Una lista, ecco cosa le serve. Una lista è sempre un buon punto di partenza.

Il libro: Un perfetto sconosciuto.
L'autore: Amico di... Parente di... Testimone di...?

Catherine picchietta la punta della penna sulla lista e ripensa a quando ha conosciuto Nancy Brigstocke. Era il 1998. Non c'era nessun altro e si erano incontrate una volta sola. Era stata Nancy a contattare Catherine. Ricorda il senso di colpa che aveva provato nel ricevere la lettera, nel sapere che Nancy aspettava da tempo che Catherine le proponesse un incontro. Sarebbe stato facile per lei rintracciare Nancy, e nemmeno per quest'ultima era stato difficile trovarla. Chi avrebbe avuto il cuore di rifiutarsi di fornirle il suo recapito? La lettera era scritta a penna stilografica, in inchiostro blu, quasi nero. Vede ancora la calligrafia inclinata, i ghirigori delle maiuscole all'inizio di ciascuna frase. Quella lettera aveva lasciato il segno. Catherine si era sentita costretta a incontrarla.

Era un venerdì pomeriggio di ottobre. Il cielo era bianco, l'aria afosa. L'afa a ottobre? Non era possibile, ma Catherine ricorda quella sensazione. La sensazione di soffocare. Ricorda di essersi tolta il cappello e di averlo infilato in tasca. Lo aveva indossato quando era uscita dal lavoro pensando che facesse freddo; invece moriva di caldo. Aveva sentito una vampata alla testa fino a che non aveva avuto l'impressione che il cervello le stesse cuocendo a fuoco lento, riducendo i pensieri a una poltiglia calda. Si era tolta il cappello e aveva sbottonato il cappotto. Nancy Brigstocke invece l'aveva tenuto chiuso. Il cappotto la sommergeva. Era uno scricciolo di donna. Portava i guanti ma non il cappello. Catherine ricorda di aver abbassato lo sguardo e di aver scorto la pelle rosea della cute tra i bianchi capelli diradati. Avrà avuto la stessa età di sua madre, ma sembrava più vecchia. Aveva il cancro. Ecco cosa aveva scritto nella lettera, e aveva l'aria di chi aveva alzato bandiera bianca. Le aveva anche scritto di aver perso da poco il marito: un altro motivo per cui Catherine aveva accettato di incontrarla. E se Nancy Brigstocke non fosse morta? E se fosse ancora viva? Con il cancro? Aggiunge il suo nome alla lista.

Quell'incontro era stato innaturale. Catherine avrebbe voluto dire molte cose, ma non ci era riuscita perciò aveva lasciato parlare Nancy. Aveva percepito una brama nella sua voce, il desiderio di sapere, di costringere Catherine a confessare. Ma lei non voleva, non poteva farlo. «Non so niente che possa esserle di aiuto» aveva detto. E poi Nancy aveva chiesto di incontrare Nicholas, e Catherine aveva dovuto rispondere di no. Aveva cercato di rifiutarsi nel modo più gentile possibile, dicendo che non poteva permetterlo, che era ancora troppo piccolo. Catherine aveva stretto la mano della donna ed era certa di avervi percepito la morte. Era proprio lì, in quegli occhi, alzati verso di lei; Catherine aveva distolto lo sguardo, incapace di sopportare quella vista. Si era congedata e si era allontanata, continuando a camminare senza mai voltarsi. Non voleva che Nancy la vedesse piangere. Non voleva che fraintendesse le sue lacrime. Piangeva per tutte le cose che non aveva detto e per quella donna minuta, rinsecchita sotto quell'elegante cappotto di tweed spigato. I guanti di pelle. I capelli radi e acconciati, le scarpe comode. Lo sforzo che aveva compiuto per migliorare il proprio aspetto era straziante. Lo sforzo per apparire più forte di quanto non fosse. Ma forse Catherine aveva sottovalutato la sua forza: Nancy aveva trionfato sulla morte e adesso intendeva marciare anche su di lei. Forse non era la morte che aveva visto nei suoi occhi, ma qualcos'altro, qualcosa di altrettanto freddo. Nancy Brigstocke era capace di produrre quel libro velenoso?

«Posso fare qualcosa per te?» Kim è alle sue spalle. Catherine chiude il taccuino.

«No, grazie. Buttavo giù qualche idea. Perché invece non stili una lista di possibili soggetti, così ne discutiamo in mattinata?»

Kim è d'accordo. Farebbe di tutto per lei. Catherine è il suo trampolino di lancio, l'unica che le fornisca l'opportunità di essere più di una semplice assistente.

«In effetti ho avuto alcune idee in tua assenza. Corro a scrivere due righe. Sono curiosa di sapere cosa ne pensi.»

«Fantastico!» Catherine sorride. È questo che ama in Kim. È motivata, entusiasta. Catherine non deve mai chiederle le cose due volte. Chissà cosa penserebbe se leggesse *Un perfetto sconosciuto*.

Catherine esce prima dal lavoro. Sa di aver conservato la lettera di Nancy. Ci sono ancora due scatoloni in camera da letto pieni di oggetti di cui non sa cosa fare. Ricorda di aver messo quel biglietto in un raccoglitore insieme a fotografie miste a lettere da parte di sua madre e vecchi amici. Durante i preparativi per il trasloco aveva pensato di gettarla, ma poi aveva cambiato idea. Le sue dita sfiorano il rosa sbiadito del raccoglitore e lo estraggono dallo scatolone. Sfoglia il contenuto e, sì, eccola. Carta da lettere azzurrina e inchiostro blu scuro. Nell'angolo in alto a destra c'è un indirizzo. Nessun numero di telefono, solo l'indirizzo. Le probabilità che Nancy sia viva e che abiti nello stesso posto sono scarse, ma vale la pena tentare. Palpitazioni, una scarica di adrenalina: le sensazioni di chi affronta la battaglia e non scappa con la coda tra le gambe. Un faccia a faccia, ecco cosa vorrebbe Catherine. Non sa quale faccia si troverà ad affrontare, ma qualcuno dovrà pur rispondere di tutto ciò che ha sopportato finora. Guarda l'orologio. Le quattro. Ha tutto il tempo di andare e tornare prima che Robert esca dal lavoro.

Catherine sale l'ultima rampa di scale e si domanda se una donna in fin di vita ce la farebbe mai. Se Nancy Brigstocke è viva, come farà a salire? Sua madre non sarebbe in grado. Preme l'interruttore sull'ultimo pianerottolo: non funziona. Ci riprova. Ancora niente. Qualcuno ha dimenticato di cambiare la lampadina. E di annaffiare la pianta accanto alla porta. Morta, secca e fragile. Dal lucernario proviene un ostile spiraglio di luce, a malapena sufficiente per leggere i numeri sulle due porte. Si posiziona davanti a quella indicata nell'ultimo indirizzo di Nancy Brigstocke e preme il campanello. Nessun rumore. Bussa, due colpetti secchi con le nocche, e nell'attesa si sistema la borsa a tracolla. Niente. Non c'è nessuno. Si accovaccia e sbircia dalla buca delle lettere. Moquette verde, gambe di mobilia scura, nessun movimento.

Si siede sullo scalino e apre la borsa per pescare il taccuino e la penna. Deve comporre il messaggio con cura. *Gentile sig.ra Brigstocke*, esordisce. Non deve usare un tono aggressivo né difensivo. Non deve nemmeno sembrare arrabbiata. Tutto sommato pensa di essere riuscita a dimostrarsi convincente ed equilibrata. Strappa il foglio dal taccuino, lo piega a metà e lo infila nella buca. È una follia. Le probabilità che Nancy Brigstocke sia ancora viva e che trovi quel messaggio sono bassissime. Preme la testa contro la porta per un istante e si accorge della presenza di qualcuno alle sue spalle. Sente il respiro affannoso di chi ha appena salito le scale. Catherine si volta. Una donna dai lunghi capelli bianchi la sta guardando, le borse della spesa appese alle braccia, il fiato corto.

«Signora Brigstocke?» chiede Catherine. Che sia Nancy, dopo anni di malattia, di abbandono, i capelli sporchi e troppo lunghi, i calzini di lana che fuoriescono dai sandali consumati? Ma questa donna non è troppo alta? Eppure... Catherine fa un passo in avanti per guardarla meglio in faccia, senza però riconoscerla. La donna le passa accanto trascinandosi verso l'altro appartamento. Posa le borse e armeggia con una chiave.

«Cercavo Nancy Brigstocke. Sa se vive ancora qui?»

La donna farfuglia una risposta: «No, non vive più qui da anni».

«Sa per caso se... dove abita adesso?» Catherine si accorge di balbettare. «Ho perso i contatti... e non ho sue notizie da tanto... L'ultima volta che ci siamo viste era malata...»

La donna è entrata in casa, la porta socchiusa mentre continua a tenere d'occhio Catherine, squadrandola dalla testa ai piedi, uno sguardo sgarbato che le graffia la pelle. Uno sguardo carico di sospetto.

«Sono un'amica di famiglia... Ci siamo perse di vista...» azzarda Catherine e quegli occhi la trafiggono, individuano la menzogna, formulano un giudizio silenzioso. *Bell'amica.*

«È dei servizi sociali?» domanda la donna.

«No... È solo che avevo perso il suo indirizzo e... ora l'ho ritrovato... Volevo parlare con...»

«Qualcuno ha fatto richiesta per la sua pensione?»

«Non sono dei servizi sociali, davvero... Volevo solo rivederla.»

«Be', è tardi ormai. Stava morendo quando l'hanno portata via... ed è successo tanti anni fa. Poverina... aveva un mucchio di aggeggi addosso. Sono quasi sicura che sia morta.»

«Mi dispiace» borbotta Catherine distogliendo lo sguardo. Avrebbe dovuto saperlo. Era ovvio che Nancy fosse morta. Si avvia verso le scale.

«Lo prenderà lui... il messaggio che ha infilato nella buca delle lettere.»

Il sangue romba nelle orecchie di Catherine. Si volta di scatto.

«Chi? Chi lo prenderà?»

La donna la scruta attentamente, tace per stabilire se rispondere o meno.

«Chi lo prenderà?» ripete Catherine, una punta di panico nella sua voce. La donna si acciglia a quella domanda che le pare piuttosto inopportuna per una persona che si è presentata come «un'amica di famiglia». Fa per chiudere la porta e Catherine si precipita verso di lei, protendendo la mano per fermarla, disperata.

«La prego...»

Un gatto miagola dall'interno dell'appartamento per competere con Catherine nel conquistare l'attenzione della donna.

«La prego...» tenta di nuovo Catherine.

«Il signor Brigstocke. Passa, di tanto in tanto.»

«Il signor Brigstocke?»

«Il marito di Nancy.»

«Ma è morto.»

«Non aveva detto di essere un'amica di famiglia?» La donna socchiude gli occhi, vedendo Catherine per ciò che è. Una bugiarda.

«Di Nancy. Conoscevo Nancy Brigstocke. E lei mi aveva detto che suo marito era morto.»

«Forse non si fidava di lei.»

Quelle parole scuotono Catherine nel profondo; forse è vero.

«Eravamo amiche» ribadisce. Non erano amiche. Non lo erano mai state. Si conoscevano a malapena e le sue menzogne aleggiano nell'aria. «Ci siamo perse di vista... Sto cercando di capire cosa le sia successo...» Gli occhi di Catherine sono carichi di lacrime e forse è questo che induce la donna ad ammorbidirsi.

«Non lo vedo da un po', ma ogni tanto passa di qui. Alla fine era proprio un tormento. La casa iniziava a puzzare, ma lei non apriva mai, non rispondeva neanche al campanello, perciò l'amministratore aveva dovuto telefonargli e farlo venire. Aveva la chiave. Doveva essere in condizioni pietose, l'appartamento. Poi è arrivata l'ambulanza e l'ha portata via. Ed è stata l'ultima volta in cui l'ho vista.»

«Lui non viveva con lei?»

«No. Questo è l'appartamento del figlio. Si era trasferita mentre lui era via; il ragazzo era sempre in giro da qualche parte. Almeno così diceva lei. Il marito non ha mai vissuto qui, anche se alla fine si è preso cura di lei. Le teneva la mano quando l'hanno portata via. Le diceva che era venuto a prenderla per riportarla a casa, così poteva occuparsi di lei. L'ho sentito con le mie orecchie. Ero qui a guardare, in caso avessero bisogno di qualcosa. Credo che fossero insieme, alla fine.»

«Ha il suo numero di telefono? O il suo indirizzo?»

La donna è impaziente. Troppe domande. Scuote la testa e chiude la porta. Catherine resta dall'altra parte, bussa, deve sapere.

«E lui come si chiama? Me lo dica, la prego.» Aspetta. Bussa di nuovo. «La prego.»

La porta resta chiusa. Alla fine Catherine scende le scale, reggendosi alla fredda ringhiera di metallo con la mano sudata. È scossa da quelle notizie e ripensa al biglietto al di là della porta, scritto a una donna che probabilmente è deceduta da lungo tempo. E poi le torna in mente che nel biglietto c'è il suo numero di cellulare. Cazzo. Quanto ci metterà a chiamarla? Cosa le dirà? E cosa vuole da lei? Il marito "morto". E inizia a chiedersi se Nancy avesse lasciato l'appartamento di propria volontà. O era troppo debole per opporsi? L'aveva costretta? L'aveva obbligata a tornare a casa con lui? Nancy le aveva detto che era morto. Perché? Aveva paura di ciò che poteva farle?

«Stephen...» Quel nome riecheggia nella tromba delle scale. Catherine alza lo sguardo verso la sagoma scura affacciata alla ringhiera. «Si chiama Stephen.»

Catherine continua a scendere, le immagini del libro che le balenano nella mente. Alcuni dettagli li aveva azzeccati. Com'era vestita, per esempio. E come faceva a saperlo? E poi sente un rumore proveniente dal passato: *clic, clic, clic.*

14

Tarda primavera 2013

E così, lei e Nancy si erano incontrate. In gran segreto, a mia insaputa. Ho trovato il biglietto quando sono tornato all'appartamento per riporre il manoscritto. Ho dovuto leggerlo più volte per essere sicuro di aver capito bene. E quando ho capito, sono rimasto senza fiato: un pugno allo stomaco che mi ha aggrovigliato le budella e mi ha mozzato il respiro. Scoprire del loro incontro mi ha fatto male, ma non quanto venire a sapere che Nancy le aveva detto che ero morto. Quella frase mi ha privato di ogni energia: «*...quando ci siamo incontrate, lei aveva perso suo marito da poco*». La «*dignità*» di Nancy l'aveva «*colpita*» ed era «*rimasta nei suoi pensieri*». Non può credere che lei sia «*l'autrice del romanzo che chissà come è arrivato in casa mia*». Si domandava persino se Nancy fosse al corrente dell'esistenza del libro. Be', certo che no. Nancy è morta, maledetta stronza!

Che stupida tronfia e presuntuosa! Il tono del biglietto però è rispettoso, devo ammetterlo. Ha descritto mia moglie come un esempio «*d'integrità morale*», una donna dotata di una «*profonda perspicacia*». Su questo non sbaglia. Nancy capiva le persone al volo. Ha scritto che lei e Nancy devono «*vedersi per parlare*» e si è premurata di lasciarle il suo numero di telefono.

È tutta colpa mia se mi sono fatto cogliere alla sprovvista. Se non avessi accantonato i quaderni di Nancy come brogliacci senza utilità e li avessi presi insieme al manoscritto, avrei saputo del loro incontro, perché lì c'è tutto. I quaderni non contenevano solo idee per il romanzo, erano molto di più. Solo dopo aver letto il biglietto mi sono interessato ai quaderni, e lì c'era ogni cosa: il loro incontro fin nei minimi dettagli, la data, l'ora, il posto, persino che tempo faceva. E la squisita descrizione di Catherine per mano di Nancy: «*L'ho riconosciuta nell'istante in cui mi è venuta incontro e nel vederla mi è salita la nausea. Non sapeva che io l'avevo già vista. Era fredda, impermeabile, sembrava che tutto le scivolasse addosso senza lasciare traccia. Infatti niente la scalfisce. Si sente pulita, non ci sono macchie su di lei...*». Nancy l'aveva guardata dentro, e quello che aveva visto non le era piaciuto.

Ho portato i quaderni a casa con me e li ho letti più volte, trovando molta consolazione. Sono contento che li avesse tenuti. Così come le fotografie, sono tasselli di un mosaico. Ho assorbito ogni singola parola, ho assaporato l'inchiostro sulla pagina, li ho portati a letto con me e ho dormito tenendoli sotto il cuscino, sognando le parole che fluttuavano fuori dalla carta penetrando nella mia mente fino a che i pensieri più intimi di Nancy non si fondevano con i miei. Ho persino masticato e deglutito quelle pagine. Adesso è parte di me, la mia amata. Adesso siamo una cosa sola. Mi ha dato forza: il mondo esterno non può intaccarmi, invece io posso toccarlo quando voglio.

Fa un caldo sorprendente. Aprile è stato rigido; maggio è una sauna. Non voglio aprire le finestre, anche se l'aria rinfrescherebbe l'atmosfera. Le preferisco chiuse, le tende tirate. Mi sono barricato dentro casa, murato vivo. È mezzogiorno. Il mio unico segno di cedimento alla calura è stato togliermi i calzini, i piedi scalzi sotto la scrivania dove non sono costretto a vederli. Non sono un bello spettacolo. Ultimamente ho trascurato l'igiene personale e ho le unghie lunghe. Si arricciano alle estremità, indecise sulla direzione da prendere. Dure, come osso. Mi mangio le unghie delle mani per tenerle corte, sputandole e lasciandole sulla scrivania là dove si appiccicano, desquamate e appuntite. Però non sono un maledetto contorsionista: non posso fare lo stesso con quelle dei piedi. E comunque non credo che i miei denti sarebbero all'altezza del compito.

Bussano alla porta. Non aspetto nessuno. Mi alzo dalla scrivania e sbircio dalla finestra. È il mio amico tipografo, Geoff. Lascio ricadere la tenda. Lo faccio entrare? La casa è un disastro. Temporeggio. Se se ne va prima del mio arrivo, tanto meglio.

Quando apro la porta è ancora lì.

«Mi chiedevo come stavi» dice.

«Tutto bene» rispondo.

Ha il mio libro in mano.

«L'ho letto» annuncia. «Non è come mi aspettavo, devo ammetterlo.»

Sono confuso, ma lui sorride e allora decido di correre il rischio. Mi faccio da parte per lasciarlo entrare. Gironzola e si guarda intorno meravigliato. Non ho ancora messo in ordine dopo l'ambaradan per cercare le fotografie.

«Mi sono entrati in casa i ladri» dico.

«Oddio, Stephen, mi dispiace.»

Faccio spallucce. «Hanno messo tutto a soqquadro, ma non hanno trovato niente di valore» spiego facendo un cenno verso il portatile, sano e salvo sulla scrivania. Gli offro del tè e lui accetta, poi mi segue in cucina. Sento le unghie raspare sul pavimento di linoleum mentre cammino. Ci farà caso? Le pantofole sono sotto il tavolo della cucina, mi soffermo prima di raggiungere il bollitore e le indosso.

«Allora, come procede?» chiede di nuovo.

È nervoso, il suo tono eccessivamente allegro. Aspetto di aver riempito il bollitore prima di rispondere.

«Tutto bene» ripeto e mi volto verso di lui.

«E il libro? Come vanno le vendite?»

«Oh, be', lente ma costanti» rispondo. Non mi interessa vendere, anche se lui non lo sa. Aspetto che l'acqua bolla poi scaldo la teiera. Mi chiedo se sappia che ho piazzato soltanto due copie, ma non è possibile, sono l'unico a esserne al corrente.

«Perché sai, se vuoi venderlo online devi creare un profilo...

aprire un blog, per esempio... e non so se sei in grado di farlo. Posso aiutarti io se...»

«Tu cosa ne pensi?» lo interrompo. Continuo a dargli le spalle, nervoso come uno scolaretto. «Hai detto di averlo letto. Cosa ne pensi?»

«Mi è piaciuto davvero» risponde, e io mi volto desiderando che continui. «A dire il vero non è il genere di libro che comprerei, ma è avvincente. Credo che avresti potuto trovare un editore vero, se avessi voluto.»

«Sei molto gentile, ma non credo che il mio libriccino interesserebbe a un professionista.» Svuoto la teiera e infilo tre bustine di tè, verso l'acqua bollente, metto il copriteiera e porto il tutto sul tavolo.

«Be', io invece penso di sì... è molto meglio di tante boiate che vengono pubblicate.»

Frugo in dispensa in cerca di due tazze pulite e bado bene di spolverarle con un canovaccio, per sicurezza. Mi siedo davanti a lui.

«Latte e zucchero?»

«Latte, due cucchiaini di zucchero» risponde.

Geoff mi piace. Non mi racconta molto di se stesso e non mi fa domande su di me. Parliamo di libri e di musica, e c'è qualcosa nel suo aspetto trasandato che trovo rasserenante. Ha i peli del naso lunghi che vibrano come le zampette di un ragno quando soffia sul tè. È sciatto; indice di una mente onesta, a mio parere. Allo stesso tempo è deferente, la sua trascuratezza non è intenzionale. Si è rasato, ma noto che il rasoio ha perso il filo, indossa una camicia e non una maglietta, ma gli sta un po' stretta alla vita, i bottoni che tirano e altri peli che spuntano dall'apertura, e manca il bottone in alto, il colletto aperto. Provo affetto nei suoi confronti, e credo che anche lui mi voglia bene. Forse ha perso il padre o forse teme di fare la mia fine. Qualunque sia il motivo, si è dimostrato gentile senza condiscendenza. E il mio libro gli piace, sinceramente.

«Stephen, so che vuoi cavartela da solo, ma... spero non ti

dispiaccia, dopo aver letto il tuo romanzo ho pensato che... be', che valesse la pena di promuoverlo, perciò ne ho consegnato qualche copia alla libreria del quartiere e hanno detto che lo metteranno in vendita. Vediamo come va. Sono impazienti di pubblicizzare autori del posto e, quando ho parlato loro di te, mi sono parsi davvero molto interessati.»

Sono esterrefatto.

«È in una libreria? Quella sul corso principale?»

«Sì. Ho fatto male?»

Sembro contrariato? Sono sorpreso, tutto qua. «No, no. È solo che non ci avrei mai pensato. Ti ringrazio.» Sono commosso.

«Non credo che tu sia consapevole del valore del tuo romanzo.»

Oh, ma io lo sono, certo che lo sono.

«Be', sai... come si suol dire, è sempre difficile giudicarsi da soli.»

La mia mente è in subbuglio. Quante probabilità ci sono che Catherine capiti da queste parti e si faccia un giro nella libreria del mio quartiere? Per un istante mi lascio trasportare dall'idea di una presentazione ufficiale e di lei in fila per farsi autografare una copia. Geoff mi sorride e mi rendo conto che sto sorridendo anch'io, sorrido di questa sciocca fantasia.

«Alcune parti mi hanno lasciato di stucco.» Fa una smorfia. «Piuttosto esplicite.»

Il mio sorriso è svanito. Teme di aver passato il segno. Alzo il mento, poi riprendo a sorridere. Percepisco il suo sollievo.

«Be', mi è rimasta ancora un po' di fantasia» chioso e lo guardo da sopra la tazza mentre sorseggio il tè.

Invece vorrei dirgli che è tutto vero. Che il libro dovrebbe stare nel reparto biografie. Però non intendo spaventarlo; in fondo, per il momento, il finale è solo un pio desiderio, un avvenimento fittizio non ancora tradotto in realtà.

«Cosa pensi di lei?» gli chiedo invece. «Credi che abbia fatto la fine che meritava?»

Lui ci rimugina.

«Be', non lo so. È un po' drastica, come punizione. Insomma, era una stronza manipolatrice, ma immagino che avesse solo colto la palla al balzo per passarla liscia, no?»

Sento una morsa al cuore. Facile per lui dirlo. Non è lui che subisce le conseguenze delle azioni e delle omissioni di quella donna.

«Non hai risposto alla mia domanda» riesco a dire. «Se lo meritava?»

«Be', quando è successo non ho provato dispiacere» risponde. «Quindi credo di sì. Descrizione fantastica.»

Meglio. Annuisco, sorseggio il tè e inizio a gustarmi l'opportunità che mi è caduta tra le mani. Mi si prospetta un pomeriggio dedicato all'esplorazione delle librerie nel quartiere dove abita lei. Perché no? Non ho niente da perdere a distribuirlo in giro. Dovrò mettermi in ghingheri, o forse Geoff sarebbe un ambasciatore più presentabile. Il caro Geoff, il mio ignaro complice.

«Pensi che ci sia speranza? Che potrebbero esserci anche altre librerie interessate?»

«Be', sì, può darsi. Prima prova da Hillside Books e parti da lì.»

«Se andasse bene, tu saresti disponibile ad aiutarmi a spargere la voce?»

«Più che volentieri, Stephen. Volentieri.»

Credo di avere le lacrime agli occhi.

«Non ho parole per dirti quanto significhi per me avere il tuo aiuto. È un mestiere solitario, Geoff, e sapere che c'è qualcuno che crede in me, be'...» Mi si spezza la voce.

E lui sorride. Sapete, credo di averlo fatto felice.

15

Tarda primavera 2013

Catherine è tornata al lavoro da due giorni e ha già ritrovato la concentrazione. O almeno così pare ai colleghi. È lo spettacolo consueto di Catherine che scrive al computer impettita sulla poltrona, che intreccia le dita dietro la testa mentre legge o prende appunti. Sta mettendo insieme qualcosa, raccogliendo le fila per tessere una nuova storia. Kim gironzola intorno a Catherine, che però è troppo indaffarata, e lei sa che non è il caso di disturbarla. Le posa una tazza di caffè sulla scrivania e si allontana.

Catherine ha ricevuto la conferma della morte di Nancy Brigstocke. Cancro. Deceduta da ormai dieci anni. Suo marito, però, è vivo. Stephen Brigstocke, dottore in lettere. Non è più il marito defunto con il punto interrogativo. È un insegnante in pensione. Perché diavolo non ha verificato prima? Perché non ha applicato lo stesso rigore che avrebbe riservato a qualsiasi altra inchiesta delle sue? Non le era nemmeno passato per la testa che Nancy avesse mentito sulla morte del marito. Adesso lo sa. E conosce anche l'aspetto di quell'uomo.

Ha ricevuto una telefonata dalla donna che ha acquistato la loro vecchia casa. Era infuriata. Ha accusato Catherine di ipocrisia, di non averla avvertita che un vecchiaccio viscido si sarebbe presentato alla sua porta. Catherine si è profusa in mille scuse e le ha detto che in effetti era il suo padrino, ma che non aveva idea che sarebbe riapparso dal nulla in quel modo. Le ha garantito che non c'era niente di losco e che, no, non ci sarebbero state altre visite indesiderate. Almeno non per lei, pensa Catherine.

Quella telefonata l'ha turbata. Sta trapelando. Si sta diffondendo. Come un'increspatura sulla superficie di un lago. Deve fermarlo prima che possa fare del male serio. Perché ancora non lo ha fatto. L'ha solo spaventata. Ha dimostrato tutto il suo malanimo in quella lunga lettera anonima, e recapitandola a suo figlio ha confermato di voler spargere quel veleno su chiunque le stia intorno. Per il momento quell'uomo ha messo a repentaglio solo la sua reputazione, la sua integrità morale. Catherine gode della benevolenza, dell'ammirazione, della fiducia e dell'affetto di molti. Ecco a cosa puntano le sue minacce, perché una volta che salterà fuori, che tutti lo sapranno, non ci sarà modo di tornare indietro. E lei non sarà più la persona che credono. Distorcerà la loro opinione. Nicholas l'ha letto, eppure non l'ha riconosciuta. Nessun campanello d'allarme è suonato nella sua mente. È ovvio. La protagonista del romanzo non è la madre che conosce. E Nancy non c'è più. Perciò chi è lui per dire che quel racconto perverso sia vero? È il prodotto di una mente malata, di un vecchiaccio inacidito. La mente di un assassino? È escluso. No, Catherine teme per la sua reputazione, non per la propria vita.

«Kim? Hai un minuto? Vorrei che controllassi una cosa per me.»

Kim scatta al fianco di Catherine, parcheggiando la sedia accanto alla sua, penna e taccuino in mano.

«Stephen Brigstocke. Insegnante in pensione. Settant'anni circa. Abita a Londra. Probabilmente insegnava in una scuola a nord della città. Potresti individuare gli ultimi posti di lavoro? Non prendere contatti diretti, voglio solo sapere cosa ha fatto negli ultimi anni. E l'indirizzo di casa, se ci riesci, e il numero di telefono. Inizia dal sindacato.» Catherine la osserva scrivere il nome *Stephen Brigstocke*, poi indugiare prima di aggiungere la parola *pedofilo* tra parentesi con un punto interrogativo. Catherine non la corregge. Perché dovrebbe? Segue con lo sguardo Kim, che si precipita alla scrivania e alza il telefono, ansiosa di seguire le tracce di un potenziale molestatore.

Kim impiega meno di un'ora a individuare l'ultima scuola dove Stephen Brigstocke ha insegnato. Il collegio Rathbone. Catherine riconosce il nome. Una scuola privata a nord di Londra. Dove stavano per iscrivere Nicholas. Alcuni dei loro amici ci avevano mandato i figli. Prima Brigstocke lavorava al Sunnymeade Comprehensive. Ci aveva insegnato per molti anni. Perché il passaggio dalla scuola statale alla privata? Catherine prova a leggere tra le righe. Una crisi di princìpi? La sete di denaro? Pensionato nel 2004 con tutti i requisiti in regola.

«Un po' troppo vecchio per insegnare, non trovi?» osserva Kim, in piedi alle spalle di Catherine che, in cima alla pagina, legge: *nato nel 1938*.

«Forse sì, anche se le scuole private hanno regole diverse» dice. «Hai trovato il suo recapito?»

«Non ancora. Sto aspettando. Continuo a cercare.»

«Fantastico. Grazie.»

«Allora, qual è la sua storia?» È una domanda più che lecita.

Catherine ha un'esitazione. «Non ne ho ancora la certezza. Ma sai...» e appaga l'assistente con un sorriso per farle credere che non appena scoprirà qualcosa di più concreto lei sarà la prima a saperlo. Non vuole rivelare troppo di quell'indagine a Kim. Però le è grata per l'aiuto.

«Caffè?» chiede Catherine, invertendo i ruoli per ribadire il concetto e portando le tazze in cucina per porre fine alla conversazione in modo educato.

Un'ora e due tazze di caffè dopo, Catherine ha appurato che l'attuale preside del collegio Rathbone è palesemente a disagio nel parlare di Stephen Brigstocke. Il suo predecessore è andato in pensione poco dopo di lui, e la reticenza dell'uomo fa intuire a Catherine che c'è qualcosa di poco chiaro dietro l'allontanamento di Brigstocke.

Qualche breve telefonata a un paio di amiche – è un'arte, quella di contattare amicizie trascurate riducendo al minimo i convenevoli senza recare offesa a nessuno e intanto riuscire a ottenere ciò che si vuole – e scova qualcuno che è ben contento di affrontare la questione di Stephen Brigstocke. La madre di uno studente. Una madre orgogliosa di aver condotto la campagna che ha portato al suo licenziamento.

Un uomo malefico. Un insegnante che odiava i bambini. E come se non bastasse la scuola sapeva tutto. Avevano provato a nascondere le sue inadeguatezze trasferendolo dove credevano che avrebbe fatto meno danni possibile: lo avevano allontanato dagli studenti delle superiori e lo avevano sguinzagliato tra gli alunni più piccoli. A loro importava solo mantenere i risultati e non si curavano dei danni che avrebbe inflitto sulle menti e sull'autostima di bambini di appena sette anni. Uno schifo. Uno schifo e basta.

Quella madre ricorda il suo primo incontro con Stephen Brigstocke; si era seduta davanti a lui alla cattedra, in occasione di un ricevimento dei genitori, e le era parso annoiato mentre parlava di suo figlio. Era un uomo a cui non importava dell'opinione altrui. Non gliene fregava niente. E la cosa le era sembrata pericolosa. Il fatto che non gliene importasse. E aveva ragione, no? Non si tratta solo di maleducazione. La maggior parte della gente ci tiene a cosa pensano gli altri, più o meno. Lui no. Catherine si dimostra comprensiva, doveva essere stato un incontro spiacevole. E la donna era anche certa che avesse bevuto. Lei e suo marito avevano sentito puzza di alcol nel suo alito. Non il solito bicchierino di vino bianco, ma qualcosa di più forte. Superalcolici. Aveva tutti i segni del bevitore. In lui c'era qualcosa di marcio, sì, di marcio.

Naturalmente la scuola aveva fatto di tutto per proteggerlo. Quando erano sorti i primi dubbi sul suo metodo d'insegnamento, lo avevano messo in aspettativa per un lungo periodo. Si vociferava di un lutto. Sua moglie era morta e ovviamente tutti cercavano di dimostrarsi comprensivi. E poi era tornato.

Doveva essere amico del vecchio preside perché, be', avrebbero dovuto licenziarlo molto prima. Quando la donna aveva letto le oscenità che aveva scritto sul tema del figlio, era inorridita. E suo figlio non era l'unica vittima. Aveva violentato anche altri alunni.

«Violentato?» la interrompe Catherine. Eh, sì. La donna ha le idee molto chiare: quella che suo figlio ha subito per mano di Stephen Brigstocke non è altro che una violenza.

«Non era il genere d'uomo con cui avrebbe lasciato suo figlio da solo, di questo ne sono perfettamente sicura.»

«Ha mai fatto del male fisico agli studenti?» incalza Catherine.

Silenzio.

«Be', ho sentito dire che uno dei motivi per cui aveva lasciato la vecchia scuola era che si era... ecco, legato troppo a uno degli studenti. Mettiamola così.»

«Cosa intende?» A Catherine non basta quella parolina edulcorata, «legato».

«Era un ex studente. A quanto dicono, Brigstocke aveva manifestato un interesse morboso per lui dopo il diploma. Ho sentito dire che lo avevano minacciato con un ordine restrittivo. L'ho scoperto solo dopo che era andato in pensione. A essere onesti, la cosa non mi ha sorpreso.»

«Quindi si trattava di un ex allievo della scuola dove insegnava prima, il Sunnymeade Comprehensive?»

«Sì, esatto.»

«E come l'ha saputo?»

La donna cerca di ricordare. «Me l'ha raccontato un'amica. I suoi figli hanno frequentato il Sunnymeade.»

«Conosce il nome di quell'allievo? Vorrei parlarci.»

«Be', no. Ma posso sempre scoprirlo.»

«Le sarei davvero grata. E la ringrazio anche per avermi dedicato il suo tempo.» Be', è naturale che le abbia dedicato del tempo. Catherine ha una reputazione irreprensibile, una lunga lista di meriti per la sua sensibilità alle emergenze sociali. Ha ottime credenziali e tutti sanno che si comporterà sempre nel modo giusto. Per la prima volta dopo settimane ha la mente limpida, sgombra da ogni vergogna. Sta acquisendo materiale, raccogliendo informazioni: sta imparando a conoscere il suo nemico.

16

Tarda primavera 2013

Ho il suo numero di telefono, il suo indirizzo e l'ho vista in carne e ossa. Non è più solo un prodotto deil'immaginazione sullo schermo del portatile. Ho iniziato a bazzicare la stazione della metro dove cambia linea per andare al lavoro. In questo momento sono in piedi alle sue spalle.

Ci sono alcune persone che ci separano, ed è più alta di me, ma la scorgo attraverso gli spiragli tra spalle e colli. Se allungassi la mano, potrei toccarla. Sfila i capelli rimasti impigliati dentro il colletto, poi solleva la spalla per tirare su la borsa. È irrequieta. Mi fa piacere. Ma ha lo smalto alle unghie. E questo non mi va. Mi viene voglia di piangere. Sono il segno che non le importa. Che tira avanti come nulla fosse. Non è quello che vorrei vedere. Non dovrebbe esserle concesso il sollievo dell'amnesia. Non lo merita. Non dovrebbe essere in grado di tingersi le unghie, di farsi i capelli. Non dovrebbe prendersi cura di se stessa. Sa cosa ha fatto eppure si crede degna di essere salvaguardata. Vorrei vedere le sue unghie mangiucchiate e sanguinanti. La dimostrazione che prova qualcosa.

La gente spinge in avanti all'arrivo del treno e io mi lascio trasportare verso di lei. Cammino in aria. Anche lei è stata spinta, ma non da me. Io non l'ho toccata. Si guarda intorno, non mi vede; non sono nel suo campo visivo, mi supera in altezza di tutta la testa. Non siamo ancora pronti, io e Nancy. L'ho portata con me. Le sue braccia sono sopra le mie, il mio petto dove un tempo stava il suo. Ormai indosso il suo cardigan quasi sempre. Le porte si aprono. Lei sale senza badare allo spazio fra treno e banchina e inciampa. Ho perso l'occasione? Poi le porte si richiudono e la vedo partire. Tira un sospiro di sollievo? Non ne sono sicuro, ma dovrebbe. Non stavolta. Non ancora. Ma adesso conosciamo il suo itinerario. Sappiamo dove e quando trovarla.

E io sono dotato di grande pazienza. Anni fa andavo a pescare. Per divertimento, naturalmente. Pescavo dagli scogli intorno alla torre Martello. Questo è un po' come pescare. Ho lanciato l'esca e adesso devo solo aspettare. Solamente aspettare. Il momento arriverà.

Anche il buon vecchio Geoff è in stallo, pronto a lanciare altre esche al mio segnale. Ci sono due librerie nel suo quartierino tranquillo e a un mio comando lui partirà all'attacco. Il gentile Geoff. E a quel punto lei addenterà l'esca, lo so, e io tirerò le reti. Be', non proprio le reti. Sarebbe già tanto se ne trovassi una, di rete. Un morso, è tutto ciò che chiedo, il morso di una preda sfuggente. Pregusto il fremito della mia mano quando sentirò la canna tendersi. Voglio vedere l'amo incastrato in gola. La preda che boccheggia per respirare. Il suo destino nelle mie mani. Un semplice colpo in testa con un'arma contundente. O mi accontenterò di averla recuperata dagli abissi e di vederla asfissiare, gli occhi sbarrati dal panico? C'è qualcosa di molto gratificante in quell'idea. Un pesce fuor d'acqua. Un pesce brutalmente introdotto in un ambiente ostile. Sopravvivrà? Probabilmente no. L'esposizione improvvisa potrebbe ucciderlo. Asfissiano, i pesci, no? Se restano troppo a lungo fuori dall'acqua? Quindi, sì, l'esposizione prima, e poi forse porrò fine alle sue sofferenze.

17

Tarda primavera 2013

Non è con l'"allievo" in questione ma con sua madre che Catherine riesce a parlare. È un'informatrice meno generosa della precedente. Sebbene Catherine ci metta un po' a farle sputare il rospo, alla fine la donna si sbottona. Sì, era stato un periodo di grande sgomento. E per suo figlio, Jamie, che adesso ha trentasette anni, be', era stato traumatico. Catherine è paziente, comprensiva. Non vuole farle pressioni. Possono parlarne un'altra volta. Magari preferisce che Catherine vada a trovarla? No, meglio togliersi subito il dente, al telefono.

Stephen Brigstocke era stato l'insegnante di Jamie dalla terza alla quinta superiore. Era un bravo professore e a Jamie piaceva. Brigstocke nutriva un interesse particolare per lui, gli dava ripetizioni quando aveva bisogno, e la famiglia gliene era grata. Non fosse stato per lui, Jamie non avrebbe avuto i requisiti per entrare all'università di Bristol. Per loro si era trattato di un traguardo importante: Jamie era il primo della famiglia a essere ammesso all'università. La donna ricorda di averlo accompagnato con i bagagli e di averlo lasciato lì, una domenica sera. Aveva pianto nel salutare il figlio. Era la prima volta che stava lontano da casa per più di una notte e suo marito le aveva dato della sciocca; sarebbe stato benissimo. Entrambi pensavano che l'università fosse il posto più sicuro dove Jamie potesse imparare a vivere da solo.

«La prima settimana Jamie aveva visto il signor Brigstocke al campus. Girovagava senza meta e Jamie aveva pensato che fosse solo una coincidenza, che avesse del lavoro da svolgere o che conoscesse qualcuno all'università. Poi lo aveva rivisto. Era fuori da una delle aule, ma quando Jamie era andato a parlarci, lui era scappato come se non lo avesse visto. *Fingendo* di non averlo visto. Aveva iniziato a pedinare Jamie. Mio figlio lo vedeva nel pub, a passeggiare per il campus, fuori dalle aule, sempre a debita distanza, senza mai parlare con lui, senza mai avvicinarlo, limitandosi sempre a guardarlo. E questo lo disorientava. Gli sembrava che il signor Brigstocke pensasse di non essere visto, di essere invisibile. Avevamo detto a Jamie di parlarne con qualcuno, ma non voleva sollevare un polverone. Poi un giorno era tornato nella sua stanza, e il signor Brigstocke era lì seduto, sul suo letto. Aveva detto a uno degli altri studenti che era suo zio. Quell'uomo continuava a ripetere la stessa cosa: che Jamie doveva darsi da fare all'università, che non doveva perdere tempo. Continuava a ripeterlo. E Jamie era spaventato. Quell'uomo era pazzo, completamente fuori di testa. Alla fine Jamie aveva dovuto inventarsi di avere un appuntamento: era l'unico modo per liberarsi di lui. Dopo abbiamo scoperto molte altre cose, non da Jamie ma da uno dei suoi compagni. Nostro figlio non voleva parlarne. L'amico ci ha raccontato che Jamie sospettava che, quando si era intrufolato nella sua stanza, Brigstocke avesse rovistato tra le sue cose. Sa, tra gli oggetti personali. Erano stati spostati. Noi lo abbiamo saputo solo molto dopo. Se avessimo... be', mio marito sarebbe andato da lui e lo avrebbe conciato per le feste.»

«Cosa avete fatto?»

«Be', volevamo informare la polizia, solo che Jamie non era d'accordo. Mio marito aveva parlato con l'università e ci avevano assicurato che avrebbero tenuto gli occhi aperti. Per un po' non era successo niente. Poi una sera, quando Jamie era a letto, Brigstocke si era ripresentato. Aveva iniziato a bussare con violenza, pretendendo di entrare. Diceva di aver perso l'ultimo treno e voleva dormire per terra in camera di Jamie. Si comportava proprio da squilibrato. Un altro studente, un compagno di Jamie, lo aveva costretto ad andarsene.»

«E quella volta avete avvisato la polizia?»

«No, no, Jamie non voleva chiamarla e, quando lo abbiamo saputo, non lo ha permesso nemmeno a noi. Ma il suo compagno sosteneva di aver rimesso Brigstocke al suo posto. Non è più tornato dopo quella volta. Noi andavamo da Jamie tutte le volte che potevamo. Il suo amico ci ha raccontato che Brigstocke piangeva davanti alla porta, che bussava supplicandolo di lasciarlo entrare, e che aveva dovuto trascinarlo via di peso. Jamie era sconvolto. Era stato il suo compagno a cacciare Brigstocke. Lo aveva malmenato... be', era stato costretto a farlo. Ha detto che era uno svitato, che frignava come un bambino. Jamie non ci ha mai raccontato niente. Il punto è che a lui il signor Brigstocke piaceva sul serio, lo ammirava.»

«La ringrazio, signora Rossi, la ringrazio tanto. Crede che Jamie accetterebbe di parlare con me?»

«Oddio, no! Andrebbe su tutte le furie se sapesse che gliel'ho detto. È un tabù per lui, non ne parla mai. Nemmeno adesso. A volte mi domando, insomma, se fosse successo qualcosa prima che andasse all'università. Brigstocke era davvero ossessionato da Jamie.»

«Cosa intende? Ha mai sospettato qualcosa quando Brigstocke era ancora l'insegnante di suo figlio?»

«Non lo so. Non lo so... No, no, proprio no. Non ne sono sicura. Jamie si fidava del signor Brigstocke. Lo aveva aiutato a passare l'esame. Trascorrevano tanto tempo insieme.»

«Senta, mi permetta comunque di lasciarle il mio numero e, se pensa che Jamie sia disposto a parlare, mi faccia uno squillo. È possibile che non sia l'unico allievo per cui il signor Brigstocke nutrisse uno strano interesse.»

È stata una buona giornata di lavoro. Produttiva. Catherine sta creando un identikit di Stephen Brigstocke, non certo lusinghiero. Questo la fa sentire meglio, un po' più serena. Non è l'unica ad avere degli scheletri nell'armadio. Sta per uscire quando Kim le consegna un foglietto con l'indirizzo e il numero di telefono che aspettava.

Non ha fretta di rincasare. Robert ha detto che avrebbe ritardato, perciò Catherine se la prende comoda, scende alla fermata prima e decide di fare una passeggiata. È un bel pomeriggio. Supera la libreria del quartiere, soffermandosi per dare un'occhiata alla vetrina. È piena di tentazioni, di libri con cui rinfrescarsi il palato. Sta per entrare quando si sente chiamare dall'altra parte della strada. Vorrebbe fare finta di niente – sente che la libreria la risucchia, la calamita verso i propri scaffali – ma la voce la chiama di nuovo, adesso più vicina, alle sue spalle.

«Catherine!»

Si volta e si trova davanti il sorriso raggiante di un'amica che non vede da un po'.

«Come stai?»

«Bene, bene. E tu?»

«Anch'io bene. Dove sei diretta?»

«Be', stavo per entrare a comprare un libro. Devo fare un regalo.» Perché mente?

«Oh, andiamo a bere qualcosa. Dai, solo un bicchiere di vino...»

La proposta dell'amica è allettante. Il sole è luminoso. Robert tornerà tardi. Possono sedersi all'aperto, bere qualcosa, fumarsi una sigaretta. Catherine cede, lasciandosi distogliere dai suoi pensieri.

È ancora giorno quando torna a casa. Abbassa ugualmente gli avvolgibili e accende le luci. Robert sarà a casa tra un'ora. Il silenzio invita il pensiero di Stephen Brigstocke a invadere la sua mente. Per un po' lo ha tenuto a bada: la compagnia dell'amica e il bicchiere di vino hanno contribuito a tenerlo lontano, ma ora si è intrufolato di nuovo. Il foglietto con il numero di telefono è nella sua borsa. Lo recupera e lo osserva, poi lo digita. Il suo dito resta sospeso sul simbolo di chiamata. Cosa gli dirà?

Ha la bocca secca. E se telefonando peggiorasse la situazione? Non sa cosa fare. In fondo cosa vuole da lei? Perché non l'ha ancora chiamata? Forse non ha ancora messo piede in quell'appartamento da quando Catherine ha lasciato il messaggio. Forse non ha il suo numero. O forse sì, e ha deciso di non usarlo. Forse non vuole parlare con lei. E allora cosa vuole? Le ha mandato il libro – lo ha scritto – affinché lei lo leggesse. E Catherine lo ha fatto. E in qualche modo deve farglielo sapere. Ma lo ha mandato anche a Nicholas. Lo ha fatto per colpire lei? Non c'erano biglietti per Nicholas: un biglietto avrebbe spiegato tutto, invece non c'era. Era un avvertimento, per lei: per farle capire che lui sa chi è suo figlio e dove trovarlo. Era una minaccia. Catherine deve fargli sapere che ha letto il libro. Può farcela. Ma vorrà anche delle scuse? Una richiesta di perdono? Un'ammissione di colpa? No, questo è troppo. Però è disposta a concedergli qualcosa. Gli tenderà la mano, purché la lasci in pace. Sì, è pronta ad andargli incontro. Meglio scrivere anziché parlare. Non si fida a telefonargli. E comunque non le crederebbe. Meglio riordinare i pensieri, metterli per iscritto e inviarglieli in forma di lettera. Cancella il numero e ripone il foglietto nella borsa.

Apre il portatile e cerca il sito internet di *Un perfetto sconosciuto*. Ha perso il conto delle volte che ha visitato quella pagina. Non c'è mai niente di nuovo. Clicca su «Recensioni». Fa' attenzione. Molta attenzione. La moglie le aveva detto che era morto. La moglie stessa aveva negato la sua esistenza. Non si fidava di lui. Catherine deve fare attenzione. È malato, quell'uomo. Ha già dimostrato fino a che punto è contorta la sua mente. Digita le parole: «*C'è indiscutibilmente del dolore al centro di questo romanzo. Ed è raro che un'opera letteraria riesca a suscitare sentimenti tanto potenti nel lettore*». Dovrebbe firmarsi con il suo nome? No, troppo rischioso. Nessuno deve collegarla a quel libro e in futuro potrebbe venire a galla, se qualcuno cercasse il suo nome su Google. Tuttavia deve fargli sapere che è davvero lei, perciò si firma Charlotte, il nome che le ha dato nel romanzo, e schiaccia «Pubblica».

18

Inizio estate 2013

Adesso dormo durante il giorno e resto sveglio di notte. Mi piace l'oscurità. Non sono solo. Nancy è con me e ho anche il portatile. È il mio animale da compagnia: lo uso anche per fare compere, come si fa con il cane quando lo si manda fuori dalla porta a prendere il quotidiano. Ricevo la spesa direttamente a casa. Più che altro sono prodotti in scatola. Come durante la guerra. Carne in scatola. Pollo a bocconcini. Non importa cosa mangio: mi sembra tutto uguale perché c'è un altro sapore che sovrasta il resto. Anche quando mi spazzolo i denti fino a far sanguinare le gengive, non riesco a togliermelo di bocca. Rende tutto amaro. E stasera è particolarmente intenso.

Ho letto una recensione. È un accenno di interesse? Ormai avrà saputo che Nancy è morta e che è con me che deve parlare. Sento uno strattone alla lenza. «*C'è indiscutibilmente del dolore al centro di questo romanzo. Ed è raro che un'opera letteraria riesca a suscitare sentimenti tanto potenti nel lettore.*» Si è firmata Charlotte. È un'ammissione di colpa? Ma più la leggo, più la vedo per ciò che è: «*sentimenti tanto potenti*», non specifica di quali sentimenti si tratti. Disgusto? Odio? Esigo precisione, non vaghi concetti. Esigo vergogna, paura, terrore, rimorso. Una confessione. È chiedere troppo? Questa piccola recensione mi ha proprio dato sui nervi. È scritta con grande attenzione: attenta a non chiedere perdono, attenta a non ammettere la propria responsabilità. Dovevo prevedere che avrebbe tentato di svicolare. Come osa pensare che quelle parole vuote, stilate frettolosamente, possano bastare? Persino a distanza di tanti anni, la signora Catherine Ravenscroft, pluripremiata documentarista, madre di Nicholas il venditore di aspirapolvere, continua a rigirare il coltello nella piaga con lo smalto alle unghie e una recensione subdola. Ha sbagliato a pensare che quel messaggino stringato possa soddisfarmi. È una provocazione. Un insulto. Non mi interessa che riconosca il mio dolore. Ormai è troppo tardi. Deve condividerlo, sapere cosa si prova. Solo allora mi metterò in contatto con lei. Deve soffrire quanto ho sofferto io.

19

Inizio estate 2013

Catherine si sveglia. Non ricorda di essersi appisolata, ma la testa le dice che ha dormito per un po'. Ha gli occhi abbottonati. Il letto è vuoto e la luce penetra da sotto l'avvolgibile. Lascia ricadere la testa sul cuscino. Il sole riscalda la stanza. Dev'essere una bella giornata là fuori. Sono le dieci passate. Robert è uscito ore fa. Deve essere stato contento di vederla dormire saporitamente.

La sera prima Robert le ha detto che si doveva alzare presto. È stata la prima volta da tanto tempo che le ha parlato del suo lavoro. Catherine era troppo assorbita dai propri problemi, ma la sera prima Robert si è confidato: ha parecchio lavoro arretrato e si sente come sprofondare. Catherine sa che il marito detesta non avere il pieno controllo della situazione; vuole essere sempre un passo avanti in modo da sentirsi saldamente al comando. Se non lo è, la cosa lo manda... be', non proprio nel panico totale, ma certamente in agitazione. Fa l'avvocato: la gente conta su di lui per sistemare i propri guai.

Così quella sera sono rimasti svegli fino a tardi a chiacchierare e Catherine si è sentita, per la prima volta dopo secoli, davvero presente. Era sbigottita quando Robert le ha raccontato che l'ente di beneficenza per cui lavora stava per essere torchiato dalla commissione d'inchiesta parlamentare del ministero del Tesoro. Nutrivano sospetti sulle modalità di impiego dei fondi governativi per alcuni progetti benefici.

«C'è del marcio?» ha chiesto lei.

«No, no, è semplice incompetenza» ha risposto Robert.

«Dovrai presentarti in giudizio anche tu?»

Lui scuote la testa. «Però se lo facessi sarebbe più semplice. In qualche modo devo far sì che nessuno degli amministratori faccia la figura del criminale anziché apparire per ciò che è: un buffone incompetente e in buona fede.»

«Sono fortunati ad avere te» ha detto Catherine e gli ha stretto la mano.

Quando si erano conosciuti, Robert lavorava per il ministero degli Interni. Aveva quasi trent'anni, mentre lei ne aveva ventidue, ma era timido e per questo sembrava più giovane di quanto non fosse. Catherine lavorava per un quotidiano; era il suo primo incarico. Era ambiziosa, e lui pure. Erano entrambi decisi ad avere successo ed erano sulla buona strada. Catherine ricorda di essere stata colta alla sprovvista dal candore di Robert: era così ingenuo che aveva provato il desiderio di proteggerlo. Al loro primo incontro, lui le aveva confessato di nutrire «velleità politiche». Quelle erano le parole esatte che aveva usato, ma con modestia e umiltà. Lei lo aveva incoraggiato a parlare. Era stata la prima di una lunga serie di chiacchierate "informali" che avrebbero fatto in un pub di Stoke Newington: un terreno neutrale dove per entrambi era quasi impossibile incontrare colleghi di lavoro. Robert era iscritto al Partito Laburista da quando era studente; e anche lei, solo che la sua tessera era scaduta, a differenza di quella di lui. Robert sperava di essere scelto come candidato parlamentare: sarebbe stato uno dei più giovani della storia. Non era mai successo, ma Catherine sapeva che era ancora un sogno nel cassetto per lui. Ieri sera ne hanno riparlato. Lui ha sorriso, contento che lei avesse sollevato l'argomento, ma poi ha scosso la testa.

«Naaa, non adesso» ha replicato.

«Se è ciò che desideri, sappi che io ti sosterrei.» È stato liberatorio non pensare a se stessa una volta tanto. Catherine lo interpreta come un segno di ripresa e si alza a sedere, addossandosi ai cuscini.

È passata una settimana da quando ha postato la recensione e l'istinto le dice che è stata la cosa giusta da fare. Stephen Brigstocke cercava comprensione da parte sua. Adesso sa che Catherine riconosce la sofferenza che lui ha dovuto sopportare. E la cosa ha giovato anche a lei, pensa. Forse quella è un'altra ragione per cui dorme meglio. Mettere quelle parole nero su bianco l'ha costretta a riflettere sul dolore di quell'uomo, distogliendola dal proprio. Catherine non può fare ammissioni di colpa, ma può iniziare a capire come mai il signor Brigstocke si sia sentito spinto a compiere una tale azione di odio deliberato. Sì, rifletterci le ha fatto bene. Forse hanno ristabilito entrambi un certo equilibrio.

Scende dal letto e alza l'avvolgibile. La giornata è magnifica. Non ci vuole andare, in ufficio; telefonerà per avvisare che lavorerà da casa. Scende, si prepara il tè poi si siede al tavolo con il portatile. Apre la pagina di *Un perfetto sconosciuto.* La sua recensione c'è ancora, ma non è stato aggiunto altro. Un'immagine del libro che persiste ancora in un angolo dello schermo suscita in lei un sussulto di rabbia al ricordo dell'invasione che ha subito. Esce dalla pagina. Non la visiterà più.

20

Inizio estate 2013

È mattina. Sono stato sveglio per tutta la notte. Non mi va di fare colazione. Stando al mio portatile sono le dieci e sono tutto indolenzito per essere rimasto seduto troppo a lungo. Devo fare movimento. Immagino di aver cominciato a dare i numeri. Troppo tempo davanti allo schermo. In genere un uomo della mia età non ha di questi problemi. Tre passi verso la finestra e apro le tende. È una giornata strepitosa. Non ne avevo idea. Resto accecato come se fossi davanti ai fari di un'automobile nel pieno della notte. È la giornata ideale per uscire di casa.

Ho fatto fare dei duplicati delle fotografie, inviando gli stessi negativi che Nancy aveva usato tanti anni fa. Mi aspettavo quasi che mi pervenisse un messaggio scortese dal laboratorio, invece non è stato così e mi è arrivata una serie fresca di stampa di fotografie su carta lucida. Indosso il giubbotto leggero, poi mi infilo la busta con le stampe in tasca. Sì, questa è la giornata ideale per uscire di casa.

Tutte le volte in cui attraverso una delle splendide piazze londinesi mi pento di non essermi sforzato di uscire più spesso. È un'iniezione di vigore. E Berkeley Square è una perla. Non c'è niente di misterioso, la piazza è consapevole del proprio valore e si pavoneggia senza timore. È qui che si reca chiunque sia interessato all'acquisto di una Rolls-Royce. Ma io non lo sono e, a giudicare dal loro aspetto, non lo sono nemmeno gli altri frequentatori della piazza all'ora di pranzo. Chiudo gli occhi e inclino il viso verso il sole e, per un brevissimo istante, sono felice di essere vivo. Sono ancora qui, vivo e pronto a colpire. Prima però finisco il panino, lieto di far parte di questo club di mangiatori all'aperto. Percepisco uno spirito cameratesco tra me e gli altri, alcuni dei quali sono seduti sulle panchine, altri distesi nell'erba, sul giubbotto. Non ci conosciamo, tuttavia ci rilassiamo nella reciproca compagnia: abbiamo il privilegio di condividere questa sfarzosa area verde con i vecchi platani, le uniche creature viventi più vecchie di me in questa piazza londinese. Appallottolo l'incarto del panino e lo getto in un cestino, apprezzando il senso di sicurezza che mi infonde il fatto che non sia stato rimosso per paura degli ordigni che potrebbero esservi depositati. Questo è un luogo sicuro. Mentre attraverso la piazza, estraggo la busta dalla tasca per ricontrollare l'indirizzo. Berkeley Square, 54.

La facciata del numero 54 è stata asportata e sostituita da vetro, da gigantesche lastre di vetro, come se qualcuno avesse spalancato a forza le fauci del palazzo e vi avesse incastrato quelle pietre tombali per impedirgli di richiuderle. Un edificio che cerca di non soffocare. Un'espressione umiliante per questo prospetto un tempo nobile. Supero il suo orifizio dilatato, mi presento alla giovane donna della portineria e le porgo la busta con un sorriso.

21

Inizio estate 2013

Catherine decide di trascorrere la giornata nella tranquillità domestica. Scrive un messaggio a Robert per informarlo che ha preso la giornata libera e chiedergli come va al lavoro. *Bene*, risponde lui. *Torno alle 19.* Gli manda tre baci. Quella sera preparerà una buona cenetta. Stapperanno una bottiglia di vino bianco frizzante, mangeranno qualcosa di speciale e staranno un po' insieme. Catherine non potrebbe chiedere di meglio: non c'è un'altra persona al mondo con cui vorrebbe passare la serata, o delle cui opinioni si fidi di più. Ripensa alla notte di dieci giorni prima in cui per poco non gli ha raccontato tutto. Grazie a Dio non lo ha fatto. Robert pensa di essere il più forte tra di loro, ma non lo è e il matrimonio è un castello di carte. Non soltanto il loro, tutti i matrimoni lo sono. C'è un equilibrio da conservare, e lei crede di essere riuscita a mantenere la loro unione sulla giusta rotta.

Robert detesta qualsiasi tipo di conflitto. Catherine non lo ha praticamente mai visto arrabbiato, nemmeno con Nicholas, nemmeno nel suo periodo peggiore. È sempre stata lei ad alzare la voce, Robert mai. Lui era quello che appianava i contrasti. Sebbene a volte la cosa le abbia dato sui nervi, facendola sentire come il terzo incomodo, capisce perché si sia comportato in quel modo. Quando Nick non poteva o non voleva parlare con lei, almeno sapeva di poterlo fare con suo padre.

Robert era cresciuto come figlio unico di genitori in perenne stato di guerra ed era diventato un esperto di diplomazia. Le faceva male pensare che lei e Nicholas avessero bisogno di un mediatore, ma a volte era così. Per colpa sua, doveva ammetterlo. Non è mai stata capace di avvicinarsi a lui come avrebbe voluto. Sembrava che Nicholas fraintendesse la sua voce, la sua intonazione, le sue espressioni facciali. Gli bastava un nonnulla per infuriarsi con lei e con il tempo Catherine era diventata impacciata nei suoi confronti. Non c'era niente di spontaneo. Non era sempre stato così, ma certamente lo era diventato dall'adolescenza in poi. Catherine non ha mai dubitato del suo amore per Nicholas, però il loro legame si è come logorato. Forse se lei e Robert avessero avuto un altro figlio, le cose sarebbero andate diversamente.

È dura per Catherine riflettere su queste cose; normalmente respinge quei pensieri, ma si augura che, con l'allontanamento di Nicholas da casa, la distanza e lo spazio possano aiutare entrambi a guardarsi da una diversa prospettiva.

Non ricorda di essere mai stata così felice di andare al supermercato, ma oggi lo è. Le fa bene potersi concentrare sulle cose normali. Sceglie un mazzetto di prezzemolo, i lunghi steli che le si afflosciano in mano, e lo mette nel carrello. Compra cibo fresco; prodotti che, se non mangiati subito, marciranno, puzzeranno e le ricorderanno che ha di nuovo perso il controllo della realtà.

Anche il compito ripetitivo di mettere a posto la spesa le dà una sorta di calma felicità. Un gesto ordinario e ingrato è un lusso quando si è stati male come lo è stata lei. Assapora il piacere semplice di togliere il cibo dai sacchetti e di riporlo: ogni cosa ha il suo posto e Catherine si assicura che lo trovi.

Sono appena le quattro; mancano ancora molte ore prima di doversi mettere a cucinare. Va in salotto e si distende sul divano. È come un gatto che si impigrisce nell'unica chiazza soleggiata della stanza. Chiude gli occhi, anche se non è stanca, ma solo rilassata. Poi fa una cosa che non faceva da settimane. Prende un libro e si mette a leggere. È un libro inoffensivo – lo ha già letto – in cui può sprofondare, riadagiandosi sul divano.

Alle sei si versa un calice di vino e telefona a sua madre. Non trascura mai quel rito settimanale, anche se ultimamente le conversazioni sono state piuttosto frettolose e superficiali, e sua madre meriterebbe di più.

«Mamma? Come stai? Com'è andata la settimana?»

«Tutto benissimo, tesoro. Tranquilla, insomma... ma non posso lamentarmi. Quando siete tornati dalle vacanze?»

Catherine indugia senza sapere se correggerla o no; non vanno in vacanza dall'estate passata. Ultimamente sua madre ha iniziato a confondere date ed eventi.

«Siamo tornati da mesi, mamma.... ricordi, ci siamo viste parecchie volte.» Cerca di essere gentile e di non metterla in allarme. Non c'è niente di cui allarmarsi, non ancora. Sua madre contrae il tempo, ma ricorda benissimo altri particolari. Catherine la riporta sui binari giusti: «Sei andata a vedere il bambino di Emma?». La più giovane delle cugine di Catherine ha appena avuto il terzo figlio.

«Sì, sono venuti a prendermi. Sono stati gentilissimi. Il bambino è un amore. Sorride un sacco. E Nick come sta? Gli piace il lavoro?»

«Sì, gli piace davvero.»

«Fantastico! È un ragazzo davvero in gamba.»

Nick e la nonna sono sempre andati d'accordo. Quando è nato, la madre di Catherine si era trasferita da loro per dare una mano. In quel periodo Catherine l'aveva vista sotto una luce nuova, e aveva provato grande rispetto per lei. L'aveva aiutata a badare a Nicholas, prendendosi cura anche dei neogenitori. Cucinava, si occupava del bambino, permetteva loro di fare il riposino pomeridiano ogni volta in cui ne sentivano il bisogno. Non aveva mai fatto la vittima, non aveva mai detto a Catherine come fare le cose, semplicemente aveva offerto aiuto e amore.

«Scusa se ultimamente non sono venuta a trovarti, mamma. È stato un periodo frenetico, fra il trasloco e il resto. Organizziamoci per una domenica a pranzo. Chiedo anche a Nick di venire. E passo io a prenderti.»

«Non ti disturbare, Catherine, prendo l'autobus.»

«Be', poi ne riparliamo, mamma.» L'ultima volta in cui sua madre ha preso l'autobus è andata fuori di testa perché non sapeva dove scendere ed è rimasta a bordo finché il mezzo non è tornato alla stazione. Catherine sa che ci sta girando intorno, all'inevitabile declino di sua madre, un declino ancora senza nome ma ormai sempre più visibile. Ha assunto una badante perché vada ad aiutarla due volte a settimana con le pulizie e la spesa. È un bene sapere che c'è qualcun altro a tenerla d'occhio.

«Be', vado a preparare la cena, mamma. Ci sentiamo presto, un bacio.»

«Anche a te, cara, e stammi bene.»

Alle sette, Catherine manda un messaggio a Robert per fargli sapere che la cena sarà pronta alle sette e un quarto. Accende la musica e alza il volume, poi si versa un altro calice di vino per rilassarsi.

Alle nove Robert non è ancora rientrato. Catherine è in ansia. Non ha risposto alle chiamate né ai messaggi. Non è da lui comportarsi in modo tanto sconsiderato. Sparire così. Catherine ha un nodo allo stomaco. Lascia un messaggio a Nicholas, chiedendogli di chiamarla se ha notizie di suo padre, ma non sente niente nemmeno da lui. Inizia a prepararsi un discorso per la polizia quando Robert finalmente le invia un messaggio. È bloccato al lavoro. Niente scuse. Niente baci. Stronzo! Ci è rimasta male. Bastardo. 'Fanculo. Non ha pensato minimamente a lei.

22

Inizio estate 2013

Catherine si sbaglia. Robert non fa altro che pensare a lei. Da ore. Immobile. Seduto alla scrivania quando tutti gli altri sono tornati a casa, la mente consumata dal pensiero di sua moglie. La busta è rimasta intonsa sulla scrivania per tutto il pomeriggio e poi, quando stava per andarsene, l'ha presa.

Si è infilato la giacca a metà, pronto a tornare a casa da Catherine, quando l'ha aperta. Proprio come lei, non vedeva l'ora di passare una serata insieme, ed era a quello che pensava mentre strappava la busta. Aggrottando la fronte ha estratto un mazzo di fotografie, senza riflettere, senza ben capire cosa stava guardando. Un'occhiata veloce. C'era qualcos'altro nella busta. Un libro. Il libro che Catherine aveva bruciato. *Un perfetto sconosciuto* di E.J. Preston. Ha aperto la prima pagina: *Qualsiasi analogia con persone, vive o scomparse, è puramente casuale...*

E poi si è rimesso alla scrivania e si è sfilato la giacca.

Ha sfogliato di nuovo le fotografie, stavolta con maggiore attenzione, studiandole una a una. Erano trentaquattro in totale. Ha recuperato la busta in cui erano arrivate e ha esaminato anche quella. La calligrafia sul lato superiore, sconosciuta ai suoi occhi. *Brevi manu*, campeggiava in un angolo, con il nome di Robert scritto con la stilografica in inchiostro blu reale, non con una semplice biro. Poi si è alzato per raggiungere la sua segretaria prima che se ne andasse.

«Da dove arriva questo pacco?» le ha chiesto. Sorpresa dal suo tono di voce, la donna è rimasta impietrita.

«Qualcuno lo ha lasciato in portineria.»

«Chi?»

«Non lo so, ma posso scoprirlo» ha detto e ha alzato il telefono con Robert in piedi lì al suo fianco. Si è rivolta a lui.

«Era un uomo. Anziano. Lucy ha detto che le ha lasciato la busta dicendo che era per te. Non ha aggiunto altro. Ha detto che aveva un aspetto un po'... come dire, trasandato. Ha pensato che fosse un barbone, ma era educato e non si è trattenuto, ha solo lasciato la busta e se n'è andato.»

«Grazie, a domattina» e l'ha congedata.

È ancora seduto alla scrivania, le fotografie sparse davanti a sé come un collage di Hockney: piccole immagini unite a formare un quadro generale. Eppure a Robert il quadro continua a sfuggire. Vede solo Catherine. Catherine sulla spiaggia che giocherella con i lacci del bikini e sorride all'obiettivo, con Nicholas al suo fianco. Catherine serenamente addormentata. Un'altra dove lei ha la testa appoggiata sul gomito, i seni sporgenti, bellissimi, che traboccano dal pezzo superiore del bikini, il viso sorridente posato sulla mano. A chi sorride? Catherine e Nicholas seduti sul bagnasciuga, Nicholas che guarda verso il mare, Catherine verso il fotografo. Ha un'aria sexy, straripante di erotismo, con il figlio, cinque anni a quel tempo, seduto ai suoi piedi.

Le fotografie non sono state scattate nello stesso giorno ma nel corso di un periodo più lungo. Di pochi o parecchi giorni? Prova a ricordare. Nicholas appare in gran parte degli scatti sulla spiaggia. Ci sono anche altre fotografie, dove Nicholas è assente. Era sullo sfondo? Doveva essere comunque nelle vicinanze. Nella stessa stanza? O nella stanza accanto? Da solo? Dormiva? Cosa ha visto? Cosa ha sentito? Nelle altre fotografie Catherine indossa biancheria intima, non il costume. Slip e reggiseno. Sicuramente non un costume da bagno. Pizzo. Spalline scese sulle spalle. I capezzoli che si intravedono, turgidi, dal pizzo. Slip, non le mutandine del bikini. Non abbastanza coprenti. Minuscoli, fragili. Completamente inadeguati al bagno in mare. Lo sa bene, conosce quel completo: glielo aveva regalato lui, per la vacanza. Catherine ha la mano dentro gli slip e la testa rovesciata all'indietro come per fissare qualcosa sul soffitto, ma evidentemente non sta guardando niente. Si è trasportata altrove; la bocca semiaperta e gli occhi chiusi. Persa nel suo posto preferito. Non esattamente sola, però, perché c'è qualcun altro lì con lei. Uno spettatore silenzioso e riconoscente. Invisibile. Tranne che in un'inquadratura. Una svista. Un'ombra ai margini di una foto.

Robert è contento di essere solo, contento che nessuno possa vedere le sue lacrime. Lo shock iniziale di vedere quelle immagini ha dato sfogo a un dolore che lo dilania come una lama, che lo trapassa dalla punta della testa all'addome. Sente le interiora fuoriuscire dalla ferita. Gli tremavano le dita quando ha inviato un messaggio a Catherine per dirle che era bloccato al lavoro. È riuscito a inviarle solo un messaggino. Non può parlare con lei, non ancora. Non è in grado di pensare al discorso che prima o poi dovranno affrontare, non ancora.

Vuole credere che sia uno sbaglio, eppure i suoi occhi non mentono. È lei. A colori, in primo piano. Sente quasi il profumo del suo corpo sprigionarsi dalle stampe patinate. Le immagini parlano da sole: immagini che sono nuove per lui, e tuttavia istantanee di ricordi. La biancheria, l'aveva scelta lui. E il bikini rosso. Il suo viso è lo stesso – più giovane, ma lo stesso – solo l'espressione è irriconoscibile. Ed è un dolore immenso. Non ha mai visto un abbandono così totale sul viso di Catherine. È sua moglie, e non è lei. Riconosce anche il posto. Spagna, nel... che anno era? Il '91? Il '92? Un paesino costiero dell'Andalusia. Una vacanza estiva in tre. E finalmente sale la rabbia, e ne è grato: per un momento lascia che soffochi il dolore. Ricorda di essersi perso una parte di quella vacanza. Era volato a casa in anticipo, lasciando indietro Catherine e Nicholas. Gli avevano affidato un caso particolare e a quel tempo gli era parso così importante da scegliere di partire; quanto gli sembra più importante, adesso, l'aver lasciati soli la moglie e il figlio.

Catherine sarà irriconoscibile nelle fotografie, ma Nicholas è proprio suo figlio. Il sorriso. Il corpicino esile, asciutto, un bambino fatto, non più un neonato. Tutto spigoli, le ginocchia bitorzolute, i gomiti appuntiti. Un lampo di colore, energico e curioso. Guardare quel bambino alimenta la sua furia. A cosa aveva assistito Nicholas? Quanto aveva visto? Quanto aveva capito? Il povero bimbo non aveva avuto scelta. Non poteva prendere il primo volo. Non poteva chiedere a papà di andarlo a prendere.

Robert torna con il pensiero a quando Catherine e Nicholas erano rientrati da quella vacanza. Poco dopo Catherine aveva annunciato di voler tornare al lavoro a tempo pieno. Lo ricorda bene. Era stato un fulmine a ciel sereno. Robert supponeva che volesse restare a casa ancora un po', e dopo riprendere con un part time. Non era per i soldi: Robert guadagnava più di lei, abbastanza per entrambi. La notizia lo aveva sconvolto, però non aveva protestato; aveva represso i propri sentimenti perché i bisogni di Catherine erano più importanti dei suoi. Aveva tenuto per sé la delusione.

Si asciuga le lacrime. Catherine gli aveva detto che era depressa, che sentiva la mancanza del lavoro. Non glielo aveva mai confidato apertamente, ma lui sapeva che fare la mamma non le bastava; Catherine anteponeva le proprie esigenze a quelle del figlio. Come Robert, del resto. Aveva messo i bisogni di Catherine davanti a quelli di Nick. E allora il lavoro non c'entrava niente, era stato per quella relazione clandestina in vacanza.

Era depressa per il loro matrimonio, non perché doveva stare a casa. Osserva le istantanee sparse sulla scrivania. In quella vacanza sua moglie aveva trovato qualcosa di più divertente. Porca puttana, che idiota è stato! Avrebbe dovuto metterla alle strette la sera in cui l'ha beccata a bruciare il libro. Stava per parlare e lo avrebbe fatto se lui avesse insistito. Invece si è trattenuto. Si è sottomesso al suo gioco, come sempre. Ecco perché non dormiva, ecco perché era così assorbita dai suoi pensieri: perché è stata smascherata. Non era perché Nick è andato a vivere da solo, per il senso di colpa; a Catherine non importa un cazzo né di Nick né di lui. No, è stata smascherata, ecco perché. Smascherata per una relazione clandestina di tanti anni prima. Una relazione consumata sotto lo sguardo del figlio. Oh, Cristo santissimo!

Povero Nicholas, bloccato in Spagna con sua madre e chissà chi altro... Chi c'era con loro? Sua madre con uno sconosciuto, e lui, un bambino di cinque anni che aveva assistito a Dio solo sa cosa. Un perfetto sconosciuto? Si lambicca il cervello in cerca di qualsiasi conversazione possa aver avuto con Catherine quando era tornata a casa, qualunque cosa possa costituire un indizio. Gli tornano in mente solo frasi innocue: «*Ci sei mancato tanto*», «*Non è stato lo stesso da quando sei andato via*». Be', poco ma sicuro.

E Nicholas? Aveva detto qualcosa che avrebbe dovuto fargli saltare la mosca al naso? Avrebbe dovuto insospettirsi? Il suo comportamento era cambiato? Era più chiuso? No, non gli sembra che Nicholas avesse raccontato qualcosa di strano. Avrebbe potuto dire frasi del tipo: «*L'amico della mamma ha fatto questo...*», oppure: «*Abbiamo conosciuto un signore simpatico...*», o ancora: «*La mamma ha un nuovo amico*». Ma davvero non ricorda che Nicholas avesse detto niente del genere, riguardo ai giorni in cui era rimasto in vacanza da solo con la mamma. E uno sconosciuto. Era uno sconosciuto? O si conoscevano già? Il fatto che Nicholas non avesse detto niente lo preoccupa. Non è normale che un bambino tenga la bocca chiusa. Un bambino tace solo quando nasconde qualcosa, qualcosa di indicibile.

Il telefono suona. Un messaggio da Catherine: *Potevi dirmelo prima*. Niente baci stavolta. Robert non risponde. Non vuole parlare con lei, nemmeno per messaggio. Ma deve parlare con suo figlio. Deve vederlo. Immaginare Nicholas com'era nelle fotografie e sapere che adesso è un giovane uomo rende evidentissimo il divario. Quel bambino con l'argento vivo addosso non ha lasciato traccia nel venticinquenne rallentato e senza arte né parte che è oggi. Quel bambino è stato addomesticato – snidato – dall'adolescenza e non si è più riavuto. Robert si è sempre domandato perché. Perché avesse lasciato gli studi. Perché fosse così demotivato. E sua madre non aveva detto niente. Be', forse è quello il motivo. Forse il piccolo Nick aveva visto e sentito cose che non doveva né vedere né sentire. Forse adesso Robert è in possesso della chiave per dare via libera al lato più effervescente del suo carattere.

«Nick? Ciao, sono papà.»

«Ciao, papà.» Il suo tono di voce è monocorde.

«Senti, hai già cenato?» Robert infonde entusiasmo nella propria voce.

«Ehm, no.»

«Be', passo a prenderti e andiamo fuori a cena. Ho dovuto lavorare fino a tardi e muoio di fame...» Nicholas esita, ma Robert è determinato. «Una cenetta veloce, possiamo prendere qualcosa al pub sotto casa tua. Sono di strada.»

«A proposito, la mamma ti cercava.»

«L'ho già avvisata, non preoccuparti» mente. «Ci vediamo tra un quarto d'ora.»

Ci sono quattro campanelli a fianco del portone di Nicholas, tre con i nomi scarabocchiati, uno senza. Robert preme quello in alto senza nome. Non c'è più stato da quando lui e Catherine hanno aiutato Nicholas con il trasloco, tre mesi prima. Lo immagina scendere le quattro rampe di scale. Quando finalmente apre la porta sembra esausto.

«Andiamo?» Robert gli fa un gran sorriso, forse per sopperire alla mancanza di entusiasmo del figlio.

«Non sono ancora pronto.»

«Tranquillo. Salgo e ti aspetto.» Robert lo segue, rallentando il passo per adeguarsi all'andatura strascicata del figlio; osserva i suoi piedi nudi, le piante sporche, il palo che ingombra l'ingresso, la moquette disseminata di macchie e bruciature di sigaretta. Robert si siede nel salotto, sbircia in cucina e nota il lavello traboccante di piatti sporchi, la padella annerita sui fornelli, il cestino stracolmo: cartoni di latte e succo di frutta, avanzi che straripano dal sacco nero. Proprio quello che ci si aspetterebbe da un appartamento di studenti, si dice. Solo che suo figlio non è più uno studente. I coinquilini sono fuori e la casa puzza di marijuana. Spera che appartenga agli altri e non a Nick. Ti prego, fa' che non abbia ricominciato. Ma non vuole rischiare di irritarlo, perciò non dice niente.

«Pronto?» Robert apre la porta della camera e gli sale un nodo in gola. Mutande, piatti, jeans, tazze, tutto che marcisce nel proprio sozzume. Il piumone è ingiallito nel punto in cui è stato a contatto con la testa di Nicholas. È seduto sul letto per mettersi i calzini. Robert lo osserva calzare le scarpe nere senza lacci che porta al lavoro e prova l'ennesima ondata di rabbia nei confronti di Catherine. È tutta colpa sua. Ha buttato Nicholas fuori di casa. Ha convinto Robert che l'indipendenza gli avrebbe fatto bene. La lampadina al soffitto non ha nemmeno un paralume. Gli manca il fiato. Appesa a un gancio, la giostrina con cui Nicholas giocava da bambino: le fragili ali degli aeroplanini sbattono contro la parete, private dello spazio per fluttuare libere.

«Forza, campione, datti una mossa.» Gli rivolge un sorriso di incoraggiamento. È determinato a godersi quella serata senza crollare.

Padre e figlio. Una bottiglia di vino rosso. Bistecca e patate arrosto. Robert ha convinto il cuoco a servirli nonostante l'ora. Un padre amorevole che vorrebbe aver preso prima l'iniziativa. Che vorrebbe farne un'abitudine. Chiede a Nicholas come va il lavoro, ma non ascolta la risposta. Diventare apprendista commesso al John Lewis non era la carriera a cui Robert e Catherine aspiravano per il figlio, tuttavia Nicholas sembra disporre di argomenti convincenti per persuadere il padre che è felice così. Dopo aver mangiato sembra si sia ripreso. Era affamato. Racconta a Robert dei corsi di formazione e dei vantaggi concessi ai dipendenti. Ma è davvero quello che vuole fare nella sua vita? Gli basta? È felice di vivere in un tale squallore?

«E l'appartamento? Come ti trovi?» chiede Robert.

Nicholas fa spallucce, ma poi gli sfugge un sorriso.

«Non ci sono stato molto, ultimamente» ammette infilzando le patate nel piatto di Robert.

«Ah?»

«Ho conosciuto una ragazza. Ho passato molto tempo a casa sua.»

«Dimmi di lei.» È una bella notizia.

«Non c'è molto da dire. Non credo che alla mamma andrebbe a genio...»

«Be', la sua opinione non ci interessa, o sbaglio?»

Il suo tono di voce coglie Nicholas di sorpresa.

«Allora, lei com'è?» Robert passa oltre.

«Simpatica. Vorremmo andare in vacanza insieme quest'estate, se riusciamo a raggranellare abbastanza soldi.»

«Davvero? Dove?»

«In un posto economico. Forse in Spagna. A Maiorca.» Sorride.

«In Spagna.» Perfetto. «Ricordi quella volta in cui ci siamo stati insieme? Quando tu eri piccolo?»

Nicholas sembra contrariato da quel brusco cambio di argomento. «No, non me lo ricordo.»

«Avevi sui cinque anni. Io ero dovuto rientrare prima per via del lavoro. Tu e la mamma siete rimasti da soli.» Scruta l'espressione di Nicholas in cerca di un indizio, ma non c'è niente. Una maschera assente da cui si evince che qualcosa deve essere stato cancellato.

«Ricordo solo vagamente.»

«Siete rimasti soli per qualche giorno.» Vorrebbe chiedere al figlio di sforzarsi per ricordare ma senza metterlo in allarme.

«Mi sentivo in colpa. Non avrei dovuto lasciarti. Da solo. Con la mamma.»

Nicholas lo guarda, si stringe nelle spalle. «Davvero, papà, non me lo ricordo. Non sentirti in colpa.»

Robert scruta di nuovo il suo viso in cerca di tracce di sofferenza, ma non ne vede. Qualunque esperienza abbia vissuto, è ormai sepolta in profondità.

«Dovresti portare la tua ragazza in qualche posto carino. Ti do io una mano. Dev'essere dura far quadrare i conti con il tuo stipendio, tra l'affitto e il resto.»

Nicholas è spiazzato. Questo va certamente contro le regole, le regole della mamma, ma è più che felice di ricevere aiuto da suo padre.

«Grazie» risponde.

Dopo aver accompagnato Nicholas a casa, Robert guida finché non è sicuro di trovare Catherine addormentata. Parcheggia davanti a casa e alza lo sguardo verso la finestra della camera. La luce è spenta. Estrae il libro dalla valigetta e, illuminando la prima pagina con il cellulare, legge: *Stazione di London Victoria, un grigio e umido giovedì pomeriggio. Il giorno ideale per la fuga...*

È troppo stanco per affrontare ciò che il libro ha da dirgli, e le fotografie gli hanno straziato il cuore. Lo leggerà domani. Cerca *Un perfetto sconosciuto* su Google e trova il sito del romanzo. Come Catherine, non trova alcuna informazione sull'identità dell'autore: se è uomo o donna, vecchio o giovane. Un uomo, suppone, della sua età. Legge la recensione e si domanda chi l'abbia scritta. Scende dall'auto, chiude lo sportello ed entra in casa. Resta un momento in ascolto, poi sale nella camera degli ospiti, badando a non fare rumore.

23

Inizio estate 2013

È la seconda notte di fila che Catherine dorme da sola. Ha cercato di restare sveglia la notte prima, per aspettare che Robert tornasse a casa, ma non ci è riuscita. L'indomani mattina, quando si è svegliata, non c'erano prove che fosse davvero tornato. Solo quando ha sentito la porta d'ingresso richiudersi ed è corsa al piano di sotto si è resa conto che era rincasato e uscito senza nemmeno svegliarla.

Dev'essere davvero sommerso dal lavoro per tornare a casa così tardi e dover ripartire così presto. Voleva parlare con lui, chiedergli come mai non l'avesse avvertita e capire cosa fosse successo, perché non era tornato a cena. È un uomo premuroso. Sì, premuroso. Così premuroso da passare la notte nella stanza degli ospiti per non disturbarla. È contento di vederla dormire e non vuole turbare il suo sonno. E al mattino deve aver fatto in modo di non svegliarla. Dovrebbe essergli grata, ma non è così. È a disagio. E il suo disagio è aumentato nel corso della giornata quando Robert ha respinto le sue telefonate, e i suoi messaggini hanno ricevuto risposte in differita ed essenziali nel tono.

E ora, per la seconda notte di fila, è da sola nel letto, ad aspettarlo. È quasi mezzanotte. Sente il fracasso di un treno, lo stridore delle gomme sull'asfalto bagnato, il brontolio di un taxi che accosta. Lo sbattere di uno sportello. Si alza a sedere. Che sia lui? Tende l'orecchio aspettandosi di udire la chiave che gira nella porta, ma non sente niente tranne il lontano rintocco di mezzanotte della campana della chiesa. Si alza e va verso le scale. Poi sente il tintinnio delle chiavi posate sul tavolo dell'ingresso, così lieve che le sarebbe sfuggito se non si fosse avvicinata. Se fosse rimasta nel letto, come Robert supponeva avrebbe fatto, non avrebbe saputo che era entrato ed era di sotto. In realtà ciò che ha udito è il tentativo di nasconderle il suo arrivo. Catherine attende che salga al piano di sopra. Dal momento che lui non lo fa, decide di scendere lei, annodando la cintura della vestaglia, cercando di soffocare i crampi allo stomaco.

Robert guarda Catherine senza dire niente. Continua a fissarla mentre lei si avvicina e prende una sedia, unendosi a lui al tavolo della cucina. Robert sorseggia whisky da un bicchiere che si è versato da solo, continuando sempre a fissarla.

«Robert» lo chiama lei con un fil di voce. Non riesce a dire altro.

Lui posa il bicchiere, si fruga nella tasca della giacca e tira fuori una busta. Rovescia le fotografie sul tavolo e le dispone con la punta delle dita, come prima di eseguire un gioco di prestigio con le carte. Catherine le guarda, dapprima confusa, come lui quando le aveva viste per la prima volta. Poi il colpo. Vede le immagini. Sente il rumore. *Clic, clic, clic.*

«Oddio» esclama mentre viene trascinata indietro in un indesiderato tuffo nel passato. Non le tocca, le guarda e basta.

Robert le afferra il polso e la costringe a sollevarle. «Guardale. Guardale bene. Guardati!» E lei obbedisce. Le salgono le lacrime agli occhi, ha la bocca secca, la gola chiusa. Si asciuga gli occhi con la manica. Non può piangere; se inizia non smetterà più, continuerà fino ad annegare. Annegheranno entrambi. Ha toccato il fondo? Sa che non è così.

«Ti ho detto di guardarle.» Non è mai stato così freddo verso di lei, la sua voce non le ha mai dato i brividi come in quel momento. Non grida, ma l'amore è completamente assente, c'è solo la collera.

«Guardale tutte.»

Ed è costretta a osservarle, una a una.

Quando arriva a una delle istantanee in cui si sta masturbando, lui le blocca la mano. Ce ne sono diverse e non le consentirà di sfogliarle in fretta. Deve esaminarle attentamente. Poi Robert gliele strappa di mano e ne posiziona tre sul tavolo: un trittico scandaloso. Sua moglie a colori brillanti, completamente esposta sul tavolo della cucina, le dita umide, affondate dentro. Dita rapide, delicate. E poi Robert scoppia a piangere, e le si spezza il cuore.

«Oh, Robert, perdonami... Avrei dovuto dirtelo...» Va da lui con l'intenzione di abbracciarlo, di stringerlo a sé, ma lui spinge la sedia all'indietro. Non vuole essere toccato. Impugna una fotografia di Nicholas sulla spiaggia insieme a lei.

«Che cazzo facevi?» Ancora quella voce. C'è più rabbia che dolore in lui.

«Avrei dovuto dirtelo... ma... Nicholas non sapeva niente. Davvero. Non lo sapeva... È stato tanto tempo fa... Io...»

«So esattamente quando è successo» la interrompe. «E non me ne frega se è stato tanto tempo fa. Questa sei tu...» Prende le stampe e gliele scaraventa in faccia.

Lo spavento la fa trasalire. Cadono quasi tutte sul pavimento, un paio le restano in grembo. Le spazza via, lasciandole atterrare dove capita.

«E Nicholas?» incalza lui. «Cos'ha visto? Un conto è fare del male a me, ma a lui? Come hai potuto? Non ti credevo capace di...»

Robert non riesce a proseguire e lei aspetta che rimetta ordine nei pensieri. Aspettare però è rischioso. Dovrebbe intervenire prima che lui straparli, ma è disorientata. Perduta nel passato, nel ricordo.

«Chi era? Voglio sapere chi cazzo era. Quanto è durata? Magari era un cameriere spagnolo qualsiasi, una storiella estiva da troietta in calore? Da puttana? Come quelle mignotte inglesi che tra sole e *sangría* la danno a tutti. Ma loro non si portano dietro i figli. Ti annoiavi? Avevi bisogno di attenzione?»

«No, no, non è come sembra...» È come se un estraneo fosse entrato in casa loro. Quello non è Robert.

«Be', allora com'è andata? Ha fotografato nostro figlio. Dimmi. Com'è andata?»

«Non alzare la voce contro di me!» Perché adesso Robert sta urlando e lei non riesce a pensare con lui che grida. Non è più freddo; la rabbia lo ha come riscaldato. «Ti prego. Smettila. Ti dirò tutto, se mi ascolti... ascoltami...» Catherine prende il bicchiere e si scola tutto il whisky. Si prepara a parlare, a confessare perché non glielo ha mai detto. «Non volevo che ci lasciassi da soli. Ricordi? Ti avevo chiesto di non partire, di non tornare al lavoro, di restare con noi...» Tace per sondare il terreno, ma Robert non glielo permette. Perde di nuovo il controllo, incapace di contenere l'ira.

«Sei incredibile. Quindi è colpa mia? Siccome me ne sono andato prima ti sei scopata uno sconosciuto sotto il naso di nostro figlio? Mentre lui guardava? Pensi sul serio di poter giustificare tutto ciò che fai, è così? Di avere sempre ragione? Che la ragione sia sempre dalla tua parte. Ah, santa Catherine del cazzo!»

È frastornata. In quel momento Robert la odia, è chiaro. È passato dall'amore all'odio in un lampo. È ferito, si dice Catherine, tuttavia teme che ci sia dell'altro. Un livore nero e denso gli gronda dalle labbra. Lei resta a osservarla, la bocca spalancata da cui trabocca bile.

«Non potevi resistere senza di me per quattro giorni? Non potevi resistere quattro giorni senza scopare? Se non ricordo male, lo facevamo raramente in quel periodo. Ecco perché ti avevo comprato quella biancheria di merda!» Dà un calcio alle fotografie. «Allora, quanto è durata? Ci sono state delle rimpatriate? Degli appuntamenti davanti a un bicchiere di Rioja? Oh, magari tutti quei viaggi *di lavoro*... Lo hai portato con te?»

Cosa si aspettava Catherine? Non questo. Guarda le fotografie sul pavimento e si china per raccoglierle.

«Dove le hai trovate?»

Robert la ignora, apre la borsa e sbatte *Un perfetto sconosciuto* sul tavolo.

«Allora parla *davvero* di te.»

Il sudore le impregna la camicia da notte.

«Sì, ma non è come... non è andata così...» È come se Robert le avesse infilato un pugno in gola e lei non riuscisse più a tirare fuori le parole.

«Davvero? Allora perché eri tanto in ansia? Perché hai provato a bruciarlo? E hai appena detto che Nicholas non ne sapeva niente, ma anche lui ha ricevuto il libro, no? Perciò doveva essere coinvolto...»

«Sì, ma non...» esordisce e poi si interrompe. «Non l'hai letto?»

«No. Non ne ho avuto il fegato. Queste parlano chiaro.» E di nuovo molla un calcio alle fotografie. «Lo ha scritto *lui*?»

«No» risponde lei con un sussurro.

«Cosa? Non ti sento.» Sprezzante. Brutale.

Catherine scuote la testa.

«Allora chi l'ha scritto? La moglie? Lo ha scoperto?»

«Il padre. Credo sia stato suo padre.»

«Suo padre? Oh, porca puttana! Era giovane? Quanto giovane? Non dirmi che era minorenne.»

E allora Catherine alza la voce, ma sono più strilli che parole. Acuti e disperati.

«È morto. È morto...»

Catherine coglie lo sbigottimento sul volto di Robert. Un'ondata di turbamento che ci ha messo vent'anni a trasmettersi da lei a lui e che ha demolito ogni baluardo di difesa che lei aveva eretto intorno alla loro vita insieme.

24

Estate 1993

Non era notte fonda, né le tre del mattino. Era l'ora del tè di una splendida giornata di sole. Io e Nancy sedevamo in giardino a leggere il giornale e a bere il tè. Avevamo spostato le sdraio in un angolo del patio per goderci l'ultimo spicchio di sole prima che il giardino, che era rivolto a nord, fosse completamente inghiottito dall'ombra. All'inizio non mi ero accorto di niente; era stato solo quando ero entrato in cucina per riempire le tazze che avevo intravisto due sagome dal vetro della porta d'ingresso. E poi li avevo sentiti. In seguito mi sarei reso conto che probabilmente bussavano da un bel po' perché quelli che arrivavano in cucina erano dei veri e propri colpi, dei pugni. Non aggressivi, ma insistenti. Avevo la teiera in mano, pronto a versare, ma l'ho posata e ho lanciato un'occhiata dalla porta aperta della cucina verso Nancy, il cappello abbassato per schermare gli occhi dal sole, immersa nella lettura. Cosa leggeva? Non lo so, ricordo solo che era la sezione culturale perciò doveva trattarsi della recensione di un film o di un'opera teatrale, oppure di un concerto che aveva cerchiato a penna suggerendo di acquistare i biglietti. Non lo avremmo mai fatto. Non siamo più andati a teatro né abbiamo ascoltato musica dopo quel giorno.

L'avevo lasciata a leggere ed ero andato alla porta. Quando c'è qualcosa che non va, uno se lo sente. E volevo lasciare Nancy il più a lungo possibile in quel vecchio mondo dove si potevano leggere i quotidiani della domenica e provare compassione per i problemi altrui, in assenza dei propri.

«Signor Brigstocke?» aveva chiesto l'uomo. Io avevo annuito senza spostarmi dalla soglia, non volendo lasciarli passare.

«Signore, possiamo entrare?» Stavolta era stata la donna a parlare, determinata a sostenere il mio sguardo. Avevo esitato, ma poi mi ero fatto da parte e avevo aperto loro la porta.

«Sua moglie è in casa?» aveva domandato la donna. Avevo annuito.

«Cos'è successo? Perché siete qui?»

«Purtroppo si tratta di brutte notizie, signore. La pregherei di chiamare sua moglie.»

Avevo obbedito. Mi avevano seguito fino alla porta del salotto dicendo che avrebbero aspettato lì. Io mi ero diretto in cucina, avevo superato la porta sul retro e mi ero fermato nell'ombra per osservare Nancy, un'ultima chiazza di sole sulla tesa del cappello.

Aveva alzato lo sguardo.

«Che c'è?» Mi osservava con gli occhi socchiusi. «Stephen?»

«C'è la polizia. In salotto.»

Nancy aveva continuato a fissarmi, la bocca semiaperta, consapevole, come me, che stavamo per invecchiare tutto d'un colpo. Piegati e prostrati sotto un fardello troppo pesante da portare. Si era alzata dalla comodità della sdraio e la vitalità sembrava averla già abbandonata. Ci eravamo presi per mano e avevamo camminato insieme fino al salotto, sedendoci però su due poltrone separate. I poliziotti occupavano il divano.

«Avete un figlio, Jonathan. Di diciannove anni? Che attualmente si trova in Spagna?»

Avevamo annuito entrambi. Allora non è morto, avevo pensato. Parlavano al presente. Nancy doveva aver fatto lo stesso ragionamento: «Proprio ieri ci è arrivata una cartolina. Da Siviglia». Sorrideva mentre parlava, come se fosse la prova che stava bene, la conferma che era un bravo ragazzo che voleva bene ai suoi e non intendeva farli preoccupare.

«Ci dispiace... ma Jonathan è deceduto in un incidente. Ieri. Siamo molto dispiaciuti.» Io avevo annuito, Nancy non aveva battuto ciglio. Eravamo seduti su due poltrone separate, allora mi ero alzato ed ero andato da lei. Le avevo preso la mano. Era sudata, inerte.

«Che tipo di incidente?» Pensavo alla strada. A un incidente stradale, perché è così che avvengono gli incidenti. Che fosse stato investito da un'auto. O caduto da una motocicletta in corsa. Travolto da un camion. Qualcosa di fulmineo e definitivo, senza alcuna speranza di salvezza.

«È annegato» aveva risposto il poliziotto, e la collega si era alzata offrendosi di preparare il tè. Le avevo indicato la cucina.

«È stato un incidente. La polizia spagnola è categorica. A Tarifa... il mare laggiù è insidioso. Imprevedibile.» Ci aveva guardati.

Cosa potevamo dire? O fare? Ce lo doveva dire lui. E lo sapeva.

«Dovrete recarvi in Spagna per identificare vostro figlio» ci aveva detto. «Le autorità spagnole non restituiranno il corpo finché non ci sarà un'identificazione ufficiale. A meno che non vogliate che se ne occupi qualcun altro...»

«Siete sicuri che si tratti proprio di Jonathan? Non potrebbe esserci un errore?» Nancy si era subito aggrappata a quella speranza.

«Mi dispiace, signora Brigstocke, ma non ci sono errori. La polizia spagnola ha esaminato gli effetti di suo figlio... la sua borsa era sulla spiaggia... Tuttavia è necessaria l'identificazione del corpo.»

«E se qualcuno avesse rubato la borsa?» aveva supplicato mia moglie.

«Hanno trovato il passaporto. È indubbiamente Jonathan.»

La poliziotta era tornata con il tè: troppo latte, troppo zucchero.

«Il corpo non sarà rimpatriato finché non lo avrete identificato formalmente. Dopo di che, potrete portarlo a casa» aveva spiegato lei posando il vassoio. «Se conoscete qualcun altro che possa farlo...»

«No, non c'è nessun altro» l'avevo interrotta.

«Un parente, magari?»

Avevo scosso la testa.

La poliziotta aveva assimilato l'informazione, poi aveva proseguito. «Il consolato vi aiuterà nei preparativi. Si occuperanno loro di tutto.»

Il corpo. Nostro figlio. Il corpo. Avevo sentito la mano di Nancy scivolare fuori dalla mia per richiudersi intorno alla tazza.

«Ecco il numero del consolato, e vi lascio anche il mio» aveva detto la poliziotta scrivendo su un piccolo taccuino. «Casomai aveste altre domande.» Mi aveva consegnato il biglietto, ma era stata Nancy a prenderlo. Era rimasta seduta a fissare quei numeri. Non aveva alzato la testa nemmeno quando si erano avviati verso l'uscita e si era sentita la porta sbattere.

C'erano domande, naturalmente, che sul momento non avevo avuto la prontezza di spirito di porre. Com'era successo esattamente? Di che tipo di incidente si trattava? C'erano altre persone coinvolte? Era stata Nancy a scoprire quei dettagli quando aveva telefonato al consolato, ed era stata lei a riferirmeli. Era stato allora che avevo sentito per la prima volta il nome Ravenscroft. Nancy voleva mettersi in contatto con lei, ma io l'avevo dissuasa dal farlo. Le avevo detto che spettava a quella donna cercare noi, e all'epoca era d'accordo con me. Il fatto che Catherine Ravenscroft non ci avesse neppure provato, a contattarci, confermava che la mia era stata la decisione giusta da prendere. Era stato solo in seguito, dopo aver sviluppato il rullino nella macchina fotografica di Jonathan, che Nancy doveva aver cambiato idea. Ma non me lo aveva detto. Se l'era tenuto per sé.

Quando la polizia se n'era andata, avevo notato che Nancy tremava, perciò avevo preso la coperta dalla spalliera del divano e gliel'avevo avvolta intorno alle spalle. Continuava a non guardarmi.

«Nancy, Nancy» mormoravo. Mi ero inginocchiato e l'avevo tirata verso di me... avevo dovuto costringerla, non aveva ceduto volontariamente. Era sotto shock, non riusciva a muoversi. Naturalmente anch'io ero sotto shock, ma in un certo senso ero più fortunato di lei. Dovevo aiutarla e di conseguenza non potevo concentrarmi sul mio dolore. Le accarezzavo i capelli come se fosse una bambina. Continuavo a chiamarla, a bassa voce, come per destarla dal sonno. Poi si era ripresa e mi aveva guardato, scrollandosi la coperta dalle spalle. Si era alzata respingendomi senza tante cerimonie.

«Stephen, prenota un volo.» Infine era salita al piano di sopra e l'avevo sentita tirare fuori una valigia da sotto il letto.

25

Estate 2013

Robert ha il collo indolenzito, gli occhi asciutti. L'amante di Catherine è morto. Ecco perché aveva pensato di non doverglielo dire. Pensava di farla franca. L'amante non si sarebbe mai presentato alla loro porta. Era normale che fosse depressa. Era in lutto. Si era innamorata di lui? Non in così poco tempo. Sentiva la sua mancanza? Robert ha trascorso la notte in macchina, portando con sé la bottiglia di whisky quando si è precipitato fuori di casa. Catherine lo ha supplicato di restare, di ascoltare. Gli è persino corsa dietro.

Robert ha guidato solo fino alla strada parallela, non si è allontanato troppo. Non sapeva dove andare, perciò ha parcheggiato ed è rimasto lì, aspettandosi quasi che Catherine apparisse in fondo alla strada, che lo inseguisse fin laggiù. Continuava a controllare lo specchietto retrovisore, ma lei non arrivava e così ha reclinato lo schienale e si è scolato il whisky.

Dovrebbe avere la nausea, invece no. È sua moglie che gli dà il vomito. Le sue bugie: non vuole sentirne altre e ignora tutte le sue telefonate, spegnendo definitivamente il cellulare. La rabbia è un sentimento tangibile a cui Robert si aggrappa per non disintegrarsi. È disgustato dal modo in cui lei lo ha manipolato. Avrebbe dovuto saperlo. È il suo cavallo di battaglia, un talento che ha sempre ammirato in Catherine: la sua capacità di convincere le persone a fare ciò che non vorrebbero. Non si sarebbe mai sognato che usasse quel trucchetto su di lui.

Ha iniziato a leggere il libro la sera prima, mentre tracannava il whisky. Non è andato molto lontano – era troppo distratto e non riusciva a concentrarsi – ma oggi, stamattina stessa, lo leggerà. Ha dormito sul sedile posteriore, rannicchiato come un bebè, le ginocchia strette al petto. È ancora dietro, seduto come in attesa dell'autista. Gli fa male la testa e in bocca ha un pessimo sapore, come se avesse bevuto l'acqua del wc prima di tirare lo sciacquone. Recupera tre gomme da masticare alla menta extraforte dal portaoggetti e se le infila in bocca. Ha bisogno di mangiare, di caffè e di tempo per sedersi a leggere. Però non può guidare, non si azzarderebbe mai. Ha decisamente troppo alcol in corpo. Così chiude la macchina, si dà una sistemata e si dirige alla fermata dell'autobus.

Sono le cinque e mezzo. Ha a disposizione diverse ore prima di doversi presentare al lavoro per la riunione. Aspetta l'autobus. È una splendida giornata, soleggiata, tranquilla. È da solo alla fermata, ma quando sale ci sono già due persone a bordo. Gente con cui normalmente non si trova a viaggiare. Immagina che la giovane donna di origini africane stia tornando a casa dopo un turno di notte. Scorge l'orlo di un camice sotto la giacca a vento. Ha un'aria stanca, occhiaie di un viola intenso. Forse lavora all'ospedale; come infermiera, non medico. Una brava donna, pensa, una donna che fa i turni per mantenere se stessa e la famiglia, una donna senza grilli per la testa, che non ha tempo per tradimenti e inganni. Si chiede se i suoi pensieri sono razzisti e stabilisce che probabilmente sì, lo sono, per la presunzione di semplicità, per la rispettabilità che ha imposto alla sua esistenza. E l'anziano – dall'Est Europa, ipotizza – con il berretto di lana anche d'estate e lo zaino con il pranzo al sacco di cui Robert sente l'odore a due sedili di distanza. Un muratore, suppone, in viaggio per ristrutturare la dimora di qualche londinese privilegiato. Una casa come la sua. Dove quell'uomo, che ormai dovrebbe essere in pensione, si vede lesinare tazze di caffè e l'uso del bagno. A lui Robert impone una quieta dignità, un silenzio dal quale osserva le vite delle persone per cui lavora senza formulare giudizi. Quando si alza per scendere, ormai vicino alla sua fermata, Robert sorride prima alla donna e poi all'uomo. Nessuno dei due lo nota. Fesso ipocrita, è il giudizio che dà a se stesso.

È una mattina di prime volte e trova un piccolo bar, del tipo in cui non metterebbe mai piede, ma è l'unico aperto alle sei di mattina nei pressi di Berkeley Square. Ordina pane tostato coi pomodori. Pane integrale, non bianco. Tostato, non fritto. E anche una tazza di tè, che quando arriva è color caramello. Si sceglie un angolino in fondo e si accinge a leggere.

Non resiste e va subito all'ultima riga. Non può che essere d'accordo. È davvero un *peccato*, che sua moglie abbia fatto *finta di niente*, non gli abbia detto niente. Adesso confessa solo perché è stata messa con le spalle al muro. Ammira la sinteticità del linguaggio, anche se non la condivide. È più che un peccato. *Mortale?* Che minaccia ridicola! Non sente alcun bisogno di proteggerla.

La sera prima Catherine ha provato a convincerlo che il libro non raccontava la verità. Che non era andata in quel modo. Ma lui non riusciva ad ascoltarla, non sopportava nemmeno il suono della sua voce. Il romanzo diceva il falso. Tutto in lei era falso. Era scontato che lo dicesse. Per quanto lo riguarda, Catherine ha perso il diritto di raccontare la sua versione. Robert può solo fidarsi della parola stampata. Lei ha avuto la possibilità di parlare per anni e adesso Robert non crede più a niente di ciò che dice perché sa che sarà falsato. Che farà di tutto per giustificare l'ingiustificabile. Ed è ingiustificabile a causa di Nicholas. Perché lui era presente.

Meno di una settimana fa sarebbe stato un lusso disporre di ore per sedersi in un bar a leggere un libro, ma adesso ha la gola secca e gli tremano le mani. Apre la prima pagina:

Stazione di London Victoria, un grigio e umido giovedì pomeriggio. Il giorno ideale per la fuga. Due giovani innamorati in fila alla biglietteria si tenevano per la mano e poi si lasciavano anda-

re, ma non per molto. Non potevano stare separati per più di un paio di minuti...

Non è il genere di romanzo che Robert comprerebbe, ma deve ammettere che è avvincente. Capisce perché abbia conquistato Nicholas e perché anche lui lo abbia letto fino alla fine. È comprensibile, scorrevole e leggero, e parla di un ragazzo, più giovane di Nicholas, che viaggia per l'Europa insieme alla fidanzata. Robert legge della loro impazienza e del senso di avventura. Hanno lasciato il lavoro per viaggiare, determinati a godersi la loro età. Due persone abbastanza giovani da poter sfruttare le tariffe agevolate. L'odore del treno di notte, svegliarsi la mattina e trovarsi in un paese diverso, abbassare il finestrino e inspirare i cieli mediterranei mentre sfrecciano attraverso panorami di libertà. Sono innamorati. E destinati a stare insieme.

Ciò che trapela da quel testo frivolo, e ciò che deve aver spinto Catherine a non interrompere la lettura del libro dopo i primi capitoli, è il lento incombere della tragedia. L'idillio ha vita breve. Tutte le cose belle – gli odori, i sapori, il caldo – sono contaminate dalla minaccia della caducità. Quando Robert passa dal tè al caffè e la coppia è ormai giunta a Nizza, una brutta notizia costringe la ragazza, Sarah, a tornare in Inghilterra. John, il ragazzo, si offre di accompagnarla, ma lei non vuole sentire ragioni. Sa quanto significa quel viaggio per lui, quanto lo abbia sognato e organizzato, quanti sacrifici gli sia costato. Sarah è il genere di fidanzata che ogni genitore vorrebbe per il figlio. Segue un addio strappalacrime alla stazione di Nizza. John compra una cartolina e si siede in un bar per scrivere ai suoi. Compra un pacchetto di Gauloises e ne fuma una. A Sarah non piace che fumi. E i suoi genitori non sanno neanche che ha quel vizio. Compra un francobollo, imbuca la cartolina e prosegue il viaggio da solo. Ci siamo, pensa Robert, e ordina un caffè nero.

26

Estate 1993

All'aeroporto, io e Nancy eravamo due mosche bianche. Forse era solo la nostra impressione e gli altri non ci facevano caso, ma dubito che i viaggiatori più sensibili non avessero scorto la coppia di anziani con gli occhi arrossati e l'urgente bisogno di una vacanza, e tuttavia visibilmente spaventati dal salire sull'aereo. Forse credevano che avessimo paura di volare. Ma era la paura di atterrare che affliggeva me e Nancy: la paura che tutto diventasse realtà. Fino a quel momento avevamo solo potuto immaginare. Ora eravamo costretti a guardare il corpo di nostro figlio che, battendoci sul tempo, aveva intrapreso un viaggio che spettava a noi per primi.

Prima che partissimo per l'aeroporto, avevo tirato giù dalla credenza le tre cartoline mandateci da Jonathan: Parigi, Nizza e Siviglia. Lucide e colorate. Parole buttate giù in fretta che a una prima lettura parevano banali ma che in seguito sarebbero state analizzate più a fondo.

La cartolina da Siviglia era l'ultima che avevamo ricevuto: si vedevano la cattedrale inondata dalla luce del sole e i turisti su una carrozza trainata da cavalli in primo piano. Quei turisti non potevano sapere che la loro immagine sarebbe rimasta impressa nella nostra mente per sempre. Che nel momento in cui quella cartolina era atterrata sul pavimento dell'ingresso li avremmo guardati, osservati e infine l'avremmo rovesciata per leggere quelle che sarebbero diventate le ultime parole di nostro figlio:

Cari mamma e papà,
sono qui da due giorni. Domani parto per il mare.
Voglio prendere il traghetto per Tangeri.
Un bacio grande,
J

Nessuno di noi due parlava spagnolo, perciò il consolato di Jerez ci aveva aiutato a districarci con la burocrazia. C'era un mucchio di scartoffie. Certificati su certificati da firmare, protocollare e consegnare alle diverse autorità prima che fossimo autorizzati a riportare nostro figlio a casa.

Erano molti anni che non vedevamo Jonathan nudo, ma quando ci era apparso disteso sulla barella aveva solo una pezza sui genitali. Era perfetto. Bellissimo anche nella morte, gli occhi chiusi, inequivocabilmente nostro figlio. Il consolato ci aveva informati che sarebbe stato imbalsamato: è una pratica imposta dalla legge spagnola prima del trasferimento di una salma. Comprendevo i tecnicismi del processo di imbalsamazione, li comprendevamo entrambi, però nessuno di noi voleva pensarci troppo.

Jonathan era annegato, ma il suo viso non era gonfio, come mi aspettavo che fosse. Aveva un segno lungo il braccio sinistro. Lo avevo percorso con le dita, accarezzando la carne fredda lungo una linea violacea che si intersecava con un'altra. Una ferita subita, ci avevano detto, durante l'incidente.

Piangevo, il più silenziosamente possibile, ma piangevo. Nancy tremava. Tutto il suo corpo era attraversato da scosse, non solo le spalle. E non tremava per i singhiozzi. Era un tremore prolungato, costante. Dentro di lei qualcosa si era spezzato, qualcosa che emetteva onde elettriche. Era come se l'avessero collegata a una presa e non riuscisse più a spegnersi. L'avevo stretta tra le mie braccia per cercare di trattenerla, ma non ci ero riuscito. E la cosa peggiore era il silenzio. Un silenzio assoluto. Quando avevo cercato di tirarla via per portarla fuori dalla stanza, non si era mossa. Si era protesa per afferrare la mano di Jonathan. Era rigida. Non si richiudeva più intorno a quella di Nancy. Aveva il palmo viola e graffiato, la pelle lacerata e ustionata nei punti in cui si era aggrappato a qualcosa. Doveva aver lottato per sopravvivere. Nancy era crollata in ginocchio e aveva baciato quella sacra mano; io le avevo posato le mie sulle spalle. L'uomo del consolato strascicava i piedi irrequieto. Non c'erano dubbi che quello fosse nostro figlio, ma dovevamo ancora firmare un pezzo di carta per confermarlo. Credeva che fosse tempo di andare, era evidente. Dovevo avere un'aria derelitta, perciò si era avvicinato.

«Signora Brigstocke, signor Brigstocke, adesso possiamo andare.»

Ero sollevato dal fatto che Nancy lo avesse ignorato: questo mi concedeva uno spiraglio di azione. Le avevo staccato la mano da quella di Jonathan e l'avevo presa nella mia.

«Nancy, andiamo, cara.» Finalmente si era lasciata condurre fuori dalla stanza. Il consolato ci aveva fornito un'auto per recarci nella città costiera dove era morto nostro figlio. Non avevo nemmeno pensato alla possibilità che quei servizi fossero a nostro carico. Alla fine era toccato pagare a noi. L'assicurazione di viaggio di Jonathan non copriva quelle spese.

Avevamo viaggiato in silenzio da Jerez a Tarifa, sudando nel retro dell'auto. Una volta arrivati, Nancy aveva voluto andare subito alla spiaggia. Avevo chiesto all'autista di aspettarci. Faceva troppo caldo. Era mezzogiorno. Non c'erano ripari, nessun modo per sfuggire al bianco sole rovente. Era la spiaggia più grande che avessimo mai visto: chilometri e chilometri di sabbia bianca. Un deserto, popolato tuttavia da orde di gente. Corpi unti che rosolavano al sole. Eravamo gli unici vestiti di tutto punto. Le scarpe ci sprofondavano nella sabbia e mi domandavo se non fosse meglio toglierle e camminare a piedi nudi, ma Nancy continuava ad avanzare, perciò avevo proseguito.

Marciava in linea retta verso il mare, la mano posata sul cappello perché non volasse via. Il vento vorticava intorno a noi e io dovevo socchiudere le palpebre per impedire alla sabbia di entrarmi negli occhi. Era un luogo ostile. Dopo un quarto d'ora avevamo raggiunto il bagnasciuga e ci eravamo fermati a guardare. Era come fissare lo spazio infinito: non se ne vedeva la fine. Il vento giocava sulla superficie marina trasformandola in schiuma bianca, ma c'erano bambini che facevano il bagno e windsurfisti sospinti dal vento. Per loro era un parco giochi. Mi bruciava la testa e immaginavo che mi sarei coperto di vesciche e spellato nel giro di pochi giorni. Non resistevo più e avevo posato una mano sul braccio di Nancy, ma lei se l'era scrollata di dosso. Non era pronta ad andarsene. Mi vergognavo di aver mostrato debolezza. Mi ero voltato e mi ero chiesto in quale zona della spiaggia si fosse disteso Jonathan. Se avesse provato a fare windsurf. Quando mi ero girato, Nancy si stava togliendo le scarpe. Con una mano teneva la gonna sollevata e aveva teso l'altra verso di me. Mi ero tolto scarpe e calzini, avevo arrotolato i pantaloni ed ero entrato in acqua con lei. Dopo qualche minuto l'avevo vista chiudere gli occhi, e li avevo chiusi anch'io. "Addio, Jonathan" avevo pensato, immaginando che anche lei facesse lo stesso. Poi eravamo tornati alla macchina e ci eravamo fatti accompagnare all'albergo di Jonathan.

Il nostro autista sapeva esattamente dove portarci: un ostello economico per escursionisti in un vicolo a circa venti minuti dalla spiaggia. Mi aspettavo gentilezza da parte del personale dell'ostello, ma non ne avevamo ricevuta molta. Ci avevano detto di aver visto pochissimo Jonathan durante il soggiorno. Non lo conoscevano. Era uno sconosciuto che casualmente soggiornava presso di loro quando era morto. Li avevo trovati evasivi, quasi imbarazzati, come se potessimo rivoltarci contro di loro e incolparli della morte di nostro figlio. Non era colpa loro. Non era colpa di nessuno, continuavano a ripeterci tutti. Era stato un incidente. Il mare era insidioso, il vento poteva levarsi all'improvviso, come era successo quel giorno. Avevano alzato la bandiera rossa? Nessuno sembrava ricordarlo.

Lo zaino di Jonathan era su una sedia nella camera che aveva occupato. Era una stanza inospitale: un letto singolo con un lenzuolo e una coperta, un cassettone scheggiato che conteneva ancora i suoi abiti. La polizia aveva restituito la borsa che aveva portato sulla spiaggia. Avevano trovato la chiave della camera e localizzato l'albergo dove poi avevano scoperto il passaporto. E così erano arrivati a noi.

Nancy si era occupata di tutto. Aveva tolto i vestiti dai cassetti e li aveva piegati prima di disporli sul letto. Non mi aveva permesso di aiutarla. Era compito suo. Mentre sistemava le cose di Jonathan, io sedevo vicino alla finestra e guardavo lo stesso panorama che aveva guardato anche mio figlio. La camera non aveva vista sul mare; dava sul retro di quello squallido alberguccio. Mentre io osservavo due saccopelisti, probabilmente scandinavi, seduti sulle sedie di plastica bianca a un tavolo sul lastricato irregolare giallo e rosa del cortile, Nancy doveva aver ritrovato la macchina fotografica di Jonathan. L'aveva messa nello zaino? Non lo so. O l'aveva nascosta nella borsetta? Non lo saprò mai, ma mi domando se avesse deciso in quel momento di sviluppare il rullino. O lo aveva fatto dopo, quando eravamo tornati a casa? Non avevo mai visto in giro la macchina fotografica; avevo sempre dato per scontato che fosse andata perduta o che l'avesse rubata qualcuno dell'ostello quando si era saputo che Jonathan non sarebbe più tornato. Era una bella macchina, il regalo più costoso che gli avessimo mai fatto. Una Nikon, il top della gamma, con il superzoom. Il nostro regalo per il suo diciottesimo compleanno. Se l'avesse persa, non ce l'avrebbe mai detto.

Quando avevo distolto lo sguardo dalla finestra, mia moglie aveva in mano il temperino di Jonathan, il coltellino ufficiale dell'esercito svizzero, un altro regalo di compleanno. Per i suoi tredici? O quattordici anni? Sicuramente un'età in cui potevamo fidarci di lui. Nancy aveva trovato il suo dopobarba, l'aveva spruzzato in aria e l'aveva annusato; un ultimo assaggio del profumo di nostro figlio. Non poteva passare in rassegna i suoi oggetti in un altro momento? Mettili via, ti prego. Volevo solo uscire di lì. Aveva in mano un pacchetto di sigarette. Non sapevamo che Jonathan fumasse. La sua fidanzata, Sasha, non sarebbe stata d'accordo. Non era il tipo. Forse aveva cominciato dopo che lei era ripartita. Mi domando dove sia adesso Sasha. Sarà una donna di mezza età, probabilmente sposata. Era davvero un amore, ma non volevo che Jonathan passasse tutta la vita con lei. In realtà non è vero. Se non fosse tornata a casa, se fosse rimasta in Europa con Jonathan, probabilmente lui sarebbe ancora vivo. E io accetterei qualsiasi cosa pur di averlo qui con me, persino vederlo sacrificato in matrimonio a una donna seria e con poco senso dell'umorismo.

27

Estate 2013

Robert ha finalmente incontrato Catherine, anche se nel romanzo si chiama Charlotte, non Catherine. Dà un'occhiata all'orologio. Ha ancora mezz'ora prima di doversi presentare al lavoro per la riunione, ma non può smettere di leggere proprio adesso. Telefona e chiede di posticiparla di un'ora.

Una notte a Tarifa, erano questi i piani di John. Una notte nell'albergo più economico e poi il traghetto per Tangeri l'indomani mattina presto. Era sulle tracce di Orwell, Bowles e Kerouac, non dell'amore. Ma udì il suo canto e subito fu perduto. Era una preda facile per una donna con la sua esperienza. Una donna un poco annoiata. Una donna in cerca di un facile passatempo per riempire qualche giorno prima di tornare a casa dal marito. Una donna che aveva un figlio, un figlio che tuttavia non la inibiva affatto. Anzi, era un utile diversivo, quel bambino, che le permetteva di recitare il ruolo di madre, di donna che non pensava più a se stessa. Una brava donna. Niente di più astuto. Sono qua, chiamava dagli scogli. A badare a mio figlio. Abbandonata da un marito drogato di lavoro. So recitare bene il mio ruolo. Vedete cosa faccio? La mia voce è dolce quando parlo a mio figlio. Sorrido. Sempre. Sorrido sempre. È un concentrato di energia, il mio bambino, sembra caricato a molla. È felice. Perché sono una brava madre. Ah, però quanto mi stanca! Pretende continuamente la mia attenzione ed è davvero, davvero estenuante. Non posso di-

strarmi un attimo, la sua voce mi chiama senza posa: mamma, guarda, mamma, mamma, mamma. Guardami. Guardami. E lei lo guarda, tutte le volte che lui glielo chiede, e sorride e la sua voce è paziente, ma è tutta una messinscena. Fa in modo che tutti, in quel piccolo caffè, sentano la sua voce paziente e capiscano che è una madre affettuosa e amorevole. Di quando in quando si guarda intorno per assicurarsi che il pubblico le presti attenzione. Guardatemi, dice, proprio come il figlioletto, ma è più scaltra di lui. E John sentì la sua voce e fu perduto. Non riuscì a sfuggire al suo maleficio.

Vide il caftano di cotone leggero ricadere a terra sotto la sedia, le lunghe gambe abbronzate e un riflesso dorato che si intravedeva dallo spacco che partiva dall'attaccatura della coscia; uno spacco vertiginoso per avere più libertà di movimento nel lungo abito. Un abito che proclamava modestia, ma che sotto sotto celava calore.

Quella descrizione è un colpo al cuore per Robert. L'ha vista in una delle fotografie: un'immagine di Catherine con le gambe allungate sotto il caftano da mare. Seduta in un caffè con Nicholas. L'autore la odia sul serio e Robert percepisce anche una certa gelosia che serpeggia tra le righe. Si chiede se il libro non sia stato scritto dalla fidanzata, ma Catherine non aveva forse detto che era stato il padre? Continua a leggere.

Charlotte gli offrì una birra per ringraziarlo di averla aiutata a intrattenere il bambino mentre lei lo imboccava. Dopo di che John li accompagnò all'albergo; si stava facendo buio e non aveva altro da fare. Il bambino ormai era silenzioso, assonnato, e stringeva la mano della madre mentre lei e John chiacchieravano, e lui le raccontava che sarebbe partito l'indomani con il traghetto. Lei gli disse che un po' invidiava la sua libertà, ma si trattava di un sentimento bonario, non malevolo. Era ancora presto e Charlotte lo persuase ad attenderlo nell'atrio mentre metteva il bambino a letto. Era l'ora della nanna, ma non per lei, e voleva offrire a

John un ultimo drink per ringraziarlo della compagnia, perché aveva proprio voglia della compagnia di un adulto. E lui, un ragazzo di appena diciannove anni, ne rimase lusingato...

A Robert tremano le mani. Ne solleva una e osserva le dita che vibrano con stupore, come se avesse in mano un oggetto mai visto prima. Quello che sta per leggere è successo davvero. Non può farci niente, eppure il libro esercita un potere su di lui come se, leggendolo, i fatti potessero accadere di nuovo solo perché stavolta lui è lì ad assistervi. Continua a leggere, come un adolescente ansioso di arrivare alla scena di sesso.

...John era ammaliato dalla sua riservatezza, dalla sua timida riluttanza a mostrarsi nuda. Charlotte aveva perso fiducia nella propria bellezza da quando era diventata madre, e temeva che lui indietreggiasse davanti alla morbidezza del suo addome, alla cicatrice nel punto in cui era stato aperto per estrarre il bambino, e che John fosse abituato a corpi più giovani e sodi. Sarah era giovane, molto più giovane, ma non lo disse a Charlotte. Né le disse che Sarah era stata la sua unica amante. L'insicurezza della donna gli infondeva coraggio e per un momento i loro ruoli si invertirono, e lei gli permise di assumere il controllo, di condurre le danze.

Il bambino dormiva al di là della porta che lei aveva chiuso. Si trovavano nella camera che Charlotte aveva condiviso con il marito. Lei chiuse gli occhi quando John le sollevò il leggero caftano dalla testa, alzando le braccia come una bambina che si fa spogliare prima di andare a letto. Indossava il bikini, ancora sabbioso dopo la giornata sulla spiaggia. John tirò i lacci delle mutandine e le vide cadere a terra, poi le tolse il reggiseno, un laccio dietro al collo e l'altro dietro la schiena, entrambi sciolti con grande semplicità. Era nuda, invece lui aveva ancora tutti i vestiti addosso. Charlotte non lo aiutò a spogliarsi, non lo toccò, limitandosi a osservarlo, e lui non fece caso alla lussuria negli occhi della donna. John era bello ed era uno sconosciuto, e lei sapeva che era in suo potere. Lo convinse a rimandare il viaggio a Tangeri per qualche giorno, almeno finché lei non fosse ripartita...

«È un bel libro?» Robert trasalisce. È come se lo avessero beccato a guardare un film porno.

«Un altro tè?» gli domanda la cameriera. Robert annuisce, sì, poi no. Non sa cosa vuole, è incapace di prendere qualsiasi decisione.

«Sono a posto così» riesce a dire infine, e continua a leggere.

...e quello che sfuggì a John era che lei amava giocare: farlo salire di soppiatto in camera sua in modo che il personale dell'albergo non si accorgesse di niente e continuasse a sorriderle e a trattarla con cortesia, incontrarsi per caso sulla spiaggia e fingersi estranei. Nemmeno suo figlio sapeva che il ragazzo disteso sull'asciugamano a pochi metri di distanza conosceva sua madre più intimamente di quanto l'avrebbe mai conosciuta lui stesso. E John teneva il diario di quella passione; sarebbe diventata un ricordo da custodire una volta tornato a casa nel mondo reale. Non sospettava che non avrebbe mai visto quelle fotografie, che non avrebbe mai ricordato quel momento...

28

Estate 2013

Catherine è corsa dietro a Robert nella speranza che si fermasse. Ha corso fino al centro della strada e si è fermata lì, in vestaglia, a guardare finché i fari dell'auto non sono scomparsi dietro l'angolo. È rimasta lì per qualche istante, nell'attesa che riapparissero, certa che Robert avrebbe cambiato idea e sarebbe tornato a casa. Ma così non è stato.

È rimasta in piedi tutta la notte sperando che quantomeno telefonasse, ma si è sbagliata anche su questo. Lei lo ha chiamato, gli ha lasciato dei messaggi, che Robert ha sistematicamente ignorato. Non aveva idea di dove fosse andato, però lo immaginava leggere il libro, immaginava quale parte lo stesse assorbendo in quel momento e che effetto avesse su di lui. È stato allora che l'ira è esplosa dentro di lei per la violenza di quell'attacco. Non poteva andare a dormire e nemmeno stare seduta. Non riusciva a stare ferma: era tesa come una corda di violino. Passeggiava su e giù, metteva il bollitore sul fornello, preparava il tè, lo trangugiava e ne preparava ancora; per aspettarlo. Voleva che capisse perché non gli aveva detto niente. Non era stato per difendere se stessa, ma per difendere tutta la loro famiglia. Per Robert, ma soprattutto per Nick. Il suo silenzio aveva protetto loro figlio e la morte di Jonathan aveva sigillato per sempre la verità. Non c'era bisogno che soffrissero altre persone.

Ma Robert non è tornato.

Adesso è giorno e Catherine è esausta. Si sente lenta e appensantita e le sembra che tutto il tè che ha bevuto le si sia raccolto in braccia e gambe, riempiendole e rendendole inamovibili. Anche la sua mente è allagata, tormentata da immagini che non può controllare e ricordi che sono riemersi e non vogliono andarsene.

Vorrebbe chiudere gli occhi e non riaprirli più. Non morire, solo dormire per un tempo lunghissimo. Si trascina di sopra, si distende sul letto e chiude gli occhi. È quasi un sollievo che Robert ora lo sappia; della morte, insomma. Ha diritto di conoscere quella parte della verità. Avrebbe dovuto dirgliela prima. Avrebbe dovuto dirgli tutto, ma adesso è troppo stanca per pensare. È la privazione del sonno, ma anche la batosta della rabbia di Robert e del suo odio verso di lei. Non se l'aspettava ed è spaventata al solo pensiero, perciò abbraccia quella paura, permettendole di intorpidirla e quindi di paralizzarla. Essere insensibili non è spiacevole. Ne trarrà il massimo finché durerà.

Sta dormendo profondamente quando squilla il cellulare. Lo afferra, gli occhi ancora chiusi, costringendosi a recuperare il presente.

«Pronto?» Apre gli occhi per controllare chi la sta chiamando. Nessun numero, solo le parole *Chiamata in arrivo*. E nemmeno una voce dall'altro capo.

«Pronto?» ritenta. E aspetta, ascolta. Si ascoltano senza dire una parola: non ce n'è bisogno, Catherine sa chi è. La sta aspettando. Non lo dice, ma lei intuisce che è così.

29

...Era il genere di giornata in cui, se non stavi attento, rischiavi di ustionarti seriamente. Il sole era potente, ma un sottile strato di nuvole mascherava la sua ferocia e una brezza rinfrescante induceva gli ignari a denudarsi senza protezione. Charlotte non era così ingenua. Si era cosparsa di olio solare e adesso stava spalmando la crema al figlio. I due ne facevano un affare di stato: Charlotte nel dimostrare di essere una madre premurosa e il bambino, Noah, nell'eludere le mani della mamma e lamentandosi perché la crema gli faceva bruciare gli occhi.

Le sue proteste erano particolarmente irritanti quel giorno, poiché Charlotte soffriva dei postumi di una sbronza. Sapeva che lo stava stropicciando più forte del dovuto, indispettita dalla testardaggine del figlio, nel desiderio di sottometterlo al suo volere. Noah aveva la sabbia su tutto il corpo perciò era come se lo stesse sfregando con la cartavetrata, e Charlotte non si dimostrò certo più delicata con la pelle del viso, la crema appiccicata alle ciglia di un occhio. La tamponò con un fazzoletto, ma adesso il bambino piangeva e anche lei aveva voglia di piangere. Voleva solo che sparisse. Avrebbe voluto godersi una giornata in santa pace, l'ultima giornata di sole, con il suo amante.

John dormiva ancora nella sua camera d'albergo, del suo alberguccio da quattro soldi. Era rientrato alle cinque di mattina dopo essere stato con Charlotte nel suo hotel di lusso a cinque stelle. Avevano fatto l'amore per tutta la notte, il bambino addormentato nella stanza accanto. Il piccino non aveva sentito i sospiri della madre mentre il suo giovane amante la appagava, non aveva sentito il tintinnio dei calici mentre bevevano insieme, e facevano l'amore ancora e ancora.

Perciò, mentre Charlotte lottava con la crema solare sulla spiaggia, John dormiva. Dormiva beato, come ogni adolescente. Era sfinito dalle pretese del proprio corpo, e da quelle a cui aveva dovuto sottomettersi la notte appena passata. Charlotte non ne aveva mai abbastanza, lo lasciava spompato. Sapeva di avere i minuti contati e, sebbene lo avesse convinto a non partire per Tangeri, presto sarebbe volata a casa dal marito. La notte prima era stata insaziabile e si aspettava ancora di più per la notte a venire, la loro ultima insieme.

Quel mattino Charlotte provava a recitare il ruolo di mammina perfetta, ma la sua interpretazione era poco convincente. Giaceva a pancia in giù per cercare di dormire mentre Noah scavava con la paletta e scolpiva solchi nella sabbia. Intanto il vento, combinato ai lavori di scavo del bimbo, le faceva arrivare folate di sabbia in faccia. Ora basta, pensò e finalmente disse: «Gelato?».

Noah smise di scavare. «Sì! Sì!» esultò.

Charlotte si calò il caftano di cotone sul bikini, mise una maglietta a Noah e, mano nella mano, lasciarono la spiaggia.

Mentre risalivano i gradini che conducevano ai negozi, John arrivò dal senso opposto. Si passarono accanto, i due amanti, e nessuno avrebbe mai capito che si conoscevano. John si sentì percorrere da un brivido di eccitazione, e lo stesso fu per Charlotte, alla vista degli occhi assonnati del ragazzo e dei suoi capelli arruffati. Quasi si sfiorarono, tanto si passarono vicini. Riuscirono persino a sentire il profumo l'uno dell'altra; Charlotte inspirò profondamente e sorrise, ma non a John. Non era così stupida. Rivolse quel sorriso a Noah. Ma il ragazzo sapeva che era per lui e che Noah si ingannava: lieto di vedere che la mamma era felice, le sorrideva di rimando, quel piccolo innocente. Era così felice per quel dono che non era nemmeno destinato a lui.

John riconobbe l'asciugamano di Charlotte e stese il suo pochi metri più in là, come al solito, assicurandosi che vi fossero altri corpi a dividerli. A debita distanza, affinché Noah non notasse la sua presenza, ma abbastanza vicino perché lui e Charlotte potessero guardarsi. Sin da quel primo giorno al caffè, erano stati cauti con il bambino. La madre non voleva che riconoscesse John, che facessero amicizia. «Casomai si affezionasse a te» diceva lei, e non poteva permetterlo. Non poteva permettere che Noah accennasse qualcosa al padre del ragazzo simpatico che avevano conosciuto in vacanza, il nuovo amico della mamma.

John, gli occhi chiusi e la testa china, li sentì tornare sulla spiaggia ancor prima di vederli. Noah strepitava, emozionato per qualcosa, perciò John aveva lanciato un'occhiata nella loro direzione, incuriosito. Noah si tirava dietro un piccolo canotto che rimbalzava sulla sabbia in fondo a una funicella. Da giorni chiedeva con una certa insistenza un giocattolo gonfiabile alla madre e finalmente, nell'ultimo giorno di vacanza, la donna aveva deciso di accontentarlo. Gli sarebbe andato bene qualsiasi giocattolo gonfiabile, ma Charlotte aveva scelto il canotto giallo e rosso, ricorrendo al proprio fascino per persuadere il negoziante a sputare i polmoni per gonfiarlo. Lei non aveva più fiato, gli aveva detto sorridendo. L'aveva finito la sera prima.

Il canotto era un regalo anche per Charlotte, oltre che per Noah. Avrebbe tenuto il bambino occupato, sperava lei, lo avrebbe intrattenuto mentre lei si rilassava con un libro, immersa nei suoi pensieri. Noah non era capace di trastullarsi da solo, ma quella imbarcazione di plastica rossa e gialla sembrava funzionare. Per la prima volta in tutta la vacanza sembrava contento di stare da solo, perso nel suo piccolo mondo. Si sedette nel canotto sulla sabbia, blaterando tra sé, e la madre si distese sulla pancia con la testa girata verso l'amante. John la imitò, la testa rivolta verso di lei, occhi negli occhi. C'erano delle persone tra di loro, ma non ci facevano caso, tanto erano immersi nella reciproca contemplazione. Charlotte lo mangiava con gli occhi, e lo stesso faceva lui. Il bikini rosso, che a stento copriva le parti del suo corpo che ormai conosceva a menadito. Riusciva a visualizzarle senza il mini-

mo sforzo. Era come se fosse completamente nuda. I seni, le natiche, il monte di Venere. Immaginava anche il suo profumo, lì da dove si trovava, l'erezione che premeva contro la sabbia.

Moriva dalla voglia di toccarla, di scivolare sotto e dentro di lei. E lei lo sapeva, glielo leggeva in faccia, negli occhi. Si mise sul fianco, i seni che si muovevano sotto il bikini, premuti contro il braccio su cui si era appoggiata, poi dischiuse le labbra in un sorriso. Prese il libro e finse di leggere, quando in realtà si era messa in posa per lui, il suo amante. Per provocarlo.

Dopo un po' aveva il braccio indolenzito, perciò si alzò a sedere. Era irrequieta, annoiata. Lanciò un'occhiata al figlio, ma lui era felice, non c'era bisogno di divertirlo perché era il capitano del suo piccolo vascello. Alzò lo sguardo e incrociò gli occhi della madre di una famiglia lì vicina. I suoi figli erano più grandi, adolescenti. Charlotte l'aveva vista sorridere a Noah e le sorrise a sua volta.

«Parla inglese?» le chiese.

Facendo spallucce la donna rispose: «Poco».

Con i gesti, Charlotte chiese alla donna di sorvegliare Noah mentre lei andava in bagno. La madre dei due adolescenti accettò di buon grado di tenere d'occhio il dolce bambino inglese. Con gratitudine, Charlotte le rivolse un gran sorriso, si accovacciò accanto a Noah e gli disse che sarebbe tornata entro pochi minuti. Temeva che anche lui avesse bisogno di fare pipì, o che protestasse e non la lasciasse andare, invece si comportò bene. Da bambino modello. Non la degnò neppure di uno sguardo mentre si infilava le eleganti infradito a sottili fasce argentate e si dirigeva verso la toilette. John invece non la perdeva d'occhio. La seguì con lo sguardo mentre si dirigeva verso i bagni all'inizio della spiaggia, i fianchi che ondeggiavano. Voleva seguirla, ma doveva aspettare per un minimo di decenza, e così si concentrò su una donna dalla pelle coriacea in topless, il filo del tanga in mezzo alle natiche avvizzite, finché l'erezione non diminuì.

Charlotte si fermò alle docce, alzò il viso verso lo scroscio d'acqua e si pettinò i capelli all'indietro come se fosse da sola e non su una spiaggia pubblica. Sapeva benissimo che John la stava guardando. Si allontanò dalle docce e si diresse verso i bagni. John la seguì. Non c'era nessun altro e sapeva dove trovarla: nella cabina in fondo alla fila di toilette. Bussò piano alla porta e lei aprì. Subito le infilò la mano nelle mutandine del bikini. Sapeva che Charlotte preferiva tenerle indosso; le piaceva sentirle tendersi intorno alle cosce. Le dita di John incontrarono il punto liscio, soffice e umido che lei gli aveva indicato. La fece sedere sulla panca di legno e le spostò le mutandine di lato. Poi, tenendola aperta con le dita, la accarezzò con la lingua, in alto, in basso, intorno, come lei gli aveva insegnato, come le piaceva. E lei gli aveva insegnato davvero molte cose. Charlotte allargò le braccia fino a toccare le pareti opposte della cabina, per impedirsi di cadere, ed era così bagnata da non sapere più distinguere il proprio godimento dalla sua saliva. Il povero ragazzo si sentiva pazzo d'amore. Aveva completamente perso la testa per lei. Non riuscì a smettere nemmeno quando udirono entrare qualcuno, e lei non lo avrebbe fermato comunque. Sentirono un chiavistello che si chiudeva, lo scroscio di qualcuno che urinava, e a quel punto lei gli abbassò il costume e lo spinse dentro di sé, lo cinse con le gambe e lo baciò sulla bocca. E lui si aggrappò a lei, e la strinse, più forte di lei e tuttavia più debole. E quando ebbero finito, lei sorrise, gli prese il viso tra le mani come fosse un bambino. Lo baciò sulle labbra, sul collo e infine sulla fronte, tracciando un segno di punteggiatura per fargli capire che per il momento era tutto.

Attesero che l'intruso se ne fosse andato, poi Charlotte aprì la porta e sbirciò fuori. Lei uscì per prima, lui la seguì dopo qualche minuto. Charlotte si fermò a fare la doccia, mentre John proseguì, superò l'asciugamano e corse verso il mare, tuffandosi in un'onda.

Il piccolo Noah era ancora nel canotto a borbottare tra sé. Charlotte era stata via più a lungo del previsto. La madre stava levando le tende: lei e la famiglia dovevano andare. Salutò Noah con la mano e Charlotte la ringraziò, accarezzando nel contempo la testolina del figlio. Lo osservò, di nuovo vigile, mentre Noah trainava il canotto verso il mare. Non era in acqua, era sulla sabbia. Era felice. Charlotte si strinse le ginocchia con le braccia e lo guardò sorridendo della sua contentezza. Esausta, si distese. Girando appena la testa, riusciva comunque a vedere Noah. John tornò al suo asciugamano e guardò Charlotte, ma lei era rivolta verso il lato opposto, perciò si distese sulla schiena e chiuse gli occhi. Dormicchiò ripensando alla notte che lo attendeva, il sorriso in faccia mentre prefigurava il piacere che si sarebbero dati reciprocamente.

Quando si svegliò, s'era alzato il vento e si mise la maglietta. Charlotte dormiva. Fu allora che John vide Noah. Era ancora nel canotto, ma galleggiava sulla risacca, contento di lasciarsi cullare dal mare. Avanti e indietro, avanti e indietro. Charlotte si svegliò e seguì lo sguardo di John. Forse era sorpresa che la sua attenzione fosse diretta verso qualcos'altro e non lei. Avanti e indietro, avanti e indietro, andava il canotto, ogni volta sempre un po' più lontano dalla spiaggia. Il mare era agitato e c'era una forte corrente che spingeva la piccola imbarcazione verso il largo, una striscia di mare increspato sempre più ampia tra Noah e la battigia, dove altri nuotavano e si divertivano. Nessuno faceva caso al bambino inglese che vagava alla deriva.

John si alzò e lanciò un'occhiata a Charlotte. Anche lei era in piedi, ma non si mosse. I piedi piantati sull'asciugamano. Si girò verso John, il terrore in faccia, poi tornò a guardare Noah. Però non si mosse. Chiamò Noah, poi si rivolse a John. «Aiuto» gridò. «Aiutami.» E John avrebbe fatto qualsiasi cosa per lei. Corse subito verso il bagnasciuga, e solo allora lei si mosse. John apriva la strada e lei lo seguiva. Chiamò Noah e lui alzò lo sguardo agitando la mano, per nulla spaventato. Nessuno faceva niente, e non c'erano bagnini sulla spiaggia.

John capì che il canotto di Noah procedeva nella direzione sbagliata. Verso il mare aperto. Presto sarebbe diventato un puntino all'orizzonte. John corse, sollevando la sabbia sui turisti distesi al sole, e si tuffò in mare. Nuotò verso Noah. Forte, un ragazzo forte, un nuotatore forte. La corrente lo trascinava, ma lui l'assecon-

dava, lasciando che il mare usasse la sua potenza per sospingerlo verso il bambino, in modo da conservare le energie per tornare indietro. Era una strategia. Sapeva cosa stava facendo ed era concentrato sulle bracciate: pulite, vigorose. Raggiunse Noah e vide che il bambino era spaventato, che chiamava la madre, ma lei non sarebbe mai riuscita a sentirlo. Probabilmente si chiedeva perché non fosse andata a salvarlo. Perché non si era tuffata? Cercava di stare in piedi, ma continuava a cadere: le onde lambivano i fianchi del canotto e si riversavano all'interno. La plastica era scivolosa e l'imbarcazione beccheggiava. Era nel panico più totale. John provò a tranquillizzarlo. Gli disse di stare seduto e di aggrapparsi ai manici del gommone. Ma il bambino era impietrito, lo sguardo fisso verso la spiaggia nella speranza che la madre andasse da lui. John afferrò la funicella e la avvolse intorno al pugno, poi iniziò a nuotare verso riva.

Scorse una fila di persone che guardavano e, al centro, Charlotte con il bikini rosso. Mise in funzione ogni muscolo del suo corpo, spinse più forte che poté. I fasci che si contraevano, si tendevano, il sangue che pompava. Il mare era diventato un nemico: non lo trasportava più, lo respingeva. E anche il vento si era schierato contro di lui, sferzando le onde e facendo rimbalzare il canotto come per scagliare Noah fuoribordo. John gli gridò di reggersi forte. Ma, quando si voltò, vide che Noah era rigido, aggrappato ai manici, e che continuava a guardare verso la spiaggia in cerca della madre. Forse pensava che il canotto viaggiasse da solo.

A John bruciavano gli occhi per il sale e aveva le membra intorpidite. Era diventato un automa. Braccia e gambe lo spingevano in avanti, ma non aveva più una strategia. Nuotava al ritmo del sangue che gli rombava nelle orecchie. E poi altri due uomini, due uomini coraggiosi, si distaccarono dal gruppo e si tuffarono in mare nuotando verso il ragazzo e il bambino. Uno era davanti all'altro, il nuotatore più forte. Era veloce, e il mare lo aiutava sospingendolo verso John e Noah. Li raggiunse e tolse la funicella dalle mani di John, trainando il prezioso carico verso riva. Non c'era tempo per le sottigliezze, l'uomo invertì la rotta e nuotò in direzione della spiaggia. John tese la mano per attaccarsi al retro del canotto.

Mentre l'uomo si avvicinava alla spiaggia, altri accorsero per aiutarlo, afferrando l'imbarcazione e prendendosi cura del bambino. John li vide e vide anche che Noah era al sicuro. Li vide sulla spiaggia. Lui era ancora in mare, in alto mare. Aveva perso la presa, ma nessuno se n'era accorto. Restò a guardare mentre il secondo soccorritore tornava indietro unendosi alla folla e traendo il bambino in salvo. John aveva le mani bianche per il freddo, striate di rosso nei punti in cui avevano stretto la funicella. Non le sentiva più. Sentiva solo i polmoni. Si erano dilatati oltre misura e non entravano più nella cassa toracica. Boccheggiò, ingurgitando una sorsata d'acqua. Aveva perso del tempo prezioso a guardarsi le mani, a pensare ai polmoni, quando avrebbe dovuto nuotare, e adesso il mare l'aveva spinto ancor più lontano e avrebbe dovuto ricominciare tutto da capo per tornare nel punto dove aveva lasciato andare Noah.

Ci provò, ci provò con tutte le sue forze. Sperava che qualcuno andasse a salvarlo. Che qualcuno si ricordasse che era laggiù. E voleva sua madre. Voleva che andasse a tirarlo fuori dall'acqua. Come Noah, agognava la salvezza tra le braccia della madre. Provò a fare cenni verso la gente a riva, ma le sue braccia avevano perso forza. Non riusciva a muoverle. Non riusciva più a nuotare. Respinse il mare con le braccia, come se potesse farlo sprofondare e abbassare il livello dell'acqua. Era spaventato. Dicono che annegare è il modo migliore per morire, ma John era spaventato perché sapeva che nessuno sarebbe andato a salvarlo. Aveva impiegato le sue ultime forze per salvare il bambino.

Alla fine vide una barca. E per un istante credette che tutto sarebbe andato bene. Ma quando lo raggiunsero era già andato giù due o tre volte. Gli lanciarono un salvagente, ma lui non riuscì ad afferrarlo perché era morto. Era già morto quando lo raggiunsero. Lo issarono a bordo e lo distesero sul fondo della barca. Qualcuno tentò la respirazione bocca a bocca. Qualcun altro ten-

tò il massaggio cardiaco. Riportarono la barca a riva e trascinarono il corpo del ragazzo, in tre, sulla spiaggia e riprovarono a rianimarlo. Gli praticarono ancora il massaggio cardiaco, ma se ne era già andato.

E un po' più in là una piccola folla si era raccolta intorno al bambino e a sua madre. Proteggevano Noah dalla vista dell'uomo che lo aveva salvato e che era morto, in un punto distante della spiaggia. Charlotte era in ginocchio, stringeva un asciugamano intorno al figlio e gli faceva scudo dalla vista del suo amante morto.

30

Estate 2013

Una Fiat 500 verde acquamarina attraversa la piazza a tutta birra. Robert la vede passare dalla finestra. Il colore preferito di Catherine. Aveva pensato di regalargliene una per il suo compleanno. Si è presentato in ritardo alla riunione, persino dopo averla posticipata di un'ora. Ha dovuto radersi, cambiarsi d'abito. Ha sempre un cambio in ufficio, anche se è quello che indossa per le cerimonie. È troppo elegante e i colleghi non nascondono lo stupore: si stanno chiedendo che programmi abbia per la serata. Ma lui è contento di stare con loro, di avere intorno persone che gli parlano normalmente. Non è lui che deve condurre la riunione, e non è ancora il suo turno di parlare, quindi può limitarsi a osservare, e questo riesce a farlo. È contento di essere circondato dalle loro voci. È la loro fiducia in lui a impedirgli di cadere. Ogni volta che inizia ad accasciarsi, una parola fende l'aria e lo tira su.

Era solo un libro. È solo un libro. Sa che è solo una versione dell'accaduto scritta da qualcuno che evidentemente la odia, ma come biasimarlo? Ed è anche una versione che contiene sufficiente verità, visto che Catherine desiderava farla sparire. Se non altro aveva scopato con uno sconosciuto che era poi morto per salvare la vita a loro figlio. Non è lei e, allo stesso tempo, è lei. In quel romanzo c'è abbastanza di sua moglie perché lui la riconosca. E il libro gli ha mostrato cose che sino ad allora non aveva mai notato. Che Catherine è una donna che è sempre andata per la sua strada, che ha sempre fatto quello che ha voluto.

Ricorda la prima volta in cui l'aveva vista. Catherine lo aveva invitato a bere qualcosa, diceva di voler parlare con lui in via ufficiosa. Era giovane, ed era al suo primo vero incarico di giornalista. Robert non avrebbe dovuto accettare, rischiava di perdere il posto, ma lei era stata molto convincente al telefono: gli aveva dato l'impressione che fosse la cosa giusta da fare. Ricorda che lei era in ritardo – anche se era *lui* a farle un favore – eppure era riuscita a trasformare quel ritardo in un particolare affascinante. Ricorda di aver visto entrare nel pub una giovane bionda appariscente e di aver desiderato che fosse lei. Catherine si era guardata intorno, si era accorta che lui la stava fissando e gli aveva sorriso, con timidezza. Robert le aveva sorriso di rimando e si era alzato. Aveva pagato lei, aveva insistito per farlo, e lui le aveva dato tutto quello che desiderava, rispondendo a tutte le sue domande. In via ufficiosa, naturalmente, ma lei aveva messo a frutto quelle informazioni. Era riuscita a tenerlo fuori dai guai, ma non aveva omesso niente. Era una brava giornalista. Però lui avrebbe potuto perdere il posto. Già da quel primo incontro, Robert era disposto a fare qualsiasi cosa per lei. E Catherine sapeva cosa voleva e anche come ottenerlo. A dispetto delle conseguenze.

Il libro gli ha mostrato una madre che pensa prima a se stessa che al figlio. È vero, Catherine non ha mai avuto l'istinto materno. Il suo amante era morto e il lavoro era diventato una via di fuga. Incolpava Nick per la morte del ragazzo? Era per quello che non sopportava di restare a casa e di badare a lui? Non c'era da stupirsi che il rapporto tra lei e Nick fosse difficile. E Robert ha sempre cercato di sopperire anche per lei, di appianare i dissidi, l'ha sempre sostenuta e non l'ha mai fatta sentire in colpa, criticata o giudicata. Finora. Gli torna in mente una fotografia in particolare. Cerca di scacciarla e di concentrarsi sul presente, ma vede solo il passato. Catherine che fa la doccia sulla spiaggia, la testa rovesciata all'indietro, gli occhi chiusi mentre l'acqua le scorre sul viso e sul corpo, un sorriso sulle labbra: le piaceva essere guardata. La mano riprende a tremare e serra il pugno, nascondendolo sotto il tavolo. Tutta la tensione che reprime da anni, i pensieri che non si è mai concesso di formulare emergono in superficie.

Nonostante tutto, lui l'amava. Se gli avesse confessato il tradimento a tempo debito, Robert l'avrebbe perdonata. Ma adesso no. Si morde l'interno della guancia per non piangere. Avrebbe fatto qualsiasi cosa per lei. Lui desiderava altri figli, ma aveva rinunciato senza insistere. Lei non si era mai rifiutata apertamente, era solo riuscita a inventare scuse su scuse finché poi non era stato troppo tardi. Robert voleva che Nick avesse un fratello o una sorella; pensava che lo avrebbe aiutato ad allentare la tensione. Complimenti, Cath, hai distrutto tutto! Non riuscirà più a fidarsi di lei.

Un foglio atterra sul tavolo davanti a lui. Informazioni che dovrebbe leggere, dettagli a cui dovrebbe prestare attenzione. Lo solleva e si nasconde dietro di esso. Ricorda vagamente che Nick desiderava un canotto, o forse un altro giocattolo gonfiabile, e che insieme avevano stabilito che non fosse una buona idea. Eppure lei glielo aveva comprato, quando Robert era tornato a casa, e non lo aveva sorvegliato, non aveva badato a lui, e il figlio di qualcun altro aveva perso la vita per salvare Nicholas. Il figlio di chi? Chi ha scritto quel libro? La fidanzata? Un genitore? Il vecchio che ha lasciato le fotografie? Quel povero vecchio. Un colpo basso, certo, ma come biasimarlo? Robert dovrebbe forse ringraziarlo per il sacrificio compiuto dal figlio? Dovrebbe essergli grato, ma per il momento non riesce a provare riconoscenza. Se *John*, o come cavolo si chiamava, non fosse stato lì, *Charlotte* non si sarebbe distratta e forse avrebbe impedito al figlio di entrare in acqua da solo. E se ci fosse stato anche Robert non sarebbe successo niente di tutto ciò.

Ha un dolore lancinante alla testa. E allo stomaco. Grumi scuri di qualcosa che non si presenta da anni. Gelosia. Non verde, ma nera e densa. È geloso di quel ragazzo morto che aveva una storia con sua moglie e che ha salvato suo figlio. Che tanto, tanto tempo fa in un paese lontano ha castrato Robert senza nemmeno saperlo. Si chiede quante volte Catherine abbia pensato a quel ragazzo mentre faceva l'amore con lui. Quante volte ha fatto paragoni? E se ha mai finto con lui. Qualche volta? O sempre? E Nicholas. Nicholas che non ricorda neppure il ragazzo che gli ha salvato la vita. E questo rende *John* persino più eroico agli occhi di Robert. Un eroe misconosciuto. Un martire. Sfoglia mentalmente le pagine. Robert invece è un personaggio secondario, indegno persino di un nome. Il marito di lei.

Si accascia, come una pianta senza sostegno. Il flusso di parole si è interrotto. La stanza è silenziosa. Alza lo sguardo. Tutti gli occhi sono puntati su di lui, ma non riesce a decifrarli. Aspettano una risposta? Lo osservano con curiosità? Cosa vedono?

«C'è molto su cui riflettere» dichiara, e si sente rassicurato dal suono della propria voce, profonda e intensa. Si alza; lì, almeno lì, la sua autorità è indiscussa. La riunione si è conclusa e tutti escono dalla stanza alla spicciolata.

Si metterà in contatto con la famiglia; scoprirà chi sono e ci parlerà. Il minimo che Robert possa fare è esprimere loro la propria gratitudine per il coraggio del figlio e cercare di compensare le mancanze di sua moglie come essere umano. Per prima cosa deve occuparsi di Nicholas, prenderlo sotto la sua ala. Alza il telefono.

«Nick? Mi ha fatto tanto piacere stare un po' con te l'altra sera... Senti, che ne dici di fare il bis? Sei libero stasera? C'è una cosa di cui vorrei parlarti.»

31

Estate 2013

Alla morte di Jonathan, Nancy era andata in mille pezzi, la mente ridotta a un recesso angusto e buio, e non pensava che all'assenza di nostro figlio. Passo dopo passo, giorno dopo giorno, continuavo a dirglielo. Ma non riuscivo a raggiungerla. Non contavo più niente per lei. Ricordo un giorno, circa due mesi dopo la sua morte. L'aspettavo al piano di sotto. L'avevo convinta a fare una passeggiata. Che avesse accettato era di per sé un successo. Era pomeriggio e indossava ancora la camicia da notte. Era salita a vestirsi e io sedevo in salotto ad attenderla. Ci mise molto tempo; allora faceva tutto con lentezza. Non volevo metterle fretta perché temevo che incitandola potesse cambiare idea. E comunque la sentivo muoversi. Un cassetto che si apriva, lo sportello dell'armadio che si chiudeva. Si stava preparando; era sulla buona strada. Dopo un po' però non avevo sentito più nulla, e così ero salito.

Mi aspettavo di trovarla distesa sul letto, invece era in bagno. Era completamente vestita, distesa nella vasca che, a quanto pareva, aveva riempito ore prima. Giaceva nell'acqua fredda, vestita per andare a fare una passeggiata. Teneva la testa sott'acqua, gli occhi e la bocca aperti. L'avevo trascinata fuori. Era pesante, fradicia. Mi aveva detto che non cercava di uccidersi. Voleva solo sapere cosa aveva provato Jonathan. Voleva sapere se annegare era doloroso. Voleva scoprire di persona se era indolore come dicevano tutti, se uno sviene prima di morire. Era arrabbiata con me perché le avevo negato quell'esperienza semicondivisa con il figlio, ma ammetteva che c'erano delle pecche in quell'esperimento: che il panico e la solitudine di essere inghiottiti da un oceano sconfinato non potevano essere riprodotte in una vasca di ceramica color avocado, nella sicurezza della propria casa.

L'empatia più totale, si potrebbe dire, era diventata lo sport estremo preferito di Nancy, anche se sapeva che in questo caso stava chiedendo l'impossibile. Ma questo non le impediva di tentare. Se esisteva qualcuno in grado di comprendere come si sentiva una persona, quella era Nancy. Non c'erano confini tra lei e il mondo, come per chiunque di noi. Aveva la rara dote di sapersi mettere nei panni di qualcuno. Molte volte, prima della morte di Jonathan, aveva cercato di aiutarmi a diventare come lei. Se ero arrabbiato o irritato per qualche motivo, lei mi suggeriva di guardare la situazione da un punto di vista diverso o di immaginare come si sentisse la controparte. E io ci provavo, ma non ci riuscivo mai. Nancy però era troppo sensibile, e questo era il guaio.

Aveva smesso di lavorare perché non sopportava più di stare con i bambini, così io avevo lavorato per mantenerci entrambi, affinché la vita andasse avanti. Una parvenza di vita, se non altro. Avremmo dovuto vendere casa e trasferirci lontano da Londra. Avrei dovuto essere più risoluto, prendere io la decisione, ma sapevo di non poter costringere Nancy se non era d'accordo.

Persino cercare di convincerla a sbarazzarci delle cose di Jonathan era fuori dalla mia portata.

Un giorno ero tornato dal lavoro e l'avevo trovata in camera di nostro figlio, intenta a disporre i suoi vestiti sul letto. Mi era tornato in mente ciò che aveva fatto in quella stanza d'albergo in Spagna.

«Non voglio buttarli via» aveva detto brusca quando mi aveva visto. Non avevo replicato niente. «Voglio solo rimetterli in ordine.»

Mi ero messo a guardarla ripiegare e accarezzare i suoi vestiti per poi disporli in cataste separate, nella speranza che iniziasse a fare una ripulita.

«Vado a preparare il tè» avevo detto. «Poi ti do una mano.»

Mi aveva guardato, annuendo, e aveva continuato a svuotare i cassetti. Al mio ritorno, avevo notato che cominciava a riempire una piccola valigia. Avevo posato il vassoio e mi ero seduto sul letto, guardandomi intorno. La stanza ospitava ancora cimeli dell'infanzia di Jonathan: un cane di peluche, spelacchiato e scheletrico, accucciato in cima alla libreria, una scatola rompicapo di legno intagliato che gli avevamo regalato un Natale e dove teneva i suoi segreti. Ricordo di aver provato un filo di tristezza mista a felicità, perché mi ero illuso di assistere all'inizio della guarigione di Nancy. Fino a quel momento si era rifiutata di toccare gli oggetti nella sua stanza, volendo lasciare tutto esattamente com'era.

«Metti qui le cose da buttare...» Aveva scosso un sacco nero vuoto verso di me. Avevo sorseggiato il tè, posato la tazza sul comodino e avevo aperto il cassetto. La vista delle batterie e delle monetine sparse mi aveva fatto sorridere; era praticamente identico al mio, quel cassetto, tranne per il pacchetto di preservativi, ancora sigillato. Avevo svuotato tutto nel sacco nero, scuotendolo affinché i preservativi scomparissero sul fondo. Non volevo che Nancy li vedesse: c'era qualcosa di tremendamente struggente nel fatto che non fossero stati usati.

Nancy si era impossessata dell'armadio di Jonathan e del cassettone, perciò io mi ero messo all'opera con il baule di abete in fondo al letto. Lì dentro Jonathan aveva accumulato oggetti a cui non aveva mai trovato un posto. C'erano vecchi giocattoli, caramelle, monete di cioccolato trovate nella calza di Natale, ricordi di spedizioni in campeggio, piatti e tazze di peltro, una torcia frontale... e persino un paio di scarpe da ginnastica sporche. Avvicinandomi al fondo, avevo trovato i fumetti. Gli avevamo regalato l'abbonamento a «The Beano» quando era bambino e pensavo che sarebbe stato carino tenerne qualche copia. Li avevo tirati fuori, e così mi ero accorto di cosa c'era nascosto sotto: una raccolta di riviste e videocassette porno. I titoli e le copertine mi inorridivano. Avevo lanciato un'occhiata a Nancy, ma era impegnata a sfogliare uno degli album di Jonathan. Ero sgattaiolato dalla parte opposta del letto e avevo aperto una delle riviste.

«Oh, porca miseria!» mi era sfuggito prima che riuscissi a trattenermi.

«Che? Cosa c'è?» mi aveva chiesto Nancy.

«Niente, niente» avevo risposto. «Un crampo allo stomaco, tutto qua.» Ero rimasto seduto per qualche secondo, poi ero andato a prendere il sacco nero buttandoci l'intera raccolta. Nancy mi aveva osservato con sospetto.

«Dobbiamo buttare tutto, tesoro. È tutto ammuffito là sotto. Non è niente di che, te lo giuro.» Le avevo tenuto nascosto il peso del sacco mentre lo trascinavo fuori dalla stanza e lo gettavo direttamente nel bidone della spazzatura. Grazie al cielo li avevo scoperti io e non Nancy. Quando ero tornato in camera, aveva ancora l'album di Jonathan aperto in grembo.

«Guarda» mi aveva detto, e io ero andato a sedermi accanto a lei, sul pavimento. «Non sapevo che fossero qui. Sono molto belle.» Mi sorrideva con le lacrime agli occhi. Indicava un fascio di fotografie sparse in fondo all'album. All'inizio non sapevo cosa stessi guardando.

«Sono state scattate con lo zoom» mi aveva spiegato lei. «Guarda...» Ne aveva sollevata una, si trattava dello scatto ravvicinato di un occhio. Un'altra mostrava la curva di una guancia, così ingrandita da vedere le vene sotto la pelle.

«Faceva degli esperimenti con la nuova macchina fotografica» aveva proseguito Nancy. «Scommetto che sono le prime foto che ha scattato.»

«Chi è?» avevo chiesto. Lei le aveva sfogliate e aveva sorriso.

«Sono io» aveva risposto, alzando le istantanee, una dopo l'altra, passando dalle indecifrabili riprese ravvicinate alla rivelazione finale di Nancy seduta su una sdraio in fondo al giardino.

Jonathan aveva scattato le foto senza che sua madre se ne accorgesse, e le faceva piacere scoprire che le avesse riservato tanta attenzione.

Ce n'erano anche altre: scorci di strade del nord di Londra, un reportage di vita urbana. Nancy aveva ragione, erano bellissime. Evidentemente aveva un talento innato. Come un vero professionista, Jonathan era riuscito a tenersi fuori dall'inquadratura e a immortalare qualcosa di vero e naturale. Sono certa che Nancy non avesse ancora fatto sviluppare il rullino nella macchina fotografica, ma mi domando se fosse stato per quegli scatti in fondo all'album che le era venuto in mente di farlo. Forse pensava di trovare qualche bella immagine da incorniciare.

Mi sbagliavo a credere che mettere ordine tra le cose di Jonathan fosse un segnale di ripresa. Anzi, dopo quel giorno cominciò persino a peggiorare. Si rifiutava di uscire. Non vedevamo più nessuno e dopo un anno circa avevamo perso i contatti con tutti i nostri amici. Avevano gettato la spugna. Probabilmente pensavano che bastassimo l'uno all'altra. A cinque anni di distanza dalla morte di Jonathan, Nancy aveva deciso di non poter più sopportare nemmeno la mia vista. Almeno per un po', aveva detto. Aveva bisogno di stare da sola, e io rispettavo quel suo bisogno anche se non mi piaceva che avesse scelto l'appartamento di Jonathan come rifugio.

Una lontana parente ci aveva lasciato dei soldi e li avevamo investiti in quell'appartamento a Fulham. Lo avevamo acquistato per Jonathan l'anno prima che partisse per il viaggio. Pensavamo che fosse un bene per lui avere un primo assaggio di indipendenza nei paraggi di casa, e si era trasferito lì per un breve periodo prima di lasciare l'Inghilterra. Nancy lo aveva equipaggiato di tutto il necessario: pentole nuove, biancheria da letto. E gli avevamo regalato anche cose nostre, cose che non ci servivano più, come la scrivania di Nancy. Lei andava a trovarlo per insegnargli a cucinare e dargli le conoscenze necessarie per diventare autosufficiente. L'appartamento era pronto ad accoglierlo al suo ritorno e speravamo che vi trovasse lo spazio per decidere cosa fare della propria vita. Ci auguravamo che si iscrivesse all'università.

Dopo la sua morte, Nancy aveva continuato ad andare nell'appartamento per pulirlo, di quando in quando. Non aveva raccontato a nessuno nel palazzo dell'accaduto. Forse il fatto che non lo sapessero le permetteva di fingere, almeno lì, che fosse ancora vivo. Viveva tra gli oggetti di Jonathan, adornando l'appartamento come un santuario con fiori freschi in ogni stanza. All'inizio mi permetteva di andarla a trovare, poi un giorno mi aveva chiesto di non presentarmi più. Aveva detto che non l'aiutava, che le impedivo di ristabilirsi. Le telefonavo una volta alla settimana, ma dopo un po' avevo dovuto smettere. Sosteneva che mi avrebbe chiamato *lei* quando si sarebbe sentita pronta a tornare a casa. Io avevo ceduto alle sue richieste solo perché mi aveva giurato che non si sarebbe fatta del male, e qualcosa nella sua voce mi aveva indotto a crederle. Pensavo di aver percepito un cambiamento, come se finalmente avesse cominciato a trovare un po' di pace. Alla fine era stato l'amministratore a chiamarmi, non Nancy. Mi fa male ripensare a quanto fossi inutile per lei in quel periodo.

Quando ricevetti quella telefonata, con orrore pensai che avesse infranto il giuramento. L'amministratore diceva di aver ricevuto lamentele per le condizioni delle parti comuni e per il cattivo odore che proveniva dall'appartamento. Maledicevo la mia debolezza, per non essere andato da lei prima e averla costretta a tornare a casa. Ero convinto che, una volta girata la chiave che mi ero trattenuto dall'usare per tanto tempo, l'avrei trovata morta. Invece era distesa sul divano, gli occhi chiusi, ma respirava. C'era un odore sgradevole. Lo sciacquone non era stato tirato, ma il tanfo peggiore proveniva da un sacco della spazzatura accanto alla porta. Voleva portarlo via, ma non ne aveva avuto la forza, perciò era rimasto lì per settimane, a colare sul pavimento, il contenuto avariato che minacciava di grondare giù per le scale. Aveva il cancro, mi annunciò. Era pragmatica anche se stava male, stava male da un bel po', e aveva sopportato il dolore, assaporandone ogni istante. Era quello che aspettava. Il cancro aveva riempito il vuoto lasciato da Jonathan. Io odiavo quell'appartamento. Quando ero tornato e avevo trovato il manoscritto, era la prima volta che ci entravo da anni, da quando l'avevo riportata a casa.

Era alla nostra separazione che si riferiva, ne sono certo, quando aveva detto a Catherine Ravenscroft di aver *«perso il marito»*. Per un po' ci eravamo persi. Ma avevo sempre creduto di essere stato io a perdere lei, non il contrario. Pensavo di essere l'unico a sentirmi solo, perciò è stato un sollievo leggere nei suoi taccuini che Nancy stava come me. Aveva sentito la mia mancanza, proprio come io avevo sentito la sua.

L'avevo portata a casa e mi ero preso cura di lei, e per un po' sembrò rifiorire. Aveva vissuto altri due anni a casa con me. Lavoravo ancora alla scuola privata e ammetto di aver riversato il mio dolore sugli studenti. Le infermiere del Macmillan erano meravigliose. Passavano mentre io ero al lavoro per controllare che stesse bene. Non si lamentava mai. Come ho detto, assaporava il dolore che aveva tanto desiderato: era qualcosa di concreto contro cui accanirsi.

Ma adesso è tornata in vita, la mia compagna eterna. Sento la sua voce e parlo regolarmente con lei. Le ho raccontato della telefonata e della paura nella voce di quella puttana. Non ci sono più segreti tra di noi. E Nancy è impaziente di fare il prossimo passo, lo siamo entrambi. Vogliamo vedere la sua paura, non soltanto ascoltarla.

32

Estate 2013

Catherine è al lavoro, lo sguardo fisso sullo schermo del computer, senza vedere niente. Ha la mente in subbuglio, incapace di formulare un solo pensiero coerente: ogni idea, vecchia o nuova, porta con sé angoscia. I ricordi più recenti sono i più dolorosi. Robert se n'è andato di casa. Catherine crede che si sia trasferito in albergo, ma non ne ha la certezza. Non vuole parlare con lei. L'ultima cosa che le ha detto è stata che non sopporta più la sua vista. Quelle parole l'hanno lasciata senza fiato. Che cosa si aspettava? Non quello. Sapeva di aver nascosto a Robert una parte di se stessa, ma fino a quel momento non si era resa conto di quante cose avesse ignorato riguardo a suo marito. Quando aveva provato a immaginare la reazione di Robert al libro, non era riuscita a prevedere tutta quell'acredine. La sua rabbia l'ha lasciata basita; Robert ha permesso che riempisse ogni spazio, che lo rendesse sordo a qualunque cosa la moglie potesse dire. Ora Catherine dorme nella stanza degli ospiti, lontana dal vuoto del letto nuziale.

Clicca sullo schermo fingendo di lavorare, ma lo sconcerto che ha provato quando lui l'ha messa di fronte alle fotografie continua a dilaniarla come una lama. Vuole punirla. Pensa che lo meriti. Catherine ha tentato di non guardare le fotografie – ha provato ad allontanarle – sbirciandone solo frammenti, ma le sono entrate in testa e vi sono rimaste impresse. Quelle immagini ora non vogliono lasciarla in pace. Quelle fotografie, volgari e ignobili, costituiscono la fonte primaria del libro, si insinuano in una falsa proiezione della verità. Purtroppo è la proiezione a cui Robert ha deciso di credere. E gli anni di silenzio della moglie lo hanno spinto a emettere un verdetto di colpevolezza; l'incauta convinzione di Catherine di avere diritto a non parlare è equivalsa a una condanna.

«Ricordi il preside che aveva lasciato il collegio Rathbone dopo che Brigstocke era stato "mandato in pensione"? Be', ho scoperto che erano amici a Cambridge. Ho il suo numero... vuoi che lo chiami?»

«Dacci un taglio, Kim. È una pista morta. Cancella tutto» sbotta prima di riuscire a frenarsi. Cazzo! Sta perdendo il controllo anche al lavoro. Non vuole inimicarsi Kim, perciò le posa una mano sulla spalla: «Scusami, ma non c'è niente di interessante. Dimenticalo. Dimentica Stephen Brigstocke».

Kim si libera dalla sua presa e si allontana zoppicando come un cagnolino ferito. Catherine non avrebbe dovuto parlarle in quel modo. Deve tenere duro. Il lavoro è il suo unico rifugio. Giocherella con il biglietto che Kim le ha consegnato qualche giorno prima, con il numero di telefono e l'indirizzo di Stephen Brigstocke, e se lo mette in tasca.

«Tè?» esclama. Kim la ignora. Simon intercetta il suo sguardo e le sorride.

«Sì, grazie» dice.

La segue in cucina, la tazza pronta, i denti sbiancati che sfavillano.

«Tutto a posto, Cath?» Un lamento di preoccupazione nella voce. Oh, ma va' a quel paese! La sua avversione per quell'uomo è irrazionale, Catherine lo sa.

«Sì, tutto bene, grazie.»

«Il trasloco è una di quelle cose che... al pari del divorzio... che manderebbero fuori dai gangheri chiunque.» Lei resta di spalle per nascondere la propria collera. Deve aver assistito al suo sbotto contro Kim. Mette due bustine nella teiera, la riempie d'acqua e gli versa una tazza di tè senza averlo lasciato in infusione abbastanza, ignorando i suoi segnali di protesta e osservando con sadismo il liquido insipido e grigiastro nella tazza del collega. Il cellulare emette un segnale mentre gli porge il tè.

Un messaggio di Robert? Cerca di nascondere il tremito nelle mani: *Se ultimamente ha avuto un incidente, Lei ha diritto a...* Pubblicità. Merda.

«Stai bene?»

Lei annuisce, ma si sente intrappolata dalla presenza di Simon, incapace di pensare. Si allontana a grandi passi, portando il telefono in bagno. Ha bisogno d'intimità per pensare, maledizione. Robert non la chiamerà. Sperava che una volta superato lo shock iniziale avrebbe trovato dentro di sé la forza di ascoltarla, di ascoltare la sua versione dei fatti. Invece l'ha amputata come avrebbe fatto con un arto in cancrena. Cerca di soffocare la rabbia, ma diventa sempre più difficile. Non ha forse diritto di parola anche lei? La fa sentire come una molestatrice, continuando a ignorare i suoi innumerevoli messaggi, scritti e vocali. Telefona alla sua segretaria.

«Ciao, Katy. Per caso Robert è in ufficio? Non importa che tu me lo passi, volevo solo lasciargli una cosa...» È la telefonata di una donna che sospetta il marito di avere l'amante. Se è in ufficio andrà lì per affrontarlo. Non potrà scappare, non vorrà scenate, dovrà ascoltarla.

«No, è uscito presto» risponde Katy. «Ha detto che oggi pomeriggio avrebbe lavorato da casa.»

«Oh, ma certo. Che sciocca! L'avevo dimenticato.» Ogni giorno una bugia nuova.

Quando entra in casa, inciampa su un borsone da viaggio e il cuore le batte all'impazzata. È tornato a casa. Grazie al cielo, è tornato da lei. Ma è il borsone di Nicholas, non quello di Robert. È Nicholas che è tornato. C'è già una catasta di panni sporchi ad attenderla davanti alla cucina. Anche Robert però è a casa, seduto al tavolo della cucina con Nick. Una birra ciascuno. Un sorriso sul viso di Robert, le pagine sportive aperte davanti a Nicholas. Nessuno dei due alza lo sguardo all'ingresso di Catherine. Segue un brevissimo istante, un lampo, in cui un pensiero le balena nella mente: Nicholas nella camera degli ospiti, lei nel letto matrimoniale con Robert? Ma quando il marito la guarda, capisce subito che è una pia illusione e le sue parole lo confermano.

«Nick rimarrà qui a farmi compagnia mentre sei via.»

Ma che diavolo...? Nicholas alza la testa e Catherine è colpita dal suo pallore e dalla sua stanchezza. Lo sa? Ma poi le sorride e riprende a leggere il giornale. Lei fa per parlare, ma Robert la batte sul tempo. È lui al comando.

«Sembra un'inchiesta importante, perciò immagino che starai via per diverse settimane. Ti ho preparato la valigia... pensavo che avessi fretta di partire.»

Ogni frase è uno schiaffo in piena faccia. Robert ha detto a Nick che sarebbe partita per lavoro. Lei si avvicina, gli prende la mano: «Robert...». Vuole che la segua di sopra, che la ascolti, ma lui ritrae la mano e prende il cellulare. Lo sente chiamare un taxi.

«Di cosa ti occupi stavolta, mamma?» domanda Nicholas.

Robert risponde al posto suo. «Oh, tua madre non ha voluto dirlo nemmeno a me.»

Lo dice con una grande disinvoltura, e comunque l'interesse di Nicholas è così limitato che torna subito a leggere le pagine sportive.

«Il taxi sta arrivando. È meglio che tu vada subito a controllare che ti abbia messo in valigia tutto quello di cui hai bisogno.» Catherine resta dov'è, con la voglia di mettersi a urlare: come ha potuto? Invece non lo fa, non può, non davanti a Nicholas.

Va di sopra e si siede sul letto. Le ha preparato una piccola valigia, sufficiente per una settimana. Guarda gli abiti ripiegati, le mutandine infilate da una parte, il beauty-case chiuso e posato in cima. Tasta l'interno della valigia nella speranza che vi abbia nascosto un biglietto in cui le spiega che ha bisogno di tempo per pensare. Un po' di spazio. E che poi potranno parlare. Non ci sono biglietti. Robert non ha bisogno di dare spiegazioni. Lei sì.

«Il taxi è arrivato» le grida, e Catherine chiude la valigia e la porta giù. Vuole che Robert la guardi dritto negli occhi, ma non lo fa. È vivace e allegro. C'è una cena da preparare. Se la caveranno benissimo senza di lei, si sente sussurrare nelle orecchie. Nicholas si alza e si trascina verso di lei, calciando un calzino che è rotolato giù dalla catasta di panni sporchi.

«Ciao, mamma.» Lei lo abbraccia. Senza parlare. Lancia un'occhiata verso Robert, che continua a rifiutarsi di guardarla. Vigliacco, pensa, e sente Nicholas sfuggire al suo abbraccio. Il taxi sta aspettando.

Chiude la porta d'ingresso e va verso l'automobile con il motore acceso. Il tassista la osserva posare la valigia sul sedile posteriore e salire a bordo.

«Dove la porto?» le domanda. Quindi Robert non ha stabilito la sua destinazione. Dove andare? Dà un indirizzo al tassista.

33

Estate 2013

Nicholas porta il borsone nella camera degli ospiti, lo molla sul pavimento e si lancia di schiena sul letto: in caduta libera, le gambe fuori e le scarpe indosso, la testa che atterra sul cuscino. Chiude gli occhi e sente il profumo di sua madre. Riapre gli occhi. Sì, è proprio il suo profumo. Annusa il cuscino. È lei, senza alcun dubbio. Ha dormito nella stanza degli ospiti. Che cazzo succede? Suo padre non l'ha nemmeno salutata quando è uscita. Non l'ha neppure accompagnata alla porta. Non è da lui; le è devoto. Ecco perché Nicholas ha fatto lo sforzo di alzarsi e abbracciarla... be', qualcuno doveva pur farlo. Gli ha fatto pena. Non ricorda di aver mai avuto compassione per sua madre.

Vederla andare via in quel modo gli ha fatto tornare in mente di quando era piccolo e sua madre partiva per lavoro. La cosa non lo turbava minimamente. Quando poi tornava, non lo mollava un attimo come se le fosse mancato da morire. Lui la ignorava – non gli sembrava sincera – perché la faceva troppo lunga; Nicholas poteva stare anche giorni senza rivolgerle la parola. Lei tornava carica di regali: il cane Sandy era uno di questi. Probabilmente l'aveva comprato all'aeroporto, ma lui l'adorava, ci dormiva sempre insieme. Quando sua madre era a casa, era sempre lei che lo metteva a letto e gli leggeva una fiaba. Lui restava disteso immobile, gli occhi chiusi, fingendo di dormire, ma lei continuava a leggere e lui ascoltava il suono della sua voce finché poi non si addormentava davvero. Ci era rimasta male quando le aveva detto che non voleva tenere Sandy. Per l'amor di Dio, perché mai avrebbe dovuto tenerlo?

Se i ruoli fossero stati invertiti, lei non l'avrebbe mai invitato a restare nella loro bella casetta nuova. Ma papà ha un gran cuore. Sia ben chiaro, lo farà uscire di testa se continuerà con le sue cazzo di ciance giulive su cosa c'è per cena: non ha smesso un attimo di blaterare su quello che avrebbero mangiato. Anche solo guardarlo sollevare la pellicola trasparente dal piatto gli ha dato l'orticaria; non vedeva l'ora di andarsene di sopra. Però è bello godere dei comfort di casa. Ce la farà a sopportare suo padre se sarà sempre così? Sì, perché i soldi gli fanno comodo. Subaffitterà la sua stanza, e non c'è bisogno che papà lo sappia. Povera mamma, l'ultima cosa che desidera è che Nicholas metta sottosopra la nuovissima camera degli ospiti.

Si protende da un lato del letto e trascina il borsone verso di sé per prendere il beauty-case. Ha preso solo lo spazzolino da denti; niente sapone né shampoo. Non ce n'è bisogno. È "a casa". La mamma avrebbe una crisi di nervi se sapesse che ha portato della droga in casa sua. Penserebbe che "sta perdendo il controllo della situazione", che non "riesce più a trattenersi", e avrebbe paura che fosse sul punto di "cascarci un'altra volta". Invece no. Ha un lavoro fisso. Una divisa. Cosa vogliono di più? È come ai vecchi tempi: i suoi non hanno la più pallida idea di cosa gli succede. Anche loro hanno qualcosa che non va, ma non ha intenzione di menarsela per capire di che si tratti. Possono tenersi i loro segreti, lui ha i suoi. Generoso, però, il vecchio a offrirsi di aiutarlo a pagare la vacanza. Con la fidanzata. Rabbrividisce al pensiero di quella bugia. Non ha una ragazza, ma è quello che suo padre voleva sentirsi dire.

Da dove è disteso scorge la cima degli alberi in giardino. Riempiono la cornice della finestra. Come quella nella vecchia casa, solo più piccola. È persino lo stesso quartiere, a un tiro di schioppo da dove è cresciuto. Suo padre era contento quando gli ha detto che aveva una fidanzata, ma Nicholas non vuole seccature: una fidanzata comporta menate su menate. I soldi però gli servono, perciò dovrà tirarla per le lunghe ancora un altro po', o magari gli dirà che ha deciso di partire con alcuni amici. Papà dovrà scucire i soldi lo stesso; sarà impossibile per lui rimangiarsi la parola data. Si diverte a immaginare cosa penserebbe suo padre dei suoi amici.

Nicholas odia quella parola. *Amici*. Cosa significa? Compari? Compagni? Confidenti? Sono le persone con cui uno esce, tutto qua. Non si sforzano per conoscersi meglio. È come fare parte di un banco di pesci: uno entra, uno esce, facce sempre diverse che vanno tutte nella stessa direzione, che mantengono la formazione, che nuotano insieme. I soldi per una vacanza lo terrebbero a galla per una settimana intera: chiudere gli occhi e scomparire, una pausa meritata e poi tornare al lavoro. Si rolla uno spinello e lo infila in bocca, spento. Non vuole far preoccupare il vecchio. Equilibrio tra vita e lavoro... non è così che si dice? E Nicholas sa mantenerlo benissimo: un colpo al cerchio e uno alla botte.

«La cena è pronta» lo chiama suo padre. Nick sbuffa e non risponde. Non rispondere. Li mandava su tutte le furie. *La cena è pronta*. Nessuna risposta. Alla fine uno dei due doveva salire a chiamarlo. Non aveva sentito? Lo chiamavano da un'ora. Ormai si era tutto freddato. Si rotola su un fianco e affonda il viso nel cuscino inspirando ancora il profumo di sua madre. Sono sempre stati distanti, eppure quell'odore gli fa quasi salire le lacrime agli occhi.

34

Estate 2013

Quell'odore fa rabbrividire Catherine: è quello della casa di una persona anziana. Non è urina, no, niente di così preciso, e tuttavia è un tanfo inconfondibile. Cos'è? La spazzatura rimasta nel cestino un po' troppo a lungo prima di essere portata fuori? Anni di animali domestici? I peli incastrati nella stoffa? Profumatori floreali inseriti alla spina elettrica per provare a nascondere il resto?

«Salve, tesoro.» Sua madre si alza per accoglierla, incerta sulle gambe sottili. Catherine posa la valigia e sprofonda tra le sue braccia, stringendola con cautela, quasi temendo di spezzare le sue ossa fragili. Una pacca delicata sulla schiena. Una pacca materna, ma data da lei, dalla figlia che vorrebbe essere coccolata ma teme di essere troppo cresciuta.

«Grazie, mamma, per avermi permesso di venire. I muratori hanno combinato un disastro e Robert è in viaggio, perciò...» Confida che sua madre non ricordi che i muratori se ne sono andati da settimane e che Robert non viaggia per lavoro da anni.

«È di nuovo in America?»

Catherine annuisce, non volendo mentire a sua madre più di quanto ha già fatto.

«Posso offrirti qualcosa, tesoro?»

Sono le sette e Catherine non ha mangiato, ma vuole solo distendersi al buio e dormire. Ha la nausea e il mal di testa. «In realtà, mamma, sta per scoppiarmi un'emicrania. Ti spiace se mi distendo? Sono sicura che passerà presto.»

Sua madre inclina la testa e il suo sorriso si tramuta lentamente in compassione. «Anch'io soffrivo di mal di testa alla tua età» dice.

Catherine entra nell'unica camera dell'appartamento e posa la valigia sul letto dove un tempo dormiva suo padre. Due letti singoli accostati. Poi le torna in mente che sua madre adesso dorme in quello del marito, più vicino al bagno, perciò si trasferisce sul vecchio letto di sua madre. C'è una chiazza scura in fondo alla trapunta, nel punto dove dorme il gatto. Si spoglia fino a restare in biancheria, scivola sotto le coperte e chiude gli occhi. Deve dormire. Dormendo riuscirà a riflettere con più lucidità, magari persino a dare un senso alla piega che ha preso la sua vita.

Sente avvicinarsi il lento scalpiccio delle pantofole di sua madre sulla moquette. Poi un bicchiere d'acqua posato sul comodino, lo scricchiolio di plastica e carta stagnola. Apre gli occhi e vede sua madre in piedi al suo fianco, due pastiglie nel palmo teso. Magari non saprà che giorno della settimana è, ma non ha dimenticato l'impulso di prendersi cura della figlia ammalata.

«Grazie, mamma» sussurra Catherine e manda giù le pastiglie, chiudendo di nuovo gli occhi.

Catherine giace al buio per ore ad ascoltare la solitudine della madre: una parca cena preparata e consumata su un vassoio davanti alla televisione che parla tra sé. La voce di sua madre che risponde al telefono, d'un tratto allegra, pronta a recitare la parte: «Oh, io sto benissimo. Catherine è qui. Una splendida sorpresa, sì. Robert è via. Sì, è di nuovo in America...». Tutto plausibile, finché Catherine non la sente dire che Nicholas è a casa con la baby-sitter. «Una ragazza deliziosa...»

Oh, siamo tutti acrobati per nascondere la verità. Per fingere che vada tutto bene. Solo che sua madre non è più tanto agile: perde sistematicamente la cognizione del tempo e finisce sempre per tradirsi.

Catherine sprofonda nel sonno, la televisione che cinguetta nell'altra stanza. Si sveglia nel silenzio e nell'oscurità, poi si volta per osservare la sagoma del corpo di sua madre nel letto accanto. È distesa supina, a bocca aperta, la pelle del viso che penzola dalle ossa. È questo l'aspetto che avrà nella morte. Catherine la scruta attentamente, sopraffatta dalla nostalgia delle cose perdute: l'infanzia, l'infanzia di suo figlio, la forza di sua madre e la convinzione, ormai superata, che il suo amore le avesse dato la forza di affrontare qualsiasi sfida. La convinzione di aver assorbito quella forza nelle proprie ossa, come un'armatura. Deve parlare, deve dirlo a qualcuno. È un fardello troppo pesante da portare.

«Mamma...»

La donna si agita un poco, le palpebre che fremono.

«Mamma, mi è successa una cosa...»

Gli occhi di sua madre restano chiusi. È allora che Catherine le racconta tutto ciò che non è riuscita a confessare a Robert. È un libro aperto. La vergogna, il senso di colpa. Tutto. Sua madre non parla. Ha sentito? O il racconto di Catherine si è insinuato nei suoi sogni? Sì, forse sta sognando le parole di Catherine. Magari ne ricorderà una parte, chissà, e la liquiderà come un sogno qualsiasi. Averne parlato a voce alta per la prima volta è stato d'aiuto per Catherine, se non altro a riaddormentarsi; un sonno tanto profondo da non sentire sua madre afferrarle la mano nel buio della notte e stringerla appena.

35

Estate 2013

Ormai ogni mia azione nasce sotto la benedizione di Nancy. Ne sono ancor più convinto quando indosso il suo cardigan; tutti gli anni in cui è stato portato da lei si sono impressi nella lana. È una costante, benché lo abbia un po' sformato a furia di metterlo. Indosso anche un berretto che ha fatto lei stessa. Ci sono ciuffi di capelli al suo interno, il suo dna che si confonde con il mio. Mi riporta indietro nel tempo, a quando eravamo come due anime in un nocciolo: quando ci siamo conosciuti, prima di Jonathan, prima che diventasse madre. Quando eravamo solo noi due. Ed è come se lo fossimo di nuovo. Collaboratori. Coautori. Il nostro romanzo, non solo quello di Nancy.

Sono stato io a dargli un nome. Ci siamo sempre dati una mano quando non ci veniva in mente un titolo e quando ho pensato a *Un perfetto sconosciuto* mi è quasi sembrato di sentirla battere le mani ed esclamare: «Sì, è lui!». Anche il finale è opera mia. Nancy aveva scritto un finale diverso, un tantino più delicato, probabilmente, ma io ho stabilito che affinché il libro avesse un certo impatto sulla sua prima lettrice avevamo bisogno di un effetto più forte. Sono stato io a uccidere la madre.

Tuttavia la parte più difficile è spettata a Nancy. Cerco di non pensare troppo a lei da sola nell'appartamento di Jonathan mentre scriveva, guardava quelle fotografie e scopriva la verità sul motivo per cui nostro figlio si era sentito in dovere di salvare quel bambino. Era riuscita a dissipare la nebbia che avvolgeva la sua morte e a dare un senso alla sua assurdità. Sono certo che questo l'avesse spinta ad andare avanti, le avesse fornito un motivo per alzarsi la mattina, come era successo a me. Solo quando aveva finito aveva permesso al cancro di guadagnare terreno. Ecco perché non mi aveva chiamato durante quel periodo: il libro era sufficiente.

La libreria del quartiere ne ha vendute diverse copie, a detta di Geoff, e altre sono state distribuite alla libreria più vicina alla casa di Catherine Ravenscroft. Non moltissime, ma quelle che bastano. Mi entusiasma pensare che ci sono degli estranei là fuori che la detestano, che sto radunando le forze per estendere la mia rete. Lentamente la stiamo braccando. E le nostre fila si ingrossano sempre più.

36

Estate 2013

Catherine capisce subito qual è la casa giusta, anche senza controllare il numero civico. È una casa davanti alla quale uno passerebbe volentieri senza fermarsi, ma che cattura la sua attenzione e la richiama a sé, come la tosse catarrosa di un barbone ubriaco in Charing Cross Road.

La casa è sigillata, le finestre incrostate di sporcizia. La vernice della facciata, nuova e gradevole sulle case vicine, è sbucciata e a scaglie. Il giardino è invaso dal convolvolo, anche se vi cresce un valoroso cespuglio di rose, di un rosso rubino, ribelle, di cui Catherine riesce a sentire il profumo dal vialetto, un dolce profumo che sfida la natura inselvatichita tutt'intorno. I suoi colpi alla porta riecheggiano in strada. Non risponde nessuno e non c'è il campanello perciò bussa di nuovo, stavolta più forte. Si accovaccia e apre lo sportellino della posta, che resta alzato, nessun cestino di metallo dall'altra parte per raccogliere le lettere, che finiscono direttamente sul pavimento. Intravede un paio di scarpe accanto alla porta, consumate e sudice, e un cappotto appeso a una sedia.

«Salve, signor Brigstocke. La prego, apra la porta. Sono Catherine Ravenscroft.»

È determinata, eppure coglie un tremore nella propria voce. Ci riprova.

«La prego. So che è in casa. Apra la porta. Dobbiamo parlare di quello che è successo.»

Nella casa è tutto immobile, e lo stesso vale per Catherine, che resta in attesa del minimo movimento. Ha avvelenato Robert contro di lei, l'ha fatta cacciare di casa. Il minimo che possa fare è guardarla negli occhi e ascoltare quello che ha da dirgli.

«Signor Brigstocke. La prego, apra la porta. Niente di ciò che farà a me riporterà in vita Jonathan. La prego. Ho il diritto di essere ascoltata.»

La porta resta chiusa. Digita il numero che le ha dato Kim. Sente il telefono squillare all'interno. Risponde una voce. *«Salve, purtroppo non siamo in casa...»* Una voce femminile. Nancy Brigstocke. Non può lasciare un messaggio a una persona morta. Ha bisogno di incontrarlo, di costringerlo ad ascoltare, di fermarlo. È certa che sia in casa. Si accovaccia infilando il braccio esile nella buca delle lettere. Entra fino al gomito. Lo torce cercando di arrivare alla maniglia, ma non ci riesce e lo ritira. Accosta il viso allo sportello della posta.

«So che ha il mio numero. Mi chiami, e parli stavolta. Voglio raccontarle di Jonathan. Merito di essere ascoltata, signor Brigstocke.» Resta carponi, la fronte posata contro la porta. Sente le interferenze metalliche di una radio provenire dalla strada e, voltandosi, vede un furgone parcheggiato con i finestrini abbassati, due muratori che consumano il pranzo. Torna a guardare la porta e stabilisce che forse non è in casa, perciò ricompone il numero e stavolta lascia un messaggio.

37

Estate 2013

È come se avesse introdotto un serpente cieco dalla buca delle lettere. Abbiamo osservato il suo muso senz'occhi fiutare l'aria per cercare di snidarci, protendersi per raggiungere la maniglia, per entrare di soppiatto. Avrei dovuto tagliarlo con l'accetta. Ma sto confondendo i miei demoni. Somiglia più a una sirena che a Medusa. Abbiamo udito l'inganno nella sua voce che cercava di attirarci verso la porta, e il suo canto al telefono. Vuole che l'ascoltiamo, è così? Vuole parlare, eh? Pare abbia qualcosa da dire. Be', è troppo tardi. Non abbiamo voglia di vedere il suo cuore che sanguina, né quello di suo marito, se è per questo.

E quell'uomo è diventato proprio una seccatura, continua a lasciare messaggi sul sito di *Un perfetto sconosciuto* nel tentativo disperato di recuperare il tempo perduto, di incontrarci. Credeva che fossimo ancora «noi due», il signor e la signora Brigstocke, finché non gli ho scritto per e-mail dandogli la notizia che mia moglie era venuta a mancare alcuni anni fa, che Jonathan era il nostro unico figlio e che Nancy non si era mai ripresa dalla sua scomparsa. Mi fa pena, quel pover'uomo. Credo che sappia di essere un personaggio molto marginale in questa storia. Non ho interesse a incontrarlo, ma sono ben felice di rispondere alle sue domande, se posso. «Perché adesso?» È semplice. È bastato dire la verità. La scoperta del manoscritto di mia moglie e delle fotografie, e del fatto che per anni mi aveva nascosto che il bambino per cui Jonathan si era sacrificato non era uno sconosciuto, che mio figlio conosceva la madre, anche troppo intimamente. Il nostro scambio di e-mail si è rivelato gratificante. Le sue lettere contengono prove del suo disprezzo per la moglie e delle sofferenze che sta affrontando per tenersi alla larga da lei: «*imperdonabile*», «*di una crudeltà infame*», e si dice contento di aver finalmente «*saputo la verità*» e spera «*in una sorta di riconciliazione*». Mi sembra di ascoltare il membro di una commissione che elenca i misfatti di un malvagio dittatore.

Mi sono scusato per il dispiacere che dovevo aver causato mandandogli il libro e le fotografie, e anche per aver lasciato una copia al figlio sul luogo di lavoro. «*Ero fuori di me*» ho ammesso. «*Per me è stato come rivivere la perdita di Jonathan e di Nancy.*» Mi auguravo che almeno tentasse di comprendere il mio, di dolore. E credo lo abbia fatto, perché non ha mai dubitato del ritratto che Nancy aveva fatto di sua moglie come di una mangiatrice di uomini. Si è alleato con noi contro di lei.

Nancy mi si avvicina alle spalle e mi mormora all'orecchio. Trova che le sue suppliche siano noiose ed è impaziente di rivedere Jonathan, perciò riapro le sue foto sullo schermo. L'opera è ancora incompleta, ma non manca molto. Ci siamo divertiti a sceglierle: Jonathan per il suo diciottesimo compleanno con la macchina fotografica che gli avevamo regalato appesa al collo, con lo zaino in spalla poco prima di partire per l'Europa, che sorride in tutta la sua bellezza su una spiaggia da qualche parte in Inghilterra. Potrebbe essere ovunque, ma diremo che era in Francia, durante la prima tappa del viaggio. I suoi libri preferiti – sono ancora nella libreria – ci sono anche quelli. E non poteva mancare la musica, un tassello importante. I suoi gusti sono un po' datati, ma oggigiorno "fa figo": dimostra che è un ragazzo profondo, che sa il fatto suo. Lo abbiamo immortalato nell'adolescenza, non gli abbiamo permesso di sprofondare nella mezza età. È per sempre giovane, per sempre fermo nell'estate sabbatica prima dell'università. Non ha ancora deciso dove. Bristol? Manchester? Dobbiamo aggiungere solo un po' di amici, e un migliore amico, quello non può mancare. Le amicizie gli conferiranno un profilo più consistente, più autentico.

Geoff è stato di grande aiuto per il nostro progetto. Ci siamo incontrati di nuovo alcune settimane fa. Mi ha accompagnato alla libreria del quartiere dove sono stato invitato a leggere brani del romanzo. Ci tengono molto, come aveva detto Geoff, a promuovere autori del posto. Mi duole dirlo, ma si è rivelato un evento alquanto penoso. Io, in piedi davanti a una piccola bancarella di libri, di fronte a un esiguo drappello di persone venute ad ascoltare un vecchietto che ha pubblicato il suo romanzo d'esordio. Il vino era scadente, i salatini stantii e non vedevo l'ora che quello strazio finisse. Continuavo a perdere la voce e avevo difficoltà a tirare fuori le parole: mi restavano incastrate in gola e mi impappinavo continuamente. Anche se sapevo di dover guardare in faccia gli ascoltatori, ho scoperto di essere incapace di staccare gli occhi dalla pagina. Ero a disagio sotto tutti quegli sguardi. No, non mi piaceva essere al centro dell'attenzione.

Io e Geoff ci siamo rifugiati in un pub appena possibile. Si sentiva in colpa per avermi sottoposto a quel supplizio. Dopotutto era stata un'idea sua. Penso che avesse sottovalutato quanto fosse difficile dare spettacolo per un anziano che ha perso l'abitudine a stare in mezzo alla gente.

«Geoff» gli ho detto. «Lascia perdere. *Io* non ci penso già più.» Poi ho preso la sua pinta vuota e l'ho portata al bancone. Quando sono tornato con i boccali pieni, ho posato la mano sulla sua in un gesto paterno. «Sei un vero amico» ho proseguito. «Non fosse stato per te, il mio libro non ci sarebbe nemmeno entrato, in quella libreria. E non fosse stato per i tuoi incoraggiamenti, non avrei trovato la forza di iniziare a scrivere un altro romanzo.» Questo gli ha dato la carica.

«Stephen, è fantastico. Di cosa parla?»

«Non ho ancora delineato bene la trama, ma ho in mente un personaggio. Riesco quasi a vederlo, e a sentirlo.» Ridacchiando mi sono picchiettato la tempia. Era tutto là dentro. «Sono ancora nella fase di raccolta del materiale e mi domandavo se tu potessi aiutarmi a fare una cosa. So che mi hai già dedicato tanto del tuo tempo, perciò mi vergogno a chiedertelo...»

«No, no, figurati, chiedi pure.»

E così l'ho fatto. Gli ho detto che il protagonista era un adolescente e che nonostante mi sentissi sicuro della sua caratterizzazione, dopo i tanti anni di insegnamento, avevo difficoltà con i dettagli tecnologici.

«Vorrei creare un profilo Facebook. Un profilo vero...»

«Intendi un profilo falso. Il profilo falso di un personaggio di fantasia?»

«Mmm» ho annuito sorseggiando la birra.

Non ha replicato. Lo sentivo quasi spremersi le meningi: un vecchio, adolescenti, un falso profilo Facebook. Ma credo di essere riuscito a tranquillizzarlo.

«Non è lui il protagonista. In realtà è il nonno il personaggio su cui voglio concentrarmi, e sul suo rapporto con il nipote, però ho bisogno di esplorare il mondo in cui i ragazzi si rifugiano quando si collegano a internet. Ecco, guarda...» ho indicato un tavolo di giovincelli: i drink e le sigarette sul tavolo, la risata sempre pronta. Tutto nella norma. Poteva essere una scena di qualsiasi epoca, solo che non parlavano. Non facevano conversazione. Non si guardavano neanche. Avevano la testa bassa, china sul telefonino, come un gruppetto di vecchiette con le cartelle della tombola.

«Cos'hanno da fissare quei cosi?» Ho scosso la testa, sorridendo confuso.

Lui ha annuito: «Capisco cosa vuoi dire». *Clanc, clanc*, facevano le meningi.

«Forse è una cattiva idea, ma mi sento un tale ebete di fronte a queste cose e speravo che potessi indicarmi come fare. Una guida per teste di rapa su come funziona Facebook e su come fanno i giovani a "comunicare" tra di loro.» Ho imitato il segno delle virgolette con le dita. «È un mondo a me sconosciuto.»

«Idem per me» ha detto Geoff.

«Oh, be', ma è solo un'idea.» Ops!

«Mio figlio sta collegato dalla mattina alla sera.»

«Non sapevo che avessi un figlio.»

«Già. Ha diciotto anni. Sta con sua madre, ma viene da me il fine settimana. Potrebbe aiutarti lui.»

Ed è così che sono cominciate. Le domeniche su internet con il figlio di Geoff. E in cambio per la sua consulenza, io l'ho aiutato con i compiti di inglese. Geoff era al settimo cielo quando il figlio ha iniziato a prendere «ottimo» nei compiti a casa, anche se era innegabile che, tra i due, ero io lo studente più entusiasta. Non ho niente da ridire sugli insegnamenti del ragazzo. Era estremamente meticoloso. Cinquanta amici, ha detto. Minimo. Mi ha mostrato come trovarli. Era il maestro perfetto e io il perfetto allievo. Talvolta avevo l'impressione che mi scoppiasse il cervello con tutte quelle nuove informazioni, ma non ne avevo mai abbastanza. Come diavolo si fa a trasferire una fotografia scattata negli anni Novanta su un portatile? Come si fa? Be', adesso lo so. E una volta caricata, non resta che diffonderla in rete. Non solo su Facebook, ma anche su Google.

«Che genere di musica gli piace?»

Ho fatto spallucce, d'un tratto il più somaro della classe. Quel pomeriggio mi ha rispedito a casa con qualche traccia mp3 sul portatile.

Geoff era sempre presente, non ci lasciava mai da soli. Ci portava tazze di tè e io ricambiavo con barattoli di marmellata fatta da Nancy che spalmavamo sulle focaccine imburrate. Era un buon accordo e ho passato delle giornate piacevoli.

Sono stato promosso a pieni voti, munito di tutti gli stratagemmi per riportare in vita Jonathan. Nostro figlio adesso ha un futuro ed è bello sentirlo qui, fra le nostre mani. Stavolta, quando partirà per uno dei suoi viaggi, potremo essere più attenti a ciò che gli piace e non gli piace, e gli amici che si farà lungo la strada. È meglio non averne troppi, di amici, ma è comunque importante averne uno speciale, un confidente, qualcuno a cui aprire il proprio cuore.

38

Estate 2013

Catherine prende l'autobus per andare al lavoro, il mezzo più comodo da casa di sua madre. È per praticità, non per vigliaccheria. È Stephen Brigstocke il vigliacco. Catherine ha tenuto il telefono acceso tutta la notte, ma lui non ha chiamato. Ora siede sull'autobus, a riascoltare nella propria mente le confessioni notturne che ha fatto a sua madre e si chiede se qualcosa ha lasciato il segno. Sua madre non ha detto niente, ma lo sa? Ricorda qualcosa? Le salgono le lacrime agli occhi al pensiero che l'anziana donna sappia e non la giudichi. Le ricaccia indietro per infilarsi finalmente la maschera che deve indossare per arrivare alla fine della giornata. Le calza alla perfezione, nessuno si accorge che c'è, e lei si è persino abituata al modo in cui le impedisce di respirare. Il tempo di scendere dall'autobus e già cammina di buona lena per percorrere il tratto di strada che la separa da una dura giornata di lavoro; una donna in carriera brillante e sicura, che procede come tante, senza notare nessuno intorno a sé. Senza notare il vecchio con il berretto di lana che si è fermato a guardarla mentre passa di volata. Quasi si sfiorano. L'uomo inspira il suo odore. Resta a guardarla finché non scompare.

Lei entra in ufficio, si sfila la sciarpa di seta dal collo e fa ricadere sul petto i due lembi dalla stampa raffinata, che ondeggiano in armonia con i suoi movimenti. Lascia la borsa a terra e si siede alla scrivania, girando sulla poltrona per vedere chi altri è arrivato, ma è la prima. Strano, visto che sono già le dieci. Apre l'agenda pensando di aver dimenticato una riunione, e poi le vede. Una sull'altra, sulla scrivania. Diverse copie di *Un perfetto sconosciuto*, i dorsi ancora intatti che la fissano con aria accusatoria.

Oh, cazzo. Le tremano le mani mentre le raccoglie e le getta nel cestino sotto la scrivania. Oh, cazzo. È stato lì. Grazie al cielo è sola, ma quando si abbandona allo schienale della sedia e alza lo sguardo si accorge che si è sbagliata.

Kim e Simon la stanno fissando. Kim e Simon, uno accanto all'altra. Nella mano di Kim, una copia del libro. Catherine cerca di incrociare il suo sguardo, ma l'assistente distoglie il viso. Simon va verso Catherine, la mano tesa in avanti, come per avvicinarsi a un animale ombroso. Non dire niente, lascia che parli lui per primo.

«Cath...» Instilla nel suo nome tutto il senso di superiorità che lo contraddistingue.

Lei lo guarda avvicinarsi, affondando il piede nel cestino sotto la scrivania per impedire alla gamba di tremare.

«Ti spiace se scambiamo due parole?» E si siede accanto a lei. Non è mai stato capace di nascondere i suoi sentimenti di rivalità. Questa è un'occasione che non può lasciarsi sfuggire. Kim è in piedi al suo fianco.

«Ecco, Kim si è rivolta a me perché non sapeva cosa fare.»

Finalmente Kim parla, ma ha il tono di voce di una bambina intimorita: «È venuto Stephen Brigstocke e ha portato i libri... il suo libro». Le trema la mano. Catherine si morde l'interno della guancia fino a sentire il sapore del sangue.

«Il problema» prosegue Simon «è che Kim mi ha riferito che le hai detto di lasciar perdere il signor Brigstocke, e mi domando perché tu avessi tanta fretta di metterci una pietra sopra.»

«Ah, davvero? Be', non sono affari che ti riguardano.» Le trema la voce e le sue parole non sono abbastanza incisive.

«Io invece credo proprio di sì... Insomma, preferirei di no, ma... se un membro più giovane dello staff si rivolge a me per un consiglio, sono affari che mi riguardano eccome.»

«Un membro più giovane dello staff? Oddio. Ma chi ti credi di essere?»

Simon strappa il libro di mano a Kim e lo agita in aria.

«Hai detto a Kim che era un pedofilo e le hai chiesto di condurre ricerche su di lui. Poi, una volta arrivati al dunque, le hai ordinato di lasciar perdere.» Si rilassa sulla sedia, divaricando le gambe e spingendosi in avanti, in modo da puntare l'inguine verso Catherine. «Mi chiedo per quale motivo tu l'abbia fatto.»

«Simon, a te non devo dare alcuna spiegazione. E nemmeno a te, Kim.» La fulmina con lo sguardo. «È una faccenda personale. Non ha niente a che fare con il lavoro.»

«Allora perché mi hai chiesto di trovarti il suo indirizzo e il suo numero di telefono?» Kim è sull'orlo del pianto.

«Lo avete lasciato entrare nel mio ufficio?» domanda Catherine.

«Sì, mi ha telefonato la portineria e sono scesa a riceverlo. Quando mi ha detto chi era...»

Simon la interrompe: «Va tutto bene, Kim, me ne occupo io», e si gira per rivolgerle un sorriso. «Ecco il punto. Non ho idea di cosa ci sia scritto in questo libro... Non ho ancora avuto il tempo di leggerlo... ma l'uomo su cui *tu* hai chiesto di indagare si presenta qui con un romanzo scritto da lui. E dice a Kim che tu fai parte della storia. Che sei nel libro. Insomma, di che si tratta? Di una confessione?» E sfoglia le pagine come per trovare la risposta alle sue domande.

«Non ho mai detto che era un pedofilo.»

«Ma...» balbetta Kim.

«Ti ho solo chiesto di aiutarmi a trovare il recapito di Stephen Brigstocke e alcune informazioni riguardo al suo passato. E te l'ho chiesto perché mi fidavo di te.» Catherine sta per piangere.

«Ehi, non prendertela con Kim, non è lei che deve difendersi.» Trascina la sedia in avanti, avvicinandosi al punto che Catherine riesce a sentire il suo profumo. È riuscito a farla sentire come una bestia impaurita. Si guarda intorno, ma nell'ufficio non c'è nessuno.

«Ho detto a tutti che avevamo una riunione perciò sono andati al bar.»

«Mamma mia, sei proprio un bastardo, Simon. Ti stai divertendo, eh? Avresti potuto chiedermi di venire nella sala riunioni, invece no... vuoi che tutti sappiano di questa stramaledetta farsa.»

«Cath, Cath... ti ci sei messa da sola, in questa situazione. Non sei stata sincera con noi, e la cosa mi preoccupa... perché compromette la reputazione di tutta la squadra.»

«Che? Di che cazzo parli?»

«Il signor Brigstocke è venuto qui perché era spaventato. Hai usato Kim per scoprire dove abitava, poi sei andata da lui. Sostiene che hai cercato di introdurti in casa sua e che gli hai lasciato dei messaggi minatori in segreteria.» Si fa ancora più vicino. L'ha messa con le spalle al muro. Deve scappare. Raccoglie la borsa, ma Simon l'afferra per il braccio.

«Cath, avanti, dobbiamo parlare...»

«Toglimi le mani di dosso.»

Simon si ritrae, alza entrambe le mani – in una tiene ancora il libro – in segno di resa.

«È lui che mi perseguita... ecco perché sono andata a casa sua. Per parlare con lui... è lui che minaccia me...»

«D'accordo. E perché lo farebbe? Insomma, perché ti minaccia?»

Catherine è assordata dal sangue che le romba nelle orecchie.

«È una questione privata. Ficcatelo bene in testa!»

«Cerca di stare calma.»

«Non dirmi di stare calma. Non hai nessun diritto di farmi domande e non sono...» Sta per piangere e non vuole farlo.

«Evidentemente sei molto agitata. Qualsiasi cosa tu nasconda, credo sarebbe meglio che tu vuotassi il sacco.» La tocca di nuovo. Lei gli strappa il libro di mano e glielo lancia contro. Lo colpisce in faccia. Resta a fissarlo, affascinata dal rossore sulla guancia e le perle di sangue che affiorano da un taglietto a fianco del naso. Sono entrambi troppo turbati per parlare. Kim è la prima a muoversi: va a prendere dei fazzoletti e li consegna a Simon.

«Non avresti dovuto farlo» dice lui tamponandosi la ferita e Catherine avverte la minaccia velata nelle sue parole. Simon guarda dietro di lei e a quel punto anche Catherine si accorge di avere un pubblico, sparuto ma attento. I colleghi sorseggiano il caffè e la osservano attraverso un divisorio a vetri. È lei lo spettacolo. Sono stupefatti, ma provano anche compassione per lei. Si è resa ridicola. Simon si aspetta delle scuse.

«Te la sei cercata» esclama Catherine mentre esce dalla stanza, sentendo tutti gli sguardi su di sé ma non ricambiandone nemmeno uno.

Sale sull'ascensore e li immagina accorrere intorno a Simon. Oddio, sembrava una pazza. Ha proprio perso il lume della ragione. Supera la sicurezza ed esce dalle porte a vetri. Continua a camminare finché non raggiunge la fermata dell'autobus. Non ha idea di quanto ci sia da aspettare. Due minuti? Venti? E quando l'autobus arriva sale a bordo, si siede e guarda dal finestrino le strade grigie e anonime, quasi senza rendersene conto.

Estate 1993

Quand'è che l'aveva visto per la prima volta? Robert c'era ancora o era già partito? Aveva notato Jonathan quando lei, Robert e Nicholas erano ancora insieme? Le sembra di no. Quando Robert era con loro Catherine ignorava completamente l'esistenza di Jonathan. E che impressione aveva avuto quando l'aveva visto? Gioventù, spensieratezza: lui era libero, senza pensieri, e lei no. I capelli scuri, la pelle abbronzata, le braccia e le gambe forti. Guardava lei e Nicholas. Erano in un bar vicino alla spiaggia. Lo stesso giorno in cui Robert era partito. Catherine cercava di convincere Nicholas a mangiare: un ultimo boccone e poteva avere il gelato, un altro boccone di riso e poi potevano mangiare il gelato tutti e due. Era sull'orlo del pianto, e si odiava perché era incapace di cavarsela anche un giorno da sola senza il marito.

«Pensa a rilassarti» le aveva detto Robert. «A Londra diluvia.» Le aveva sorriso e lei aveva cercato di fare lo stesso, invano. Non aveva nemmeno pianto, anche se ne aveva voglia. Non voleva fare scenate né costringere Robert a scegliere: cos'era più importante, lei o il lavoro? Avrebbe potuto farlo. E sa che l'avrebbe spuntata lei. Ma aveva preferito di no.

«Torniamo a casa con te» aveva tentato di convincerlo.

«Non dire sciocchezze... Non ce n'è motivo. Qui è un paradiso. L'albergo è pagato... Tu pensa solo a divertirti. Non devi cucinare né pulire, e la spiaggia è bellissima.» Sì, c'era la spiaggia, c'era il mare, il sole brillava in cielo, ma Catherine non voleva rimanere da sola. Depressione *post partum*. Da cinque anni? Non se n'era neanche accorta. Era una donna fortunata, glielo dicevano tutti. Era una donna fortunata.

Lo aveva provocato lei? Quando aveva notato che la guardava, lo aveva provocato? Gli aveva lanciato un qualche segnale con lo sguardo? Aveva ceduto a Nicholas e gli aveva comprato un gelato prima che finisse il riso. Lei aveva preso una birra. E il ragazzo, che ancora non sapeva come si chiamasse, le aveva sorriso e lo stesso aveva fatto lei, e quel piccolo contatto le aveva risollevato il morale. Poi lei e Nicholas erano tornati in albergo. Il bambino non voleva camminare e la birra l'aveva rammollita perciò lo aveva preso in braccio, anche se era troppo pesante e doveva portare anche il borsone da spiaggia con gli asciugamani bagnati, i giocattoli, l'acqua e un libro. Ricorda di essersi allontanata dal bar e di aver immaginato che il bello sconosciuto la seguisse con lo sguardo, ben consapevole delle forme armoniose del proprio corpo. L'aveva seguita fino in albergo? In seguito le aveva confessato che anche lui era diretto da quella parte...

L'autobus accosta e Catherine apre gli occhi, temendo di aver superato la sua fermata. Ma è la prossima, poi una breve passeggiata fino a casa di sua madre. L'unico rifugio che le è rimasto.

Quando entra, trova la badante, Eileen. Sua madre guarda la televisione, il volume più alto del solito sovrasta il rombo dell'aspirapolvere. Catherine vorrebbe girare sui tacchi e uscire di nuovo, ma non ha altro posto dove andare. Anche se lì è al sicuro, sa che quella sensazione è fragile come una bolla di sapone.

In segreteria c'è un messaggio di Simon. Non si disturba ad ascoltarlo. Il telefono squilla di nuovo. L'ufficio. Ignora anche quella chiamata, abbassando la suoneria al minimo, e si affida al pilota automatico: bacia sua madre e saluta Eileen, prepara il tè e si siede, chiude gli occhi e si lascia invadere la mente dall'accozzaglia di rumori della casa. Quando li riapre, Eileen si sta mettendo il cappotto e le scarpe. L'appartamento è silenzioso, la televisione spenta.

«Arrivederci» dice Eileen. «Ci vediamo la settimana prossima.» Esce prima che Catherine riesca a rispondere. Sua madre dorme. Immagina se stessa e sua madre, fianco a fianco, addormentate, la versione presente e quella futura della stessa persona, anche se dubita di raggiungere l'età di sua madre. Si alza e va in camera.

Controlla il telefono. Altri due messaggi. Li ascolta: uno è di Simon e gli altri due di una addetta alle risorse umane. Si siede sul letto e la richiama.

«Pronto, sono Catherine Ravenscroft, vorrei parlare con Sarah Fincham.» Aspetta, nella speranza che la donna sia "in riunione" e che non possa venire al telefono.

«Catherine, salve. Grazie per aver richiamato.»

Catherine non risponde.

«Mi hanno riferito che oggi in ufficio c'è stato un incidente.»

Continua a non fiatare.

«Simon non intende presentare un reclamo ufficiale. Tuttavia siamo tenuti a verbalizzare che lei lo ha aggredito fisicamente. Finirà nel suo fascicolo anche se, come le ho già detto, Simon non intraprenderà alcuna azione contro di lei.»

«Capisco.» Catherine sente sua madre svegliarsi, la televisione accendersi di nuovo.

«E seguiranno accertamenti riguardo alle accuse sporte da un certo Stephen Brigstocke. La faccenda è seria. Sono sicura che lei lo capisca. C'è niente che vuole dichiarare?»

«No.»

«Bene. La esonero dal lavoro per una settimana... una settimana, tanto per cominciare.» Tace. «Catherine? C'è ancora?»

«Sì, la sento.»

«Capisco che lei è stata sotto pressione. Sul lavoro...»

«Il lavoro non c'entra niente... non è il lavoro che mi ha messo sotto pressione. Chiederò ferie...»

«No, non ce n'è bisogno. Lasci stare le ferie... la metto in aspettativa.»

Traduzione: *lei è una sciroccata.*

«Ne riparliamo tra una settimana, quando avrà avuto il tempo di rimettersi in sesto. Poi potremo discutere sul da farsi.»

Silenzio.

«Magari le sarebbe d'aiuto parlare con qualcuno su come gestire la rabbia. Esistono delle strategie di controllo molto efficaci. Potremmo venirle incontro pagandole la terapia. Presso un professionista indipendente, naturalmente, e riservato. Cosa ne dice?»

«D'accordo, va bene.» Nel pronunciare quelle parole, Catherine si sente soffocare.

«Possiamo offrirle quattro sedute. Dopo di che, se vorrà proseguire con la terapia, dovrà sostenere i costi autonomamente... Catherine?»

«Sì, sì. Va bene» è tutto ciò che riesce a dire.

La donna si congeda e riaggancia. Catherine si distende sul

letto. La situazione le è sfuggita di mano. Tutto le è sfuggito di mano, e la sta trascinando giù con sé. Chiude gli occhi e si lascia sprofondare.

Estate 1993

Alle otto, Nick si era già addormentato. Catherine era riuscita a fargli credere che fosse buio chiudendo le persiane, ma dalla finestra della camera vedeva che fuori c'era ancora luce: era ancora troppo presto per gli spagnoli e per qualche turista dell'Europa del Nord al bar dall'altra parte della strada. Catherine non aveva voglia di andare a letto. Aveva indossato una gonna di jeans e una canottiera, e si era legata i capelli. Non era niente male. Aveva una leggera abbronzatura e pensava: "Che peccato che Robert non sia qui a godersi questa pace!". Aveva preso il libro, le sigarette ed era scesa nell'atrio. La ragazza alla reception le aveva promesso che l'avrebbe avvisata nel caso in cui Nicholas fosse sceso a cercarla, ma Catherine sapeva che non sarebbe successo. Una volta addormentato, non si svegliava mai.

Si era seduta a un tavolo sulla terrazza affacciata sul mare. Un cameriere le aveva servito mandorle tostate e acciughe fresche, e lei aveva ordinato una piccola caraffa di vino bianco. Aveva aspettato che arrivasse prima di accendersi una sigaretta, inspirandola di gusto e rendendosi conto di essere rilassata. Forse sarebbe andato tutto bene. Aveva guardato il mare. Onde leggere lambivano la sabbia. Sulla spiaggia c'erano ancora alcune persone: famiglie, spagnole probabilmente, e qualche coppietta sparsa in attesa del tramonto. Era stato allora che l'aveva visto.

Beveva una birra e fumava. Indossava una maglietta color verde chiaro. Si era voltato per guardarla e lei si era vergognata per essere stata colta in flagrante a fissarlo. Ma perché lo fissava? Perché saltava all'occhio. Era l'unico che dava le spalle al mare, l'unico disinteressato al magnifico spettacolo offerto dal sole.

Guardava in su, verso la passeggiata e, quando aveva visto Catherine, lei gli aveva sorriso, anche se lui non l'aveva fatto. Non era stato per flirtare; era stato istintivo. Non voleva apparirgli scorbutica. Era in vacanza. Perciò gli aveva sorriso. Lui era rimasto impassibile, e per questo le era apparso più adulto. E l'aveva messa a disagio, perché lui sapeva che lei era sola.

Aveva teso la mano verso la ciotola delle mandorle, fingendosi disinvolta e continuando a leggere, ma aveva affondato le dita nell'olio delle acciughe e aveva dovuto alzare lo sguardo in cerca di un tovagliolo prima di imbrattare il libro e il calice di vino. E così aveva notato che lui continuava a guardarla, poi il ragazzo aveva alzato la bottiglia di birra e accennato un sorriso, ma Catherine aveva fatto finta di niente e si era pulita la mano con il tovagliolo prima di infilzare un'acciuga con uno stuzzicadenti. Aveva controllato l'ora. Le otto e tre quarti; ancora quindici minuti e sarebbe salita in camera.

Un lampo di luce aveva catturato la sua attenzione. Il flash della macchina fotografica. Lo scatto di una foto, ma non al bellissimo tramonto rosa salmone. L'obiettivo era puntato nella sua direzione. Ricorda la vergogna che aveva provato al pensiero di essere il soggetto della fotografia. Invece era la passeggiata che il ragazzo voleva ritrarre, i raggi rosa salmone del sole che si riflettevano sugli edifici. Si trovava in basso rispetto a lei, perciò sarebbe stata una strana angolazione da cui fotografarla. Ma la macchina era di quelle con un obiettivo molto potente. Decisamente costosa per un ragazzo così giovane. D'istinto, Catherine si era tirata la gonna fin sulle ginocchia e aveva accavallato le gambe. Le era tornata in mente la scena di un film e si era chiesta se scavallarle, ma poi ci aveva ripensato. Cosa le prendeva?

Ricorda di essersi sentita a disagio. Non era più abituata a cavarsela da sola. Non era più abituata a essere guardata in quel modo. Non sapeva come comportarsi. E non sapeva che la fotografia che il ragazzo aveva appena scattato diversi anni dopo sarebbe giunta in casa sua e che suo marito gliela avrebbe scagliata in faccia. Un triangolo di pizzo e oscurità, di pelle e ombra. In quel momento conosceva solo la sensazione che suscitava in lei l'attenzione di quel ragazzo. La rendeva nervosa e allo stesso tempo la eccitava, doveva ammetterlo. Si sentiva eccitata. Si costringe a ricordare che, mentre sedeva su quella terrazza con un calice di vino e un'acciuga infilzata con uno stuzzicadenti, pensava a quando si sarebbe trovata nel letto da sola e si sarebbe toccata fantasticando su di lui. Si punisce con quel ricordo e rammenta anche che quel sogno a occhi aperti di fare sesso con uno sconosciuto era stato interrotto da una telefonata. Era suo marito, aveva detto il cameriere. Al telefono della reception. Aveva raccolto le sue cose, lasciando il vino a metà, e aveva seguito il cameriere dentro l'albergo.

Mentre era al telefono con Robert, aveva visto il ragazzo varcare la porta d'ingresso e il cuore le era balzato in petto per l'angoscia, non per l'eccitazione. Aveva superato la reception, passandole davanti. Ricorda di essersi chiesta se l'avrebbero fermato, ma non era successo. Aveva una macchina fotografica costosa al collo. E un bel viso pulito. Catherine aveva distolto lo sguardo per concentrarsi su Robert e dirgli che sentiva tanto la sua mancanza. Lui aveva detto che l'amava, e a quei tempi era vero. Anche lei lo amava. Lo ama ancora? Non vuole pensarci, non ancora, non ci riesce. Non è per quello che sta rievocando il passato. Ricorda di avergli mandato un bacio prima di riagganciare. Quando si era voltata, aveva visto lo sconosciuto seduto su uno sgabello al bancone del bar che la fissava, due bicchieri davanti a lui. Sullo sgabello accanto, una borsa. Senza smettere mai di fissarla, aveva sollevato la borsa e l'aveva posata a terra. Quindi le aveva sorriso. Finalmente. E quel sorriso era proprio per lei.

Estate 2013

«A che ora sei tornata a casa?»

Catherine apre gli occhi e vede sua madre.

«Da un po'.»

«Ti hanno fatto uscire prima?» L'anziana sorride e per un momento Catherine si domanda se pensa che sia uscita prima da scuola, ma non è possibile. Non ha ancora perso la testa fino a quel punto.

«Ho fatto tutto quello che dovevo fare.»

«Ti è tornato il mal di testa, amore?» Catherine sente le lacrime salirle agli occhi. Sua madre sa, o forse no, ma non importa perché capisce di cosa ha bisogno. Ha bisogno che qualcuno si prenda cura di lei senza fare domande. Senza giudicarla un mostro.

39

Estate 2013

Nick ha trascorso gran parte del pomeriggio in camera sua, a fumare erba: mezza giornata di lavoro, avrebbe detto a suo padre se fosse tornato a casa prima, ma non ne ha avuto bisogno. Sono le dieci di sera ed è tornato di sopra, la porta chiusa e le finestre spalancate. Si rolla un altro spinello, lo accende e si affaccia alla finestra. La stanza degli ospiti si trova sopra la cucina e, quando guarda di sotto, scorge suo padre dal tettuccio a vetri della veranda. Sta sparecchiando e Nick sa che dovrebbe aiutarlo, ma suo padre non l'ha fermato quando è salito in camera. Si ritrae nel caso suo padre alzasse lo sguardo e lo vedesse. Sentirà l'odore di fumo che cala dall'alto? Anche se così fosse, Nick dubita che direbbe qualcosa. Non si arrischierebbe mai ad allontanarlo. Non è facile convivere con un genitore, ma almeno sta risparmiando denaro. Ha dovuto concentrarsi su quel pensiero per non mettersi a urlare quella sera mentre mangiavano, quando suo padre continuava a chiedergli del lavoro. Un grazie alla partita di calcio che li ha tenuti impegnati per il resto della cena.

Si distende sul letto e, nel farlo, scorge il proprio riflesso allo specchio. Ha l'aspetto di un cadavere, la faccia praticamente esangue. Si posa il portatile aperto sul petto e immagina il colorito lugubre della sua pelle sotto la luce emessa dallo schermo. La mummia strafatta di un giovane sconosciuto, tra le braccia il libro della vita. Annuncia il suo ritorno al mondo ed è accolto da un coro di saluti e acclamazioni. Estranei virtuali, amici virtuali. Li saluta uno dopo l'altro, godendosi il bagno di folla, librandosi fra le mani protese e ansiose di toccarlo, di attirare la sua attenzione. Li onora della sua presenza, felice di essere tornato nel regno dei vivi.

Sente suo padre augurargli la buonanotte e Nick gli fa eco, ma potrebbe anche avergli abbaiato come un cane: il suono che ha prodotto non ha alcun significato. È a metà di una conversazione e non vuole interruzioni, le dita che battono freneticamente sui tasti per comunicare a tutti i presenti cosa pensa e cosa intende fare. Alcuni provano a farlo uscire. Non lontano, dietro l'angolo, in realtà: un piccolo eden sbarrato con assi dove si incontrano per stare insieme. Una topaia, più che decente se chiudi gli occhi. Dopo un po', non senti più il fetore. Certo non il posto ideale dove mettere radici, e infatti Nick si guarda bene dal farlo. C'è stato solo un paio di volte, sgusciando fuori di casa mentre suo padre dormiva e tornando in tempo per colazione, presentandosi a tavola prima di lui, già pronto per andare al lavoro. Sebbene fosse troppo stanco per parlare, suo padre non ha insistito. Nick non è mai stato loquace appena sveglio.

Ma non stasera. Stasera è contento di restare a casa. Ha un messaggio che ha lasciato per ultimo, un messaggio privato destinato solo a lui, da un nuovo amico. E per una volta quella parola ha il sapore della verità. Gli concede tutta la sua attenzione: un faccia a faccia, soltanto loro due. È un ragazzino, gli pende dalle labbra.

Come va? gli chiede Nick, e l'amico non vede l'ora di raccontargli tutto quello che gli è successo dall'ultima volta che hanno chattato.

Hanno un sacco di cose in comune. Più di quante uno pensi, considerata la differenza d'età. Persino quel cazzo di libro. Il ragazzino ha letto proprio l'unico libro che Nick ha aperto in tanti anni. Nick ha ammesso di essere saltato direttamente alla fine... non lo ha letto tutto, ma indovina un po'? Ora sì. Lo ha sfogliato fino ai capitoli raccomandati, quelli piccanti. Troppo sentimentale, pischello: prova questo invece, e Nick gli ha mandato della roba porno, molto meglio di quel libro del cazzo. Nick è più grande, ha visto di tutto. Stammi a sentire: non andare all'università, manda a 'fanculo Bristol e Manchester, restatene in Spagna, in Spagna c'è sempre il sole. Jonathan agogna i consigli di Nick, e lui gliene dà a bizzeffe. La vita è troppo breve per essere sprecata, dice. Parla bene lui... Ma non riesce a fermarsi, gli vengono in mente tutte le cose che non direbbe mai a voce alta, che non confiderebbe mai a nessuno, e Jonathan si beve come oro colato ogni singola parola che esce dalle dita di Nick e ne reclama ancora, vuole sapere delle ragazze che Nick si è scopato, dei suoi piani per il futuro e dell'anno che ha trascorso viaggiando per gli Stati Uniti. Jonathan si beve tutto quanto, ascolta e impara.

40
Estate 2013

Sono al corrente di tutto ciò che succede a casa sua: lei se n'è andata e il figlio è da solo con il padre, che non è in sé, poveraccio. Anche la mia piccola incursione nel suo ufficio pare abbia avuto effetto. È in aspettativa, mi hanno detto quando ho telefonato. Non avevano idea di quando sarebbe tornata. Mi auguro non sia niente di cui preoccuparsi, ho detto prima di riagganciare.

Ho il cuore indurito come le unghie dei piedi. C'è stato un periodo in cui avrei potuto provare qualcosa per quel giovanotto. Un tempo avrei provato ad aiutarlo. È commovente la naturalezza con la quale si è aperto con me. Grazie alla mia esperienza di insegnante so riconoscerli a chilometri di distanza, i ragazzi che hanno dentro un buco nero. Ostentano spavalderia per coprire la verità: fingono di infischiarsene di tutto, anche del fatto che non credono più in se stessi. Ma mi riferisco agli adolescenti. E lui non è più un ragazzino, ha venticinque anni e per quanto faccia il "grosso" con il mio alter ego diciannovenne con le sue squallide fantasie di viaggi in America e via dicendo, non può nascondere il suo spirito tremebondo e rattrappito a un uomo della mia esperienza.

Ha un bisogno disperato. Un bisogno disperato di parlare, fino alle ore piccole. Naturalmente ha anche altri amici, ma sono allo sbando come lui. Ho letto i loro insulsi vaneggiamenti. E non lo conoscono quanto me. Quando mi scollego, lui esce per incontrarli nel mondo reale, quei tossici, e poi torna la sera successiva con la lingua penzoloni, e schiuma in attesa del mio arrivo, in attesa di impressionarmi con le sue patetiche avventure narcotiche. Credo sia giunto il momento di farlo aspettare, anche solo dieci minuti, per tenere vivo il suo interesse.

Non ci ha messo molto a rispondere alla mia richiesta di amicizia; è stata la fotografia di sua madre ad attirare la sua attenzione. Gli ho detto che l'avevo trovata nascosta in casa mia. Che c'era il suo nome sul retro. Che lo avevo rintracciato, e che pensavo gli sarebbe piaciuta. Penso che lo abbia stuzzicato, l'idea che qualcuno si sia preso la briga di cercarlo. Era una fotografia abbastanza innocente, sua madre da sola su una spiaggia, ma gli ho messo la pulce nell'orecchio. Lasciamogli credere che potremmo essere parenti. Sua madre aveva una relazione clandestina? Ha avuto un altro figlio? Ha un fratellastro più giovane? Che sia io? E ci sono altre fotografie che devono ancora arrivare, ma non è ancora pronto per vederle: devo prima avvertirlo. Non che lui abbia avvertito me quando mi ha mandato quelle schifezze pornografiche. Però sono riuscito lo stesso a dissimulare l'ammirazione di mio figlio, Jonathan è così ingenuo che non è stato difficile fingere che non avesse mai visto niente del genere.

Lui pensa che io gli penda dalle labbra, e in un certo senso non si sbaglia. Povero diavolo: rifila le sue storielle meschine a un ragazzo che ha sei anni meno di lui ma che è morto da quasi venti. Avrebbe potuto aprire il suo cuore a Jonathan, invece mi sono intromesso io. Io, con la voce di Nancy che mi risuona nelle orecchie, il suo libro di parole che mi sussurra piano. La fonte primaria. E con lei al mio fianco, non ci vorrà molto a portare allo stremo questo debole esemplare. Quello che devo fare è alimentare il suo lato oscuro e condurlo fino al punto di non ritorno, e poi lasciarlo lì, in bilico sull'orlo dell'abisso.

41

Brano tratto dal diario di Nancy Brigstocke
Ottobre 1998

...non ho visto alcun sentimento in lei: una totale mancanza di empatia. Mi domando allora se è possibile percepire la sofferenza altrui. Forse chiedo troppo. Tuttavia speravo in qualcosa. In qualche parola che dimostrasse il tentativo di comprendere la mia perdita. Ha detto: «Mi dispiace. Vorrei che non l'avesse fatto». Cosa significa? Vorrebbe forse che qualcun altro avesse rischiato la vita al posto suo? Che Jonathan fosse ancora vivo? Non lo ha detto.

Ho pensato e ripensato alle sue parole cercando di dare loro un senso. A volte mi domando se siano fuoriuscite da una parte più profonda del suo essere. Se in realtà non fossero una confessione: se avrebbe preferito che il figlio fosse stato lasciato ad annegare. È possibile? Provo a immaginare per quale motivo una madre potrebbe desiderare la morte del figlio. Capita, no? Madri che uccidono i figli per negligenza. Pensando prima a se stesse che ai loro bambini. Dimentiche delle proprie responsabilità. Capita, i giornali ne sono pieni. E lei era certamente colpevole di negligenza; altrimenti perché il figlio di appena cinque anni sarebbe finito alla deriva in mare aperto? Perché non è corsa a salvarlo?

Quando ci siamo incontrate, avevo già scoperto che lei e Jonathan erano amici intimi, ciononostante lei mi ha assicurato che non si erano mai visti prima di quel giorno. Ma non soggiornavano nella stessa piccola località di vacanza? E lei ha mentito di nuovo: «Non l'avevo mai visto». È una bugiarda. Avrei potuto dirle che avevo visto le fotografie, ma non l'ho fatto. Non avevo la forza di affrontarla e comunque a che sarebbe servito? Non lo avrebbe riportato in vita. Ho fatto appello a tutte le mie forze per non crollare, in piedi al suo fianco davanti alla tomba di mio figlio. Avevo freddo. Ero esausta. Però volevo una cosa da lei. Volevo vedere suo figlio, e ho trovato il coraggio di chiederglielo. Speravo che ci saremmo riviste e che la volta successiva l'avrebbe portato con sé, ma si è rifiutata. Non ci sono stati altri incontri. Non l'ho più rivista e non ho mai conosciuto il bambino che era vivo grazie a mio figlio.

Ricordo che aveva le guance arrossate dal freddo, vibranti di salute, e la invidiavo anche per questo, per il calore emanato dal suo corpo. Il sudore sul labbro, la pelle lucida. Ma era calore fisico, non affettivo. Ha il sangue troppo freddo per capire cosa si prova quando uno sconosciuto ti comunica che tuo figlio è morto, non essere con lui nel momento del massimo bisogno, nel momento in cui invoca il tuo nome. E non puoi aiutarlo, non puoi abbracciarlo, né dirgli che tutto andrà bene, che sei lì con lui. Io non ho potuto abbracciare Jonathan, accarezzargli i capelli, baciarlo e dirgli che lo amavo. Capisci cosa si prova solo se e quando ti succede.

Il suo bambino corre e gioca sulla terra mentre il mio vi marcisce sotto. Non ha nemmeno degnato di uno sguardo la lapide di Jonathan, le parole che ci abbiamo fatto incidere: «Eri il nostro angelo». Non ha abbassato lo sguardo. Non ha nemmeno portato dei fiori. Cos'è venuta a fare? Vorrei che suo figlio sapesse che deve la sua vita a Jonathan. Vorrei che lo sapesse, che se non fosse per lui non sarebbe qui.

42

Estate 1993

Ricorda di essersi alzata a sedere, chiamando Nicholas a pieni polmoni. Si era addormentata sull'asciugamano, distesa sulla pancia, i piedi rivolti verso il mare. Era esausta. Non intendeva addormentarsi, ma si era distesa un attimo con la testa appoggiata sulle mani perché Nicholas sembrava contento.

Aveva ceduto e gli aveva comprato il canotto giallo e rosso che aveva visto il primo giorno di vacanza, camminando sulla passeggiata mano nella mano con papà e mamma. Quel primo pomeriggio lei e Robert erano riusciti a tenere Nick alla larga da delfini, squali e imbarcazioni gonfiabili comprandogli secchiello, paletta e una piccola ruspa per giocare con la sabbia. Aveva pianto per avere il canotto, e quell'ultimo giorno Catherine aveva ceduto. Lo avrebbe reso felice e, se lui era felice, lei poteva riposare in santa pace.

Di quando in quando alzava la testa per controllare che stesse bene, e così era: era seduto nel gommone sulla sabbia, tutto soddisfatto nei panni del capitano di vascello. A un certo punto, però, alzando la testa Catherine aveva visto il canotto ballonzolare tra le onde. Non intendeva addormentarsi. Si era alzata e lo aveva chiamato. Il mare iniziava a incresparsi e faceva dondolare l'imbarcazione avanti e indietro, ma lui continuava a sorridere, felice. E c'erano altre persone in acqua, che si tuffavano tra le onde e riemergevano subito dopo. Nessuno sembrava preoccupato. Si era diretta verso l'acqua, senza mai staccare gli occhi da Nick, chiamandolo sempre più forte, ma lui non alzava la testa. Era perso nel suo piccolo mondo. Poi da increspato il mare si era agitato, le onde si impennavano e portavano via il canotto.

Nick non toccava più e la corrente lo attirava verso il largo, dove il mare diventava scuro e infine nero. Il sole era sparito e si era levato il vento.

«Aiuto!» aveva gridato Catherine, mettendosi a correre. «Aiutatemi!» urlava, tremante, terrorizzata. Ricorda le sue parole con imbarazzo: «Aiutatemi», non «Aiutate mio figlio». «Aiutate *me*». Era entrata in mare, avanzando fino a dove l'acqua le lambiva la vita, ma non era stata lei a nuotare fino a suo figlio. Sapeva di non essere una nuotatrice forte abbastanza e aveva paura. Aveva paura di annegare. Si costringe ad ammetterlo.

Disseziona quell'istante senza risparmiarsi niente. Non aveva rischiato la vita per il figlio. Sapeva che sarebbero affogati entrambi se avesse nuotato fino a lui. Aveva sempre avuto paura del mare; non metteva nemmeno la testa sott'acqua. Erano gli uomini che annegavano per salvare i bambini e i cani, non le donne. I padri, non le madri. Strano, ma è sicura di non aver mai sentito parlare di una donna gettatasi in mare per salvare un bambino che annegava, anche se rammenta parecchi casi in cui un uomo si era tuffato in un fiume in piena o un canale limaccioso, incurante del pericolo, spinto dal cieco coraggio. Dovevano pur esserci donne che lo avevano fatto, ma non riesce a ricordarle. Quindi non è la sola a non aver avuto il fegato di gettarsi in acqua dietro al figlio. Se si fosse trattato di un edificio in fiamme o del cornicione di un grattacielo, o di un pazzo armato di pistola, sarebbe stato diverso. Avrebbe trovato il coraggio. Si sarebbe gettata nel fuoco, avrebbe rischiato di cadere nel vuoto, si sarebbe beccata una pallottola per Nick... ma il mare? Il mare l'aveva neutralizzata.

E poi era accorso Jonathan, sfiorandola mentre le passava accanto di corsa, gettandosi come un bagnino tra le onde. Perché non c'erano bagnini su quella cazzo di spiaggia? Non c'era neanche una bandiera. Era stato l'unico ad aver risposto alla sua richiesta di aiuto. «No!» Quella parola le era sfuggita dalla bocca prima che potesse trattenersi. Un lamento che nessuno aveva capito. Non voleva che fosse lui. Non lui, ti prego. Lo aveva guardato mentre nuotava verso il canotto che ondeggiava pericolosamente: Nicholas cercava di alzarsi. Oddio, non alzarti o cadrai in acqua. Cercava di fare cenno al bambino di sedersi, ma era troppo distante per vederla.

Adesso anche gli altri si erano uniti a lei. Una coppia con un bambino piccolo e un'altra famiglia di inglesi, persone gentili, la madre che cingeva Catherine con un braccio. E anche famiglie spagnole, tutti impressionati dalla vista del bambino alla deriva e del ragazzo che si affannava per raggiungerlo. Ricordava la sua forza: sapeva che ce l'avrebbe fatta. Niente e nessuno lo avrebbe fermato. Infatti aveva toccato l'imbarcazione e la gente intorno a lei aveva sorriso, anche la donna inglese le aveva strizzato la spalla sorridendo. Catherine però non sorrideva. Aveva voglia di vomitare.

Jonathan nuotava verso riva, trascinandosi dietro Nicholas sul canotto. Era ipnotico, guardarlo: continuava ad avanzare con un braccio, con una mano. Era eroico. Coraggioso. Stava pensando a questo quando aveva percepito la paura nelle voci intorno a sé. Un borbottio in spagnolo e poi il padre inglese: «È in difficoltà, hanno bisogno di aiuto!». Stava per lanciarsi in mare quando un uomo più giovane, uno spagnolo, lo aveva battuto sul tempo. Non giovane quanto Jonathan, ma pur sempre un ragazzo. Sui trent'anni? Della sua stessa età? Aveva nuotato fino all'imbarcazione, aveva afferrato la funicella e aveva invertito la direzione, nuotando verso riva con il bambino al sicuro dietro di sé. Per un po' era parso che non si muovessero, le onde li respingevano, la corrente li teneva lontani dalla costa, ma poi ce l'aveva fatta, lo spagnolo. Si era avvicinato sempre più alla riva e quindi alla salvezza. E tutti guardavano lui e Nick, e non Jonathan. Davano per scontato che stesse bene.

E finalmente Nicholas era sulla spiaggia. Catherine lo aveva sollevato dal canotto, lo aveva avvolto in un asciugamano e tenuto stretto a sé. Tremava per il freddo, batteva i denti e non riusciva a parlare. Aveva affondato il faccino contro il petto della madre e lei gli aveva tirato l'asciugamano sulla testa come un cappuccio, proteggendolo, stringendolo. Solo allora si era voltata per vedere il giovane spagnolo e il padre inglese nuotare in direzione di Jonathan, che era rimasto indietro. Sembrava non facesse più sforzi per tornare a riva. Agitava le braccia come per respingere il mare. Era tutto al rallentatore.

La gente le parlava in spagnolo, voci gentili, sorrisi, mani che accarezzavano la testa a Nicholas, festanti per il salvataggio del bambino. Poi la madre inglese le aveva sussurrato all'orecchio: «Non glielo faccia vedere. Non deve vederlo». E la gente si era radunata intorno a Nicholas per impedirgli di vedere il resto della spiaggia. Catherine si era sporta per scorgere il corpo di Jonathan estratto da una barca. Era sopraggiunto anche un motoscafo, ma era ormai troppo tardi. Catherine aveva visto il cadavere di Jonathan che veniva disteso sulla sabbia. Poi aveva distolto lo sguardo e aveva fatto da schermo a Nicholas.

«Mi fai male» erano state le sue prime parole.

Non si era resa conto della forza con cui si stringeva il figlio al petto. Le altre madri avevano formato una barriera per impedire al bambino di vedere il corpo dell'uomo che lo aveva tratto in salvo.

«Dovrebbe riportarlo in albergo» aveva detto la donna inglese, la mano posata sul braccio di Catherine. «Dove sono le vostre cose?»

Catherine aveva indicato l'asciugamano e il borsone, e la donna era andata a raccoglierli. In fretta e furia Catherine aveva messo una maglietta a Nicholas, poi lo aveva preso per mano.

«Che dici? Andiamo a vedere se in albergo possono prepararci una cioccolata calda?» Era sconvolta dalla pacatezza nella propria voce.

«Sì!» aveva esclamato Nicholas con entusiasmo, poi aveva raccolto la cordicella per trascinarsi dietro il canotto.

«Lasciamolo qui, Nick. Domani torniamo a casa. Tanto non potremo portarlo sull'aereo. Ci giocherà qualche altro bambino.»

Si era preparata a una bizza, ma lui non aveva fatto una piega. Archiviato. Il richiamo della novità si era già esaurito. Non aveva più accennato all'incidente né al giocattolo. Mai più. Catherine si aspettava che succedesse. Il ricordo della paura, la consapevolezza di essersi allontanato troppo da riva e che la mamma non era più con lui, il mare in tempesta, il salvataggio, e invece no. Non aveva detto una parola. Che aveva tanto freddo, questo aveva detto, ma non che pensava di annegare. Non aveva mai detto di aver avuto paura. Forse non ne aveva. Aveva avuto solo freddo e voleva tornare sulla spiaggia, poi era arrivato qualcuno e lo aveva portato a riva. Più semplice di così? Non aveva mai temuto davvero per la propria vita.

Mentre risalivano i gradini dell'accesso alla spiaggia, Catherine si era guardata indietro un'ultima volta e aveva visto Jonathan disteso sulla sabbia, coperto da due asciugamani. Morto. Sapeva che era morto. E cosa aveva provato? Si costringe a domandarselo ancora. *Cosa avevi provato?*

43

Estate 2013

I telegiornali non hanno parlato d'altro per tutto il giorno: la notizia di figli morti per la vergogna, incapaci di parlare ai genitori delle immagini che avevano inviato su internet ad adulti pedofili che si fingevano loro coetanei. Alcuni di questi bambini hanno solo otto anni. È questa la colonna sonora mentre esamino le fotografie di Jonathan da piccolo, la notizia che mi rimbomba in testa mentre cerco il ritratto migliore di mio figlio: dove appare così come voglio che sia ricordato. Se Jonathan oggi fosse un bambino, non credo che sarebbe finito nelle grinfie di quei mostri. Non sarebbe mai morto di vergogna, perché sapeva di potersi sempre rivolgere a sua madre. Sapeva di poterle dire tutto, che lei non lo avrebbe certo amato di meno. Non potevano essere più uniti, come madre e figlio.

Uniti a tal punto che era stata Nancy, e non io, a parlargli delle cose della vita.

Sua madre, non suo padre. Uno potrebbe pensare che per me sarebbe stato più semplice, ma era Nancy, quella che Jonathan ascoltava, Nancy, quella con cui parlava. Quando cercavo di affrontare l'argomento con lui, si tappava le orecchie e si metteva a canticchiare fino a zittirmi. Io e Nancy ne avevamo riso insieme: com'era buffo, com'era sciocco. Era entrato presto nella pubertà, a soli undici anni, ma doveva sapere cosa gli stava succedendo, perciò Nancy aveva detto che se ne sarebbe occupata lei. Ricordo di aver pensato: "Buona fortuna! Sarà ancor più in imbarazzo a sentire la mamma parlare di sesso". Mi sbagliavo di grosso.

Lo aveva fatto sedere e, guardandolo dritto negli occhi, gli aveva detto che non c'era niente da temere. Era la cosa più naturale del mondo. Un giorno avrebbe conosciuto la persona giusta e i suoi istinti imbarazzanti avrebbero trovato un senso. Non c'era niente di cui vergognarsi, doveva sentirsi libero di esplorare il proprio corpo. Anzi, lo aveva persino incoraggiato a farlo e gli aveva detto che, se avesse avuto delle preoccupazioni, poteva sempre rivolgersi a lei. Ricordo che certe volte, passando davanti alla porta chiusa della sua cameretta, sentivo il mormorio delle loro voci. Sapeva di poter contare su di lei e io non mi intromettevo mai. Jonathan poteva stare certo che, qualsiasi cosa avesse fatto, sua madre avrebbe capito. Nostro figlio sarebbe stato al sicuro da molestatori come me.

Ho mentito sulla mia età per convincere un uomo molto più giovane di me a diventarmi amico. Ho finto di essere chi non sono.

La notte scorsa ho caricato il resto delle fotografie. Nessun figlio dovrebbe vedere la madre in quelle condizioni. Cosa provereste nel vedere vostra madre messa completamente a nudo? Vergogna? Ribrezzo? Dubito che riuscirà mai a cancellare quelle immagini dalla mente. Ma ormai non c'è più modo di tornare indietro. Siamo in missione.

Povero, piccolo Nick. Mi aspetta... vuole saperne di più delle fotografie. Chi le ha scattate? E allora glielo dico. Poi carico le immagini di Jonathan che ho selezionato. Un bambino di dieci anni che indossa il maglione sferruzzato dalla nonna per Natale. Era al settimo cielo, il petto in fuori per esibire la Tartaruga Ninja che gli aveva ricamato davanti. E aggiungo la didascalia:

Jonathan Brigstocke
26 giugno 1974 – 14 agosto 1993
Un perfetto sconosciuto che è morto per salvarti la vita

Ci mette un po' a capire che Jonathan è morto – il giovane amico mai esistito – ad assimilare tutto quello che ho postato per lui. Il libro lo aiuterà; gli ho fornito il numero di pagina così stavolta non potrà non riconoscere la madre o se stesso. Anche Nancy vuole avere voce in capitolo. Forse potrà trovare risposta ad alcuni dei suoi interrogativi.

«Perché non ha aiutato suo figlio? Come può una madre voltare le spalle al figlio e abbandonarlo in mare? Un bambino che non sa nuotare. Senza braccioli, senza ciambella. Come può una madre, nel pieno delle sue facoltà mentali? Era forse fuori di sé?

Avrebbe visto il figlio annegare; ha detto che avrebbe preferito che Jonathan non lo avesse mai fatto. Sono state le sue esatte parole. La sua passione per Jonathan era più potente dell'amore per il figlio? Povero, piccolo Nick. È un bambino così pestifero che nemmeno sua madre lo crede degno di essere salvato?»

Finisce tutto in rete, il brano tratto dal diario di Nancy, il mio ultimo post. Mi sembra di aver intrappolato un gattino in un sacco e di averlo gettato in un canale. Lo sento miagolare, ma non c'è più niente che possa fare per salvarlo. Bere o affogare: sta a lui scegliere.

44

Estate 2013

Qualcuno lo afferra per il braccio e lo trascina verso la porta. Ora basta, piantala! Qualcuno lo spinge in strada, poi spranga la porta chiudendolo fuori. Si incammina, ma inciampa. Una spinta? No, ha inciampato da solo. Meglio sedersi. E smaltirla un po'. Si accovaccia per terra, appoggiandosi al muro. Ha ancora il libro in mano. Lo sfoglia sino all'ultima pagina. Per rileggere la morte di sua madre. Ride. Fantasia pura. Che ci provino pure, a tirarla sotto un treno. Torna indietro, più indietro. Alle parti erotiche. La mamma che succhia il pisello a un diciannovenne. Cazzo, se è strambo! Merda. Ha effetto anche su di lui, e questo proprio non lo sopporta. Si alza, getta il libro per terra e ci piscia sopra. Perle di sudore fredde e untuose trapelano dai pori della pelle; il piscio gli rimbalza addosso. Schiaccia le mani contro il muro per ritrovare l'equilibrio e calcia il libro con tutta la forza che ha; lo osserva scivolare lungo il marciapiede. Si accovaccia con la schiena al muro. Chiude gli occhi. Non va bene: sono sempre lì. Sono nella sua testa e non riesce a cavarle fuori. Si affonda le dita nella cute, cercando di strappare via quelle immagini dal cervello con la forza, ma ormai le vede chiaramente.

L'amore della mamma. Perso in mare. E lei che stava a guardare mentre lui moriva. Povera, vecchia mamma. Il lancio di una monetina, e Nick ha vinto la scommessa. Salvo, quando avrebbe dovuto morire. Qualcuno dovrebbe aiutarla; darle una mano a buttarsi sotto un treno. Nicholas chiude gli occhi e vede comparire un canotto rosso e giallo: un puntino in lontananza, una macchiolina che ballonzolando viaggia verso i confini del mondo.

Due numeri gli aleggiano davanti agli occhi. Un due e un sette... no, un altro due. Due due: ventidue. Poi più niente. Una casa abbandonata. Assi al posto delle finestre. C'è un campanello e si affanna per raggiungerlo, l'orecchio schiacciato contro la porta. Ha caldo, freddo e la nausea. Non ricorda com'è arrivato, ma ormai è lì. Lì, e ci vuole stare. Non ci va da un po', ha resistito all'impulso. È lì che deve stare. Un ronzio, un ronzio distante. La porta si apre e lui capitombola all'interno. Aah, il fetore familiare di merda di cane! Si vomita in mano, cerca di trattenersi. Ha già tentato con quel trucchetto, ma non funziona mai, i pezzi gli sfuggono tra le dita, traboccano dalle mani richiuse a coppa, ma nessuno ci fa caso. Datti una pulita, amico. Una volta all'interno, riesce a salire le scale. Ha bisogno di chiudere gli occhi solo un minuto, e poi starà bene. Si rannicchia sul pavimento, un feto enorme, e ascolta il lieve borbottio degli altri. Non gli importa di capire cosa dicono, gli basta sentire il suono delle loro voci. Sapere di trovarsi tra di loro, un compagno di viaggio.

Immagina una storia diversa per sua madre: un'eroina tragica che ha perso l'unico figlio in un incidente in mare. Si sarebbe ripresa completamente da quella sciagura, avrebbe interpretato il ruolo alla perfezione. Di certo le sarebbe calzato meglio di quello della madre di uno sfigato super tranquillo, super svogliato, super deludente, super inutile.

Si distende sulla schiena, apre gli occhi e li punta al soffitto. Facce sorridenti sospese su di lui. «Tutto a posto?» Sorride di rimando. Si sente meglio. Un pochino meglio. Raggiunge il bagno. Si lava il vomito dalle mani e dalla faccia, si riempie la bocca d'acqua, sputa. Il telefono gli vibra in tasca. Papà. Via dalle palle! Invece telefona alla madre. Quella è davvero la sua voce? Le sta lasciando un messaggio? Qualcosa esce dalla sua bocca.

«Stai bene?» Una voce fuori dalla porta.

«Sì» gracchia osservando il movimento delle labbra allo specchio. Si scolla dal proprio riflesso e apre la porta. C'è una ragazza. Carina.

«Sicuro di stare bene?» Guarda nel bagno dietro di lui. «Chi c'è lì con te?»

Lui si fa da parte e lei si affaccia.

«Con chi parlavi?»

«Con nessuno.»

«Piangevi.»

«Ho vomitato.» Le prende la mano cercando di portarla con sé, ma lei si ritrae. Nicholas incespica in salotto e si siede sul divano. Puzza: qualcuno ci ha pisciato e le molle gli si conficcano nella schiena. Ma non vuole muoversi. Non vuole più lasciare quel posto. Perché lì può essere se stesso.

45

Estate 1993

Ricorda le domande della polizia spagnola. Lo conosceva? Lo aveva mai incontrato prima? Non lo aveva mai visto prima di quel giorno, aveva detto Catherine. Gli agenti avevano accettato quella risposta e permesso a lei e a Nicholas di prendere il volo verso casa il giorno successivo. La polizia aveva la borsa del ragazzo, sapevano dove alloggiava, avrebbero informato le autorità britanniche e contattato la famiglia. Un tragico incidente. Era libera di tornare a casa. Non erano seguite altre domande.

Quella sera aveva preparato i bagagli. L'indomani mattina lei e Nicholas avevano viaggiato in taxi fino all'aeroporto e avevano preso il volo verso casa. Un volo tranquillo, aveva detto a Robert quando era rincasato quella sera. Gli aveva portato una bottiglia di whisky acquistato al duty-free e ne avevano bevuto un paio di bicchieri prima di andare a letto. Ricorda di aver chiuso la porta del bagno e di aver visto il livido sul collo allo specchio, di avervi cosparso altro fondotinta per coprirlo e di aver spento la luce prima di entrare nel letto. Robert l'aveva cercata tastoni, baciandola sulla bocca e poi più giù, sul ventre. Era così dolce. Avevano fatto l'amore, anche se lei non voleva. Ma sentiva di averne bisogno, che fosse un atto necessario per cancellare ciò che era accaduto. Robert aveva accarezzato il suo corpo; gli era mancata, aveva detto. Era stato premuroso, gentile. E lei aveva nascosto per settimane, finché non era sbiadito, il segno traditore sul collo. E il livido sulla coscia era già di un verde giallognolo, facile da ignorare. Poteva tenere il suo segreto, seppellirlo nella mente e gradualmente, anno dopo anno, era riuscita a triturarlo con i denti come un pezzo di cartilagine fino a deglutirlo senza strozzarsi.

C'erano momenti in cui era stata sul punto di dirlo a Robert, ma pensava che sarebbe stato egoistico. Se Jonathan non fosse morto, le cose sarebbero andate in modo diverso. Se avesse nuotato fino a riva con Nicholas sulla propria scia, tutto sarebbe stato diverso. Era il suo segreto. Apparteneva a lei. Aveva scelto di non condividerlo.

Il telefono di Catherine ronza sul comodino. Lo afferra prontamente, non volendo svegliare sua madre che si è appena rimessa a dormire dopo una visitina al bagno. Sono le quattro di notte. Il cuore le balza in gola. È Nicholas. Scende dal letto ed esce di corsa da camera di sua madre, richiudendo la porta senza fare rumore per non svegliarla.

«Pronto? Nick?» Non è stata abbastanza veloce. La chiamata è stata deviata alla segreteria. Spera che le lasci un messaggio. Lo fa. Catherine lo ascolta ed è come se venisse scaraventata brutalmente nel passato di vent'anni prima. La stessa scarica di adrenalina che ha origine dall'addome, così violenta da fare male. L'istinto materno, puro e semplice, di quando il figlio si avvicina pericolosamente sull'orlo dell'abisso. Ecco cosa prova nell'ascoltare il messaggio di Nick: nessuna parola, solo singhiozzi strozzati che appesantiscono il telefono tra le sue mani.

Come ipnotizzata compone il suo numero più e più volte. Sente solo la voce di un altro Nick che le dice di lasciare un messaggio. Un uccellino canta all'esterno, ma non è ancora l'alba e sembra essersi confuso. Come lei, è stato buttato giù dal nido troppo presto. Afferra il giubbotto, la borsa ed esce. Non ha l'auto, perciò corre alla stazione dei taxi più vicina e aspetta. Cinque minuti, solo cinque, poi un uomo assonnato accosta e la accompagna a casa. Un tragitto di venti minuti a quell'ora del giorno, senza traffico. Catherine lo paga, corre verso la porta ed entra.

46

Estate 2013

Come faceva Nancy a sapere cosa era successo tra Jonathan e quella puttana? Come aveva fatto a descrivere la loro intimità fin nei minimi dettagli? Aveva le fotografie e i loro particolari raccapriccianti e doveva aver messo in moto l'immaginazione: è così che fanno gli scrittori. Ha manipolato alcuni fatti: dubito fortemente che Jonathan avesse intenzione di seguire le orme di Orwell, Bowles o Kerouac. Pia illusione? Licenza poetica. Ovviamente aveva cambiato i nomi. Per proteggere l'innocente? Forse avrei dovuto ripristinarli. Era un'opera di finzione letteraria, però mi piace pensare che abbia liberato la verità dalle sue zavorre, permettendole di emergere in superficie. È l'essenza di una storia che conta, dopotutto.

Jonathan aveva viaggiato attraverso l'Europa con la fidanzata, un dato di fatto che Nancy aveva rispettato, anche se aveva cambiato il motivo per cui Sasha era ripartita prima. Suo padre stava benissimo, non era per quello che era tornata. Lei e Jonathan avevano litigato e Sasha lo aveva piantato. È un dato di fatto. Ma non così essenziale. L'importante è che Jonathan aveva proseguito il viaggio da solo. Era un ragazzo di diciannove anni, solo in un paese straniero. Vulnerabile. Ricordo che Nancy si preoccupava per lui. Io no. Immaginavo che si sarebbe divertito di più senza la fidanzata al seguito. Pensavo che avrebbe incontrato una compagna di viaggio più spassosa.

Quando eravamo tornati dalla Spagna per l'identificazione

del corpo di Jonathan, Nancy aveva telefonato subito a Sasha. Non voleva che venisse a sapere della sua morte da qualcun altro. Era stata la madre di Sasha a rispondere al telefono. Aveva detto che la figlia era fuori e che le avrebbe dato lei la notizia. Non abbiamo mai saputo se l'avesse fatto o meno, perché non abbiamo più avuto notizie di Sasha. Nancy le mandava sempre un biglietto per il compleanno e a Natale, ma lei non ci ha mai risposto. Io ero imbestialito al riguardo, ma Nancy era più generosa. Sosteneva di capire. Sasha era giovane, ci aspettavamo troppo da lei, e di certo sua madre non l'aveva incoraggiata a restare in contatto con noi. I rapporti con la madre di Sasha non erano mai stati semplici.

Quando Sasha era tornata a casa dall'Europa, ricordo che Nancy aveva ricevuto una telefonata da quella donna. Anche se avevo captato solo una parte della conversazione, ero rimasto impressionato dalla pazienza di mia moglie che ascoltava i farneticamenti iracondi della madre di Sasha. Aveva mantenuto la calma e le aveva ribadito che stava ai ragazzi appianare le divergenze e che i genitori non dovevano interferire. Era riuscita a chiudere la conversazione con modi civili, ma quando aveva abbassato il ricevitore mi ero accorto che era livida di rabbia. Però non aveva perso le staffe e io l'ammiravo per questo. Anche nei diari mantiene lo stesso tono. Sussurrano, non sbraitano. Lei spera, senza mai pretendere niente.

«Vorrei che suo figlio sapesse che deve la sua vita a Jonathan. Vorrei che lo sapesse, che se non fosse per lui non sarebbe qui.»

47

Estate 2013

Catherine infila la chiave nella serratura e la gira, aspettandosi quasi che non funzioni più, invece sì. Entra e si precipita nella stanza degli ospiti al piano di sopra. Vede il letto vuoto, la baraonda sul pavimento, lo stato di abbandono. Poi apre la porta della camera e si pianta accanto a Robert. Dorme profondamente. Sul comodino c'è una boccetta di sonniferi e, lì accanto, una copia stropicciata di *Un perfetto sconosciuto*. Qualche tempo prima la cosa l'avrebbe lasciata di stucco, ma adesso le viene da vomitare al pensiero che lo tenga vicino al letto. Che lo abbia portato in camera. Si chiede dove siano le fotografie. Le tiene nel cassetto del comodino o le ha distrutte?

«Robert, svegliati!» Ha un sonno così profondo che non l'ha sentita nemmeno salire le scale, non ha avvertito la sua presenza incombere su di lui, non sente la sua voce nelle orecchie. Catherine lo afferra per scuoterlo. «Svegliati!»

Lui brontola e si gira dall'altra parte. Gli occhi ancora chiusi.

«Robert» grida lei, stavolta arrabbiata. «Svegliati.» Prende il telefono del marito e controlla se ci sono chiamate da parte di Nick, ma non ce ne sono. Trova solo le sue. Come osa dormire? Afferra il bicchiere d'acqua e glielo versa sulla testa. Un gesto giustificato, necessario, perdonabile. Lui tossisce e corruga la fronte. Ha un aspetto patetico. La rabbia e il disprezzo la colgono alla sprovvista.

«Robert, forza, svegliati. Dov'è Nick?»

Quando finalmente apre gli occhi è confuso, inutile.
«Che stai...?»
«Dov'è Nick?»
Robert continua ad avere un'aria spaesata mentre cerca di scrollarsi il sonno di dosso. Lei gli agita il libro in faccia.
«Glielo hai detto?»
Lui scivola dall'altra parte del letto, poi scende e la guarda. È nudo e lei distoglie lo sguardo.
«Glielo hai detto?» grida.
Robert si dirige in bagno e torna con un asciugamano legato alla vita. È calmo, per niente preoccupato.
«Non gli ho detto niente» risponde. «Ma lo farò...»
«Be', è troppo tardi. Qualcuno ti ha battuto sul tempo. Mi ha chiamato poco fa e ora non riesco a rintracciarlo. Non risponde, non ha risposto a nessuna delle mie chiamate. Mi ha lasciato un messaggio.» Catherine brandisce il cellulare verso di lui. «Era in uno stato pietoso.» E poi scoppia a piangere. «Lo sa già. Dov'è? Dobbiamo trovarlo.»
«Non so dove sia. Probabilmente da un amico.» Si rifiuta di lasciarsi prendere dal panico. «È uscito stamattina per andare al lavoro. A cena non è tornato, e allora? Ha venticinque anni.» È sulla difensiva. «Sono sicuro che stia bene... Cosa vuol dire che era in uno stato pietoso?»
«Piangeva... e non diceva niente. Lo sentivo solo singhiozzare.»
Il dolore irrompe sul suo volto. «Oddio, avrei dovuto dirglielo io. Non doveva saperlo da qualcun altro.» La supera per scendere al piano di sotto.
«Non l'ho mai sentito così, Robert... ho paura.»
Lui si volta di scatto. «Be', cosa ti aspettavi?» La squadra da capo a piedi finché pare che non riesca più a tollerare la sua vista. «Avrei dovuto dirglielo io... e ormai lo ha saputo da un estraneo. Riesci a immaginare quanto sarà sconvolto?» dice Robert.
«È stato quel bastardo, quel maledetto bastardo...»

«Cosa?» la interrompe. «Intendi il padre del ragazzo che è annegato per salvare la vita di Nick? Il padre del ragazzo che ti sei scopata e che hai poi negato di aver conosciuto? Dopo che era morto per salvare nostro figlio? Intendi *quel* bastardo? Sei incredibile.» Oddio, quanto la detesta. È consumato dall'odio. *Il ragazzo che si è scopata.* Dovrebbe preoccuparsi per Nick, non perdere tempo a infamarla. Catherine lo disprezza per la sua incapacità di concentrarsi sul figlio, di collaborare con lei per ritrovarlo.

«Non ci arrivi? Nick è in pericolo. Quell'uomo lo ha manipolato.» Solleva il telefono e gli fa ascoltare il messaggio del figlio. È straziante. A Robert salgono le lacrime agli occhi.

«È tutta colpa tua! Solo tua.» La aggredisce con le parole. Lei si volta, ma Robert infierisce. «Non ti riconosco più. Cosa ti aspettavi?» La afferra per le spalle affinché lei lo fissi dritto negli occhi.

«Ti sorprende che sia sconvolto? Tutte quelle bugie, anni e anni di bugie. Era inevitabile che lo scoprisse prima o poi... avrei solo voluto dirglielo io. A te non importa niente di lui, vero? Eri così occupata con il tuo amante da lasciare nostro figlio in mare da solo quando non sapeva neanche nuotare. Cosa deve pensare secondo te? Era un bambino, *tu* eri l'adulto. Eri sua madre. *Tu* avresti dovuto salvarlo, ma hai sempre anteposto te stessa a lui, o sbaglio? Conti solo tu.»

Catherine lo respinge, si volta di spalle, rinuncia a difendersi. Deve concentrarsi su Nick. Sente gli occhi di Robert su di sé, carichi di odio. Non si sarebbe mai aspettata di arrivare a tanto, ma non è il momento adatto per rifletterci e cerca invece il numero dell'ospedale di zona sul cellulare. Telefona, poi attende una risposta.

«Salve, sto cercando di rintracciare mio figlio. Temo possa essergli successo qualcosa... mi ha chiamato ed era sconvolto... Sì, ma ha un passato di tossicodipendenza ed era in uno stato terribile al telefono... Potrebbe essersi fatto del male... Nicholas Ravenscroft...» È chiaro che non la degnano di troppa attenzione. La madre di un venticinquenne che telefona per sapere dov'è. È assurdo.

Corre di sopra, nella camera degli ospiti. Potrebbe essere ovunque: in qualsiasi ospedale di Londra, su qualsiasi treno, su qualsiasi linea... Chiama la polizia, ma la liquidano su due piedi. Suo figlio ha venticinque anni. Lo ha sentito due ore prima. Ha detto esplicitamente che intendeva farsi del male? No, deve ammettere di no.

Catherine inizia a frugare tra le sue cose. Il portatile non rivela niente. Trova il beauty-case con le tracce inconfondibili della sua assunzione di droga. No, ti prego. Corre in cima alle scale e grida: «Sapevi che aveva ricominciato a drogarsi? Lo sapevi?».

Robert va verso le scale e le urla di rimando: «Non ti azzardare a insegnarmi come fare il genitore». Ma Catherine si accorge di aver toccato un punto dolente.

Torna nella stanza, si mette carponi e rovista nel caos degli oggetti di Nick, alla ricerca di Dio solo sa cosa. Trova una lettera del John Lewis. Una lettera di licenziamento, datata due settimane prima. La afferra trionfante e si precipita al piano di sotto.

«Ha perso il lavoro. Cosa faceva tutto il giorno mentre tu credevi che lavorasse?»

Robert non sa cosa rispondere. Ora è sconvolto e spaventato quanto lei, e Catherine si vergogna. Come ha potuto pensare che fosse una vittoria? Lo guarda e, con quieta disperazione, gli domanda: «Davvero non hai idea di dove sia? O con chi? Ti ha parlato di qualcuno?».

Robert non sa cosa rispondere. Non lo sa. Nessuno dei due lo sa. Che genitori snaturati, pensa lei. Nessuno dei due sa a chi rivolgersi, nessuno dei due sa con chi potrebbe essere il figlio. Ha degli amici? Sa per certo che ha perso di vista quelli dell'adolescenza.

«Mi ha parlato di una fidanzata, ma non l'ho mai conosciuta, non so come si chiama. E non so nemmeno se esiste davvero...»

Prova a chiamare il numero di Nick, ma si attiva subito la segreteria telefonica: «Ehi, campione. Chiamaci quando ti svegli. Facci sapere come stai... Ti voglio bene...».

Poi il cellulare di Catherine squilla; è un numero sconosciuto. Le tremano le dita quando preme *Rispondi*.

48

Estate 2013

È tempo di fare pulizia, di cancellare tutte le impronte. Ho chiuso la pagina Facebook di Jonathan. Nancy voleva che la lasciassi, ma ho pensato fosse meglio cancellarla. È frustrata, lo capisco. Dubita che la mia tattica di velluto, come la chiama lei, ottenga l'effetto sperato. Le chiedo di portare pazienza. Guarda, le dico. Guarda la pagina Facebook del piccolo Nick. È immutata. Vorrà pur dire qualcosa. Non compare niente di nuovo da ventiquattro ore. È una cosa insolita per lui. Non riesce a stare lontano da Facebook per più di qualche secondo. Status. Che parolone! Lo status è sempre lo stesso. Devono proprio sentirsi importanti, questi giovani, ad avere uno status. Uno status. Jonathan non ha mai avuto dubbi sul proprio; non aveva bisogno dell'approvazione di Facebook. Non ha mai messo in discussione la propria centralità nella vita di sua madre.

Adesso posso ammetterlo. A volte ero geloso della devozione di Nancy per Jonathan. Il nostro rapporto era cambiato dopo la sua nascita, ed era normale. Ma non all'inizio. All'inizio eravamo noi due e il nostro bambino, ma con la crescita, con l'affermarsi della sua personalità, avevo l'impressione che da una parte ci fossero loro e dall'altra io. Avevano un rapporto speciale e c'erano momenti in cui mi trovavo a competere con lui per ricevere un po' di attenzione da mia moglie. Dovevo apparire bisognoso, debole. Naturalmente Jonathan aveva più bisogno di lei ed era ingiusto da parte mia cercare di portargliela via.

Le uniche volte in cui bisticciavamo era a causa di Jonathan: sul modo migliore per gestirlo. Non succedeva spesso; sempre più di rado, in effetti, man mano che diventava grande. Avevo iniziato a defilarmi quando si trattava di prendere decisioni che lo riguardavano. Nancy era fermamente convinta che gli servissero soltanto amore e sostegno incondizionati. Un figlio non ha bisogno d'altro, aveva detto lei, e non essere d'accordo era impossibile.

Oh, Nancy, com'era coraggioso nostro figlio! Quando avevo saputo com'era morto, per salvare un bambino, mi ero meravigliato. Che vergogna! Non lo credevo capace di dare la propria vita per proteggere quella di un altro essere umano. E tu sospettavi di me, non è vero? Anche se non mi hai mai accusato di aver dubitato del suo coraggio, sapevi che avevo delle difficoltà a conciliare la sua morte con la sua vita. Mi dispiace di aver cercato di riparare all'errore solo dopo la tua scomparsa. Quando ho scoperto che il bambino a cui aveva salvato la vita era il figlio della sua amante, tutto mi è sembrato più logico. Voleva compiacerla, voleva fare sfoggio del proprio coraggio. Era innamorato.

Lascio il computer aperto sulla pagina di Nicholas Ravenscroft ed esco in giardino. Ho già iniziato ad allestire il falò. Lo facevamo sempre insieme, io e Jonathan, quando era piccolo. Amava la Bonfire Night, la "notte dei falò", quando sedevamo al buio a gettare legnetti nel fuoco e a scrivere il suo nome con le candele magiche. Al buio sfoglio uno dei quaderni di Nancy senza leggerlo, osservo la sua calligrafia danzare davanti a me, poi lo poso sulla catasta di legna insieme con gli altri. Accendo un cerino e lo accosto alla Diavolina; le fiamme la lambiscono con un tremolio gratificante. Nel bruciare il cuoio si arriccia ed emana un forte odore, annerisce e carbonizza, la carta ingurgita le fiamme con voracità.

Quando torno dentro vedo Nancy. È seduta davanti al portatile, si volta verso di me e sorride, e credo sia perché l'odore del falò ha evocato ricordi felici di me e Jonathan insieme durante la Bonfire Night, invece mi sbaglio.

Sulla pagina Facebook di Nicholas c'è un messaggio di suo padre.

49

Estate 2013

Nicholas è stato scaricato davanti al Saint George's Hospital a sud di Londra. Un corpo depositato all'ingresso. Il medico ha informato Catherine e Robert che loro figlio ha avuto un ictus. Cocaina, probabilmente iniettata. È troppo presto per dire se ha subito danni. Ne sapranno di più nelle ventiquattr'ore successive. Catherine e Robert sono rimasti fianco a fianco al capezzale del figlio. Di fronte a loro, al di là del letto, i macchinari che lo tenevano in vita: che lo aiutavano a respirare, che monitoravano il battito cardiaco, che gli infondevano liquidi vitali per provare a ripristinare un certo equilibrio. Il reparto di terapia intensiva era tranquillo, praticamente silenzioso. File di corpi nei letti, intubati, gli occhi chiusi, immobili, in attesa di rinascere. O di morire.

Catherine osserva suo figlio, il figlio che non è riuscita a proteggere. Il dottore si sbagliava. Sono passate più di ventiquattro ore, quarantotto a dire il vero, e ancora non sanno quanto male Nicholas si sia inflitto. Lei e Robert non riescono più a stare fianco a fianco, perciò si danno i turni per vegliare il figlio. Robert non permette a Catherine di restare nella stanza quando c'è lui e così lei deve aspettare che se ne vada prima di subentrargli. Ce l'ha con lui perché la priva di tempo prezioso da poter trascorrere con il figlio, ma non protesta. In un certo senso è contenta di non doverlo vedere. Non ha voglia né tempo per pensare a Robert, vuole solo stare con Nicholas. Adesso è con lui e ogni istante è prezioso.

Si scopre a domandarsi se suo figlio fosse predestinato a una morte precoce. Le è già sfuggito da bambino, ma Catherine teme che stavolta non sarà tanto fortunato. Quando lo guarda, indifeso come un neonato prematuro i cui organi non sono in grado di funzionare da soli, le sembra di essere appena nata anche lei. La mente e il corpo immaturi. Pare strano, ma è una sensazione piacevole: è bello essere toccati per la prima volta dal mondo esterno. Riesce a guardare suo figlio e a vederlo davvero, come quando era nato da poco: quei primissimi anni in cui la sua presenza non era ancora complicata dal caos e dalle oscenità che lei gli aveva riversato addosso. Sì, deve ammettere che è anche colpa sua se si è giunti a tanto. Non potendo negare, deve meditarci su. E quando – se – Nicholas sarà abbastanza forte da sopportarlo, gli racconterà quello che avrebbe dovuto dirgli tanti anni prima. Gli sfiora la guancia, si inginocchia e lo bacia sulla fronte, posando la testa contro il fianco del letto.

Catherine ha detto a sua madre che Nicholas è in ospedale e lì per lì l'anziana donna pareva allarmata, ma ha subito edulcorato quell'informazione, smussandola ben bene e rassicurando la figlia che non si muore più di morbillo. E che è meglio contrarlo da bambini. Catherine quasi invidia sua madre per come funziona la sua mente. L'aggravarsi della malattia è accompagnato dalla determinazione a gettare una luce positiva sulle brutte notizie che possono arrivare. Sua madre sembra soddisfatta: si sta creando intorno, almeno per il momento, un mondo migliore di quello reale.

«Perché non va a prendere una tazza di tè o qualcosa da mangiare? Resto io con lui.» Un'infermiera le posa una mano sulla spalla. La gentilezza della donna commuove Catherine. Le è grata, ma non può lasciare Nicholas.

«Sto bene. Davvero.»

«Coraggio, vada. Resto io con lui. Lei sembra esausta. Dovrebbe mangiare qualcosa. E prendere una boccata d'aria.»

«Va bene, allora» e si alza dal pavimento. C'è una sedia dove avrebbe potuto sedersi, ma che non le avrebbe permesso di posare la testa accanto a quella del figlio. Vuole stargli il più vicino possibile.

Lascia il reparto di terapia intensiva e si avvia verso l'ingresso dell'ospedale, supera il bar buio, la libreria, il giornalaio. Compra un caffè e una stecca di cioccolato da un distributore ed esce.

Sono le quattro del mattino, ma all'esterno ci sono alcune persone che fumano. Un paziente e un paio di visitatori come lei. Si siede su una panchina, il gelo che le penetra sotto i jeans. È lì che Nicholas è stato depositato, scaricato sulla soglia dell'ospedale. Non sanno ancora chi l'ha portato: estranei a cui importava solo mollarlo alle cure dei medici.

Non riesce a mandare giù il cioccolato e lo infila in tasca, poi tira fuori le sigarette. Una con il caffè. Un paio di minuti per finirla. Guarda il cellulare. C'è un messaggio di Kim. In mezzo a quelli di un paio di amiche che si sono fatte vive dopo aver saputo che Nicholas era ricoverato. Catherine ha telefonato al lavoro per informarli e prendere un periodo di aspettativa. Poi ha chiamato un'amica e le ha chiesto di diffondere la notizia, ma non ha voluto vedere nessuno. Di quando in quando le mandano un messaggio per farle sapere che la pensano, che ci sono se ha bisogno di parlare. Non ne ha. Vuole tenere tutti alla larga. Legge il messaggio di Kim: «*Mi dispiace tanto. Fammi sapere se posso fare qualcosa per te. Siete nei miei pensieri. Un bacio, Kim*». Catherine spegne la sigaretta e sorseggia il caffè. Sa di plastica e non offre alcun conforto o sostentamento. Il messaggio di Kim invece le infonde un certo sollievo. Non c'è biasimo. Ha letto il libro, ma non ha più importanza. Qualsiasi cosa succeda, quel capitolo almeno è chiuso. Se Nick sopravvivrà, e lei crede che sarà così, non ci saranno più segreti. Saprà tutto. E Robert? Lo relega in un angolo della mente.

Si alza e getta la tazza in un cestino, poi fa ritorno all'interno. Il lento pulsare e il ronzio del riscaldamento, della luce, dei monitor, dei macchinari che permettono all'ospedale e a coloro che ospita di funzionare, di tirare avanti. Avanzando in direzione della terapia intensiva osserva i disegni sul lustro pavimento di linoleum. Persino i segni neri sono stati lucidati e Catherine immagina qualcuno a bordo di un macchinario che sfreccia su e giù per i corridoi. Pensa di aver già visto quella scena, ma non ricorda se dal vivo o in televisione.

Preme il campanello e l'infermiera alza lo sguardo, la vede e la lascia entrare.

«È arrivato il nonno» mormora sorridendo. Gli occhi stanchi di Catherine seguono quelli dell'infermiera. Squadra la sagoma scheletrica china sul letto di Nicholas. Suo padre è morto da dieci anni. Non strilla. Corre verso di lui, lo agguanta e lo tira indietro affondando le dita nelle spalle ossute. È leggero come una piuma. Lo costringe a voltarsi e lo spinge con tanta forza da farlo cadere. L'uomo va a sbattere contro una sedia, atterrando sul pavimento dove rimane e alza lo sguardo verso di lei. Ma a quel punto qualcuno la afferra da dietro e la immobilizza. L'infermiera che prima si preoccupava tanto per Catherine ora soccorre l'anziano disteso ai suoi piedi. Si accovaccia su di lui, gli parla per sapere se è in grado di alzarsi. Lo aiuta a rimettersi in piedi mentre Catherine sta a guardare, una seconda infermiera che la trattiene. Non è giusto. Lotta per liberarsi dalla sua presa.

«Non dovrebbe essere qui. Fatelo uscire immediatamente» grida. «Non è suo nonno. Non dovevate lasciarlo entrare. Buttatelo fuori. Subito.» Il suo atteggiamento isterico costringe l'infermiera a serrare la presa.

«Si calmi o sarò costretta a chiamare la sicurezza.»

«Non si preoccupi, me ne vado. Mi dispiace tanto...» Il vecchio trema, la voce strozzata quando dice: «Volevo solo sapere come stava Nicholas. Mi dispiace tanto». È nel pieno controllo della situazione. A differenza di Catherine. Ha un taglietto sulla testa, niente di preoccupante. Catherine lo segue con lo sguardo mentre viene scortato alla porta, l'infermiera è obbligata a sostenere quel fragile vecchietto ferito. Catherine lo sente recitare la parte, balbettare altre scuse. Voleva solo vedere Nicholas. La porta si richiude alle sue spalle con un sibilo e Catherine si scopre a chiedere scusa prima di crollare in ginocchio, la testa posata sul letto di Nicholas.

Adesso la tengono sotto stretta sorveglianza. La seconda infermiera resta nei paraggi. Non si fidano più di Catherine. Scoppia a piangere, cerca di spiegarsi tra i singhiozzi: «Non avrebbe dovuto lasciarlo entrare. Quell'uomo non deve entrare... vuole fare del male a mio figlio...»

«Lei sta turbando gli altri visitatori. È meglio parlarne fuori di qui. Posso chiamarle qualcuno con cui parlare se...»

Catherine scuote la testa.

«No, no.» Non vuole andarsene. Non può lasciare Nick lì da solo. Non è sicuro. «Mi dispiace» dice. «Ma possiamo entrare solo io e Robert, e nessun altro.» L'infermiera si allontana.

Robert arriva prima del solito e Catherine gli corre incontro sollevata.

«È venuto qui. Il padre. Ha cercato di fare del male a Nicholas. Voleva fargli del male.»

Lui la respinge. «Mi hanno chiamato dall'ospedale. So cos'è successo. Ho detto io che poteva venire. L'ho invitato io. Ha tutto il diritto di vedere Nick...»

«Gli hai chiesto di venire? Ma sei impazzito?»

«No, non sono impazzito.»

«Perché diavolo hai fatto una cosa del genere?»

La guarda come se non riuscisse a credere alla sua domanda. «Sa cosa significa perdere un figlio.»

«L'hai conosciuto?» Catherine alza la voce, Robert invece mantiene la calma.

«No, non ancora. Se avessi saputo cosa ha fatto loro figlio per il nostro, mi sarei messo in contatto con loro anni fa. Li avrei ringraziati. Ormai è troppo tardi per ringraziare la madre di Jonathan, ma almeno posso provare a rimediare con suo padre.»

È la prima volta che lo sente pronunciare il nome di Jonathan.

«Come hai potuto, Robert? Come hai potuto chiedergli di venire?» Lui ignora le sue domande e la supera per raggiungere il capezzale di Nicholas. Catherine lo segue e gli sibila nell'orecchio. «Perché credi che si sia presentato alle quattro di notte? Non capisci che voleva venire quando non ci sarebbe stato nessuno a controllarlo?» Robert si volta e la stringe per le braccia affondandole le dita nella carne.

«L'ho visto chino su Nicholas. Stava...» fa lei per protestare.

«Stava cosa? L'infermiera mi ha riferito quello che è successo per filo e per segno. Mi ha detto cosa hai fatto...» La spinge verso la porta.

«La prego, signor Ravenscroft.» Un'infermiera si avvicina a grandi passi. «Qui dentro è vietato...»

«Mi scusi, mi scusi» dice Robert. «Mia moglie sta uscendo.» Le volta le spalle e prende posto al capezzale di Nicholas.

50

Estate 2013

Bastava una spintarella, niente di più. Mi sono dovuto dare una ripulita, rendermi presentabile. Questa mattina ho trascorso più tempo del solito davanti allo specchio. Volevo apparire al meglio, per quanto possibile alla mia età. Mi mancano alcuni denti, ma per fortuna non sono gli incisivi e, se sorrido in un certo modo, i buchi non si notano. Ho fatto pratica allo specchio. Anche gli occhi sono un problema. Non riflettono il sorriso e il bianco è del colore della saliva con un pizzico di tabacco. Nell'armadietto del bagno ho trovato una boccetta di collirio. Forse non era la cosa più intelligente da fare, dal momento che era scaduto da lungo tempo, ma ho messo comunque qualche goccia negli occhi. Bruciavano da matti e per un momento ho temuto di essermi fatto male veramente, ma dopo aver battuto freneticamente le palpebre sono stato meglio e gli occhi sembravano un po' più sani di prima.

La scelta dell'abbigliamento è stata meno complicata. Ho una sola giacca decente e una camicia a cui sono sempre stato affezionato. Non troppo sgargiante. Cotone morbido, bianco a quadratini chiari. Nessuno dei due capi mi sta più bene come un tempo, ma con il cardigan di Nancy sotto, a fare massa, credo che abbia funzionato.

Sapete, non ho ancora perso la ragione. Serbo ancora una vaga idea di come bisogna presentarsi al mondo esterno. Va benissimo indossare vecchi abiti comodi in casa quando può vederti solo la tua amata, ma per gli estranei è indispensabile fare almeno un piccolo sforzo.

Se ci fosse stato il padre, sono sicuro che tutto sarebbe andato secondo i piani. Mi avrebbe accolto calorosamente, persino offerto del tè. Un anziano, assetato, provato dalle due ore di viaggio per arrivare all'ospedale. Ah, i mezzi pubblici...

«...sì, è lontano, ma dovevo vedere Nicholas. È quello che avrebbe voluto mia moglie. Lei ci sapeva fare con i ragazzi, sa... Sarebbe stata davvero contenta di conoscere Nicholas... Per lei avrebbe significato molto... No, no, ma certo, capisco. Capisco. Non è colpa sua. Oh, la ringrazio, lei è davvero gentile. Sì, una tazza di tè la prenderei volentieri.» Lo avrei guardato allontanarsi e avrei premuto un interruttore, strappato un tubicino e me ne sarei andato. Chiuso. Fine della storia. Il ragazzo non se ne sarebbe nemmeno accorto. Un bel modo per morire, tutto sommato. Non avrebbe sentito alcunché. Più veloce dell'annegamento. E comunque ha già un piede nella fossa... forse anche tutti e due. Ha fatto tutto da solo, io non l'ho sfiorato con un dito. Nemmeno con un dito. E le conseguenze? Che volete che me ne importi delle conseguenze? Non potrebbe fregarmene di meno. Ma non è così che è andata.

Quando mi sono affacciato nel corridoio e ho visto le file di letti, ho temuto che non lo avrei trovato, ma un'infermiera mi ha gentilmente condotto da lui. E io ho sorriso. Profumavo. Avevo un'aria innocua. Mi è bastato sussurrare «Nicholas Ravenscroft» e la povera infermiera assonnata mi ha preso per un parente, il nonno. Non c'è stato bisogno di correggerla. Ma poi è arrivata la madre. La Furia. Che stupido che sono! Presumevo che fosse negligente nei confronti del figlio come quando era bambino. Pensavo che dormisse beatamente a quell'ora di notte.

C'era terrore nei suoi occhi quando mi ha guardato. L'ho riconosciuto subito, quel terrore, perché l'avevo già visto, anche se non sono abituato a coglierlo negli occhi di un adulto. Non sono mai stato il genere di uomo che incute terrore a quelli della sua stazza. Sì, era spaventata, ma non per se stessa. Era spaventata per suo figlio, e la cosa mi ha sorpreso perché non era quello che mi aspettavo. Mi aspettavo rabbia, indignazione e falso moralismo, non un istinto di protezione verso il ragazzo. Ma poi mi sono lasciato distrarre dal tocco dell'infermiera. Era da tanto che una donna non si dimostrava premurosa nei miei confronti. Mi è piaciuto sentire il contatto delle sue mani su di me, attente a non farmi male, delicate con il mio dolore. E anche la sua voce era gentile. Era reale, la sua preoccupazione per me, e altrettanto reale è stata la mia reazione. Le ero grato per la gentilezza.

Adesso la faccenda si è fatta assai più complicata. Pensavo di entrare e uscire, e compiere la missione in un lampo; invece dovrò tornare. Che alternativa c'è? Confidare che il destino gli dia il colpo di grazia? È possibile che si spenga senza il bisogno di un mio intervento. Un ictus, ha detto l'infermiera. Ha avuto un ictus. Potrebbe farcela, ma ne uscirebbe «gravemente menomato». Ti basta, Nancy? No? Gravemente menomato non è sufficiente? Sono stanco, indolenzito dalla caduta e dal viaggio di ritorno.

Squilla il telefono. Risponde Nancy. Una voce maschile lascia un messaggio, ma alzo la cornetta.

«Pronto?»

«Pronto, signor Brigstocke, sono Robert Ravenscroft.»

Aspetto. Perché dovrei aiutarlo?

«Spero di non disturbarla. Volevo dirle che sono mortificato per l'accaduto. Riguardo a mia moglie. Le porgo le mie scuse.»

«Non è colpa sua, signor Ravenscroft...»

«Robert, mi chiami Robert.»

«Immagino fosse sconvolta nel vedermi lì. Non sapeva che lei mi aveva invitato?»

Non risponde. Continuo ad aspettare.

«Noi non parliamo più. So che è stupido, con Nicholas in quelle condizioni, ma... Ho serie difficoltà a capire quello che ha fatto... Il motivo per cui non me l'ha detto...»

«Sì, dev'essere dura per lei.»

«Mi scusi, non intendevo piangermi addosso. La chiamo per chiederle scusa anche da parte sua e per dirle che mi auguro torni. Sono certo che a Nicholas farebbe piacere. Forse potremmo anche incontrarci. Capisco il suo disagio, ma...»

«Sì, forse potremmo incontrarci» lo interrompo. «Ma purtroppo adesso devo salutarla. Sono stanco e un po' scosso, a dire il vero. Stavo per coricarmi quando lei ha chiamato...»

«Ma certo. Scusi ancora. Volevo assicurarmi che fosse arrivato a casa sano e salvo.»

«Sono a casa ora, grazie, Robert.» E riaggancio.

Mi pento quasi di avergli dato il mio numero. È chiaro che potrebbe rivelarsi una seccatura. Mi aggrappo alla balaustra per trascinarmi su per le scale. L'infermiera ha detto che forse ho una contusione a una vertebra lombare, ma alla fine mi è andata bene: potevo rompermi qualcosa. A ripensarci, forse sarebbe stato vantaggioso. Avrei dovuto rimanere in ospedale, ricoverato in un reparto, forse nella stessa corsia del ragazzo. Non importa, sono stato invitato dal padre in persona. Veglieremo insieme sul figlio gravemente malato.

Prendo il bicchiere sul comodino. È mezzo vuoto, ma mi resta abbastanza acqua per mandare giù le pastiglie. Due per il dolore e due per dormire. E qualcosina anche per l'ansia. L'acqua sa di stantio, è qui da un po'. Sa di polvere e di muffa. Il sonno arriverà in un battibaleno, lo sento vicino, posso solo sperare che non sia troppo profondo nel caso richiamasse il signor Ravenscroft. Ha promesso di avvisarmi se ci fossero cambiamenti nelle condizioni di Nicholas. Gli risponderà Nancy. E lui sentirà la sua voce incerta e commovente: «*In questo momento non siamo in casa. Per favore lasciate un messaggio e vi richiameremo appena possibile*». Mi assopisco, ma poi mi sveglio troppo presto e non è la voce di Nancy ad avermi destato, di questo sono sicuro.

La casa è immersa nel silenzio, però qualcosa deve avermi riportato allo stato di veglia perché sono ancora insonnolito.

Sognavo di cadere da una finestra e di sfondare un'enorme lastra di vetro. Il vetro si era staccato prima che cadessi e mi attendeva a mezz'aria, le punte acuminate rivolte verso l'alto, pronte a ridurmi a fettine sottili. Ecco cosa mi ha svegliato. Il rumore di vetri rotti. Di sotto c'è qualcuno.

E poi sento sbattere la porta. È impossibile chiudere la porta d'ingresso senza fare baccano: il gancio è posizionato leggermente di sghembo così che quando si apre o si chiude produce sempre uno schiocco. Qualcuno è entrato o è uscito? Immagino mani inguantate. La polizia, ma è da idioti. L'ombra di un senso di colpa, magari. È da idioti. I poliziotti busserebbero, non avrebbero bisogno di fare irruzione. Dopo la porta d'ingresso, più niente. Mi infilo i pantaloni e prendo il cardigan dalla spalliera della sedia. Le mie ossa scricchiolano, le assi del pavimento scricchiolano, le scale scricchiolano. Non ho modo di scendere senza farmi notare, e non ci provo nemmeno. Non ho paura di niente, non sono più un vigliacco.

Mi fermo in fondo alle scale e mi guardo intorno. Entra luce da sotto le tende. Il pannello di vetro della porta d'ingresso è stato sfondato. Ispeziono la stanza con lo sguardo, aspettandomi quasi di venire colpito alla nuca. Non succede niente. E la stanza è vuota. Mi incammino verso la cucina, lentamente, ancora intorpidito e dolorante. La casa è vuota. Poi mi accorgo che mi sbaglio. La casa è vuota, ma non sono solo. È in giardino, davanti al falò fumante. Vado verso la porta sul retro, lei si gira e mi vede. È questo il momento che aspettavo. Eccola. È distrutta. Nicholas è morto. Cosa farà? Tenterà di uccidermi? Aspetto. Nessuno dice una parola. Poi viene verso di me e io mi faccio da parte per lasciarla entrare in casa. Si siede al tavolo della cucina e affonda la testa fra le mani. Si stropiccia gli occhi con tale accanimento che temo possano schizzarle fuori dalle orbite. Quando li alza verso di me sono paonazzi e asciutti. Non ci sono lacrime. Sono cerchiati di rosso, ma non lucidi. Aspetto che parli.

«Si sieda.»

Obbedisco. Perché no?

E allora mi sputa addosso. Mi ricopre di saliva. È come se non riuscisse a fermarsi. Continua finché non sono inondato dal muco denso e appiccicoso che si riversa dal suo corpo e che mi paralizza. Sono di nuovo un insetto, intrappolato dalla saliva del predatore che intende mangiarmi vivo. Mi mangerà vivo.

51

Estate 2013

Catherine ha del sangue sulle mani, misto a sudore. I palmi sono come ricoperti da una pellicola rossa. Ma il sangue è suo, e proviene da un taglio alla mano destra con la quale ha rotto il vetro e ha afferrato la maniglia per aprire la porta. Siede in macchina davanti a casa di Stephen Brigstocke e si pulisce sui jeans.

Non si è disturbata a bussare. Si è introdotta all'interno e ha richiuso la porta. Le tende erano chiuse; ci ha messo un po' ad adattarsi alla penombra e a vedere che stava camminando attraverso la discarica di una vita. Sul tavolo, una distesa di tazze e piatti sporchi, barattoli di fagioli vuoti con la forchetta ancora dentro. Il pavimento disseminato di pezzi di carta, un'antica credenza schiacciata al muro per l'umiliazione, i cassetti divelti, gli sportelli spalancati. I suoi occhi si sono posati sull'unico angolo tranquillo della stanza: una scrivania, pulita e ordinata, e in una cornice d'argento il ritratto di una giovane coppia degli anni Sessanta e un portatile: aperto ma in sospensione. Lo ha riattivato con un tocco deciso ed è trasalita quando le è apparsa la pagina Facebook di Nicholas. C'era un messaggio da parte di Robert sulle condizioni di salute del figlio.

Catherine ha superato lo strato di immondizia e il fetore della cucina verso la portafinestra sul retro della casa. Sapeva che lui l'aveva sentita; sapeva che probabilmente era al piano di sopra, ma non c'era alcuna fretta. Ha osservato il melo carico di frutti; un giardino trascurato ma comunque bello. I fiori selvatici ondeggiavano in mezzo all'erba alta e gli arbusti più tenaci tenevano testa alle erbacce che minacciavano di soffocarli. Il falò non si era ancora spento del tutto. Catherine è uscita per scrutare tra i resti degli oggetti che il vecchio aveva cercato di distruggere.

Ha avvertito la sua presenza prima ancora di vederlo: una sagoma rattrappita che si stringeva un cardigan da donna intorno al torace scarno e nudo, in piedi sulla soglia della porta sul retro. Non ha protestato, si è limitato a battere le palpebre quando lei gli ha riversato tutto addosso, ma lo ha visto avvizzire e rimpicciolire sotto le sue parole.

Catherine ricorda molte più cose rispetto a quelle che gli ha raccontato. Il non detto aleggiava nella sua mente, ma lei lo ha trattenuto lì, non volendo che appesantisse la storia. Bisognava andare dritto al sodo. Ed è quello che ha fatto. Quando ha finito lui è rimasto in silenzio, lo sguardo basso, le mani aggrappate alla seduta dello sgabello.

«Mi dispiace.» Quelle parole provenivano da lei, non da lui. Non intendeva pronunciarle, le erano uscite e basta. Le ha buttate lì, si è alzata ed è uscita.

E adesso può permettersi di piangere. Dai suoi occhi scendono anni e anni di lacrime.

Estate 1993

Quando Jonathan, seduto al bancone del bar, aveva sorriso a Catherine dopo la telefonata con Robert, lei gli aveva sorriso di rimando. Era stato istintivo, però poi si era sentita in imbarazzo e aveva ignorato l'invito del ragazzo a unirsi a lui e si era invece diretta verso l'ascensore per tornare in camera. Aveva chiuso la porta a chiave e si era avvicinata al letto per dare un'occhiata a Nicholas. Dormiva profondamente, spaparanzato sul letto matrimoniale. Catherine aveva aperto la porta della stanza attigua e lo aveva trasferito nel suo lettino. Infine, prima di coricarsi, aveva fatto una doccia. Non era successo niente quella notte. Niente.

Il giorno dopo lei e Nicholas erano scesi in spiaggia. Era presto, Nicholas si era svegliato alle sette, perciò erano arrivati intorno alle otto e mezzo. Ricorda la sensazione di solitudine, ma anche lo splendore del sole, non troppo caldo, e i chilometri di sabbia dorata. Una spiaggia tutta per loro, rammenta di aver detto a Nick. Era seguito un estenuante andirivieni per riempire innumerevoli secchielli d'acqua. Volevano costruire una città, o perlomeno era quello che Catherine cercava di fare. Nick non aveva ben capito e pensava che i cumuli di sabbia che la madre erigeva per costruire case e negozi dovessero essere abbattuti. Ricorda la propria pazienza, e anche il senso di colpa che aveva provato nel rendersi conto che quella pazienza non era spontanea. Ma si era adattata alla situazione, si era adattata a lui. E mentre Nick abbatteva gli edifici, lei aveva iniziato a spianare le strade, trascinando una paletta nella sabbia, creando vie tortuose attraverso le macerie che lui si lasciava dietro.

Dopo un paio d'ore avevano iniziato ad arrivare altre persone e per l'ora di pranzo la spiaggia era affollata. E sempre per l'ora di pranzo, Nicholas era stanco e accaldato. Erano andati a mangiare in un bar, lasciando solo gli asciugamani sulla spiaggia. Camminavano mano nella mano e Catherine ricorda la felicità di quel momento. Ricorda il piacere che provava nel tenere la manina cicciottella di Nick nella propria, e ricorda di avergli dato una stretta e che lui l'aveva strizzata di rimando. Sarebbero ripartiti due giorni dopo e, per la prima volta, Catherine aveva desiderato sfruttare al massimo il poco tempo che rimaneva loro sotto il sole andaluso.

Nick aveva mangiato senza fare storie e dopo Catherine aveva comprato un gelato per entrambi. Lei aveva scelto la fragola, lui la vaniglia, e mentre tornavano sulla spiaggia continuavano a scambiarseli. Ricorda la goccia di fragola sulla punta del naso di Nick quando si era lanciato sul gelato mentre lei glielo porgeva. Il bambino aveva sghignazzato, godendosi la sensazione fredda sul faccino e spalmandosi la vaniglia su guance e mento. Aveva allungato la lingua per leccarsi il naso, ma non ci era riuscito, perciò Catherine aveva usato un lembo del caftano da mare per pulirlo e impedire alle vespe di ronzargli intorno.

Quando erano arrivati agli asciugamani, si erano gettati sopra, accaldati dalla passeggiata. Ricorda di essersi sfilata il caftano e di essersi seduta a gambe divaricate con Nick accoccolato in mezzo, la testa posata sul suo addome. Ricorda che, mentre gli leggeva una fiaba, il suo corpicino si era fatto sempre più pesante e che le aveva appoggiato la testa su un braccio. Si era addormentato. Catherine lo aveva sollevato con delicatezza e lo aveva disteso sul fianco, stendendogli il caftano addosso per proteggerlo dal sole. Aveva dormito per oltre un'ora e lei aveva letto un libro, felice. Davvero felice. Dopo un po' si era addormentata anche lei, il corpo schiacciato contro quello del figlio.

Quando Nick si era svegliato, si era svegliata anche lei. E quando si era alzata a sedere, aveva visto Jonathan. C'erano alcune persone a dividerli. Lui era più vicino al mare rispetto a lei e Nick, ma riusciva a vederli chiaramente. Era disteso a pancia in giù, rivolto nella loro direzione. Catherine si era chiesta da quanto tempo fosse lì. Aveva finto di non averlo visto e aveva concentrato tutta la propria attenzione su Nick, prendendogli qualcosa da bere dalla borsa. Doveva aver scattato loro delle fotografie. Sul momento non se n'era accorta, ma ricorda di averle viste di recente. Lei e Nick seduti sull'asciugamano, lei che porgeva da bere al figlio. La bottiglia di plastica era calda e la bevanda aveva un sapore disgustoso, ma il bambino non si era lamentato. Catherine ricorda di essersi sentita in imbarazzo per la propria seminudità. Non era certo più scoperta di chiunque altro sulla spiaggia eppure continuava a sentirsi vulnerabile, perciò teneva le gambe chiuse e tirava su i lacci del reggiseno quando le scivolavano dalle spalle.

Verso le tre Catherine e Nicholas avevano lasciato la spiaggia ed erano tornati in albergo. Non ricorda come avessero trascorso le due ore successive, ma il tempo era volato. Avevano preso un taxi e si erano diretti in centro. Catherine avrebbe preferito camminare, ma per Nick era troppo lontano e così la reception dell'hotel aveva chiamato loro un taxi. Avevano mangiato la pizza in una tavola calda, poi avevano passeggiato mano nella mano per le stradine del centro finché non erano giunti in una piazza e Catherine ricorda i gridolini di gioia di Nick quando aveva visto il carosello. Sembrava fosse uscito da un libro per bambini. Nick voleva salire sul cavallo da solo e che la mamma montasse su quello dietro. Catherine ricorda di aver posato le mani sulle sue per accertarsi che si reggesse al palo e poi di essere salita a sua volta, dietro di lui come aveva chiesto. Il cavallo che girava e andava su e giù le dava un lieve capogiro, e tutte le volte che Nick si voltava per guardarla aveva paura che si lasciasse andare e cadesse, ma non era mai successo e lui era contento. Si era divertito un mondo.

Dopo il carosello era stata la volta dello scivolo gigante. Uno scivolo non troppo alto, giusto per un bambino della sua età. Catherine non lo aveva seguito in cima per timore di restarci incastrata e così lo aveva osservato salire, portandosi dietro il materassino mentre la madre lo aspettava in fondo, sorridendo mentre sfrecciava verso di lei, il faccino dorato e scintillante. Era sceso a tutta velocità, ridendo come un matto. Un atterraggio morbido. Sicuro. E poi era l'ora di tornare in hotel quindi erano andati in cerca di una stazione dei taxi, Nick ormai stanco e lamentevole. Voleva essere portato in braccio, ma lei aveva continuato a tenerlo saldamente per la mano e gli aveva garantito che la stazione non era lontana. Gli aveva promesso che sarebbero tornati il giorno dopo, o l'ultima sera. E aveva mantenuto la promessa. Erano tornati al piccolo luna park, ma tutto era cambiato. Catherine aveva cercato di viverlo allo stesso modo, ma non ci era riuscita.

Avevano trovato la stazione dei taxi. Non c'erano auto, solo un cartello con la scritta TAXI e l'icona di un mezzo. Erano gli unici in attesa, ma avevano tantissime persone intorno, nei bar, davanti alle vetrine dei negozi, a passeggio. Catherine aveva preso Nick tra le braccia e lui si era accoccolato contro di lei, assonnato e profumato di zucchero. E poi lo aveva visto, lo sconosciuto di cui ancora non conosceva il nome. Era seduto accanto a una ragazza in un bar dall'altra parte della strada. La ragazza esaminava una cartina, lui le si era accostato per studiarla insieme a lei. La ragazza sembrava colta alla sprovvista e Catherine ricorda di essersi chiesta se si conoscessero o se si fossero appena incontrati. Lui aveva alzato la testa di scatto e aveva sorpreso Catherine a fissarlo; inquieta, lei aveva distolto lo sguardo e aveva scrutato la strada per controllare se ci fossero taxi in arrivo. Ricorda il proprio sollievo quando ne aveva visto uno, tre in effetti, tutti assieme. Aveva messo giù Nick e indicato al tassista dove andare. Ricorda di aver guardato dal finestrino mentre si allontanavano e di aver notato che Jonathan la seguiva con lo sguardo.

Aveva preso la chiave dalla reception ed era salita in camera. Nick si era lavato i denti, aveva indossato il pigiama, poi Catherine aveva chiuso le persiane, si era seduta sul bordo del letto e gli aveva letto una favola. Al bambino andava bene dormire nel proprio letto purché la madre tenesse la porta aperta, e lei aveva promesso di farlo. In quel modo, se si fosse svegliato, l'avrebbe vista. Si era addormentato prima che lei finisse di leggere, Catherine l'aveva baciato, era andata in camera sua e si era distesa sul letto. Aveva la finestra aperta e sentiva i rumori provenienti dalla strada, sempre più intensi con l'avanzare della notte. Aveva chiuso gli occhi un momento e si era sentita travolta dalla gioia. Un ultimo piacere, aveva pensato, e aveva deciso di concludere la serata con un bicchiere di vino e una sigaretta sul balcone.

Era scesa nell'atrio, dopo aver chiuso la porta a chiave, e aveva ordinato un grande calice di vino bianco. Il bar era deserto e non c'era da sorprendersi. Perché starsene in quel bar d'albergo così poco attraente? Aveva firmato la ricevuta ed era salita in camera, attenta a non versare il vino mentre girava la chiave. Aveva dato un'occhiata a Nick: aveva calciato via le lenzuola e giaceva con le braccia sollevate, le mani posate sul cuscino, come quando era neonato. Avevano trascorso una giornata speciale, lei e Nick. Robert non c'era, ma quasi non se ne era accorta. Solo ora ricorda che quel giorno Robert non le era mancato. Si era rilassata in compagnia di Nick e si era divertita insieme a lui. Il terrore strisciante che aveva provato al risveglio quel mattino, in previsione di una lunga giornata in cui avrebbe dovuto pensare solo alla felicità di Nicholas e a non perdere la pazienza, era passato senza che nemmeno se ne accorgesse e si era semplicemente goduta la sua compagnia, come aveva sempre sperato di fare. Solo ora ricorda di aver pensato che forse era stato un bene che Robert se ne fosse andato. Lo aveva completamente dimenticato. Cancellato. Quando di recente, alcune settimane prima, ha rinfacciato a suo marito di essere partito e di averli lasciati da soli, che lei era depressa e non voleva che li lasciasse, pensava che fosse vero. E in un certo senso lo era, ma aveva dimenticato la sensazione di pienezza, di soddisfazione che aveva provato dopo una giornata di piaceri semplici con suo figlio. Sì, lo ricorda solo adesso. Lo aveva rimosso, fino a quel momento.

Aveva portato il calice di vino e le sigarette sul piccolo balcone, si era seduta a osservare la gente che passava di sotto, per una volta senza desiderare di farne parte. Era felice. Adesso, seduta in macchina davanti alla casa di Stephen Brigstocke, capisce di essere stata davvero felice in quel momento. I suoi occhi si riempiono di lacrime, che riprendono a scendere non appena si chiede se, in tutta onestà, quella sia stata l'ultima volta in cui è stata realmente felice. La "felicità", dopo, è stata solo una messinscena? No, non del tutto. Ma di quella sensazione non ha parlato al vecchio. Non faceva parte della storia che lui doveva ascoltare. Non voleva confondere i particolari. Bisognava andare dritto al sodo.

Aveva finito di bere il vino ed era tornata in camera, chiudendo le persiane e la portafinestra dietro di sé. Era ancora presto, ma si sentiva stanca. Doccia, libro, letto. Era già scalza e stava per togliersi la maglietta quando aveva intravisto qualcosa con la coda dell'occhio. Si era passata la maglietta da sopra la testa e si era voltata a guardare, le braccia mezze dentro e mezze fuori dalle maniche, incrociate davanti al petto come in una camicia di forza. Era buio con le persiane chiuse, ma riusciva a scorgere qualcuno davanti alla porta. Alto, robusto. Un profumo penetrante. Forse aveva sentito il suo odore ancor prima di vederlo. Possibile, perché il dopobarba era intenso e nauseante. La porta era chiusa e dalla sua mano proveniva il tintinnio di una chiave. Doveva averla lasciata nella porta quando aveva cercato di non versare il vino. Quel vino maledetto. Aveva sfilato le braccia dalle maniche schiacciandosi la maglietta al petto nel tentativo di coprirsi. Prima che potesse urlare, ordinargli di uscire, lui le aveva già tappato la bocca con la mano. Una grossa mano calda. Una mano che sapeva di sudore. Riesce ancora a sentirne il sapore. Quello sì, glielo ha raccontato, al vecchio. Che dopo tanti anni aveva ancora in bocca il sapore della paura, o del desiderio, sulla mano di suo figlio. Sapori e odori: percezioni radicate nella memoria. Impossibili da cancellare. Era disgustoso che avesse dimenticato tanto rapidamente i ricordi felici e serbasse con tanta chiarezza i più brutti.

Con la mano libera il ragazzo aveva bloccato quella di Catherine, che cercava invano di colpirlo, e la maglietta era caduta sul pavimento. Lui aveva osservato il suo corpo e lei si era divincolata per tentare di liberare le mani, ma lui l'aveva lasciata andare e si era accostato un dito alle labbra, lanciando un'occhiata verso la porta aperta della cameretta di Nick. Poi si era frugato in tasca e aveva tirato fuori un coltello a serramanico. Aveva estratto la lama e aveva posato la punta sul suo capezzolo sinistro. L'aveva infilata sotto la coppa del reggiseno e aveva premuto con delicatezza. Con l'altra mano l'aveva afferrata per la gola e l'aveva trascinata con sé mentre andava a chiudere la porta della stanza di Nicholas, questo con la mano con cui teneva il coltello, l'altra sempre stretta intorno al suo collo.

«Se fai il minimo rumore, prima sfregio te e poi tuo figlio.»

Non aveva minacciato di ucciderla. Forse in quel caso Catherine avrebbe lottato con maggior vigore. Forse non gli avrebbe creduto, ma alla possibilità che sfigurasse lei e suo figlio, sì, ci aveva creduto. Il ragazzo aveva afferrato il coltello e si era passato la lama all'interno del braccio: un taglio dritto seguito da un altro, a formare una croce, netta e rossa, per dimostrarle quanto fosse acuminata. Poi aveva proteso il braccio verso di lei costringendola a leccare il sangue.

Era sorpresa nel sentirlo parlare. Per l'odio nella sua voce. Prima di quel momento, nei giorni precedenti in cui Catherine si era accorta che lui la guardava, quando il ragazzo aveva sollevato la bottiglia di birra nella sua direzione sulla spiaggia, quando le aveva sorriso dal bancone del bar dell'albergo, aveva immaginato che dalla sua bocca uscissero parole diverse. E aveva immaginato diversa anche la sua voce. Pensava che fosse una voce gentile. Che cretina! La vergogna che aveva provato: la vergogna di aver creduto di avere un ammiratore. Come aveva fatto a non capire che lui non la considerava nemmeno un essere umano? Per lui non era altro che una bestiolina da tormentare, qualcosa su cui scaricare la propria frustrazione e il proprio odio. Catherine aveva pensato che il suo desiderio fosse innocuo, giocoso. Si è costretta a rammentare quei particolari, ma non li ha riferiti tutti al vecchio, al padre. Lei è l'unica che deve rievocare quei minimi dettagli, che deve disseppellirli e soffiare via la polvere prima di esaminarli, di vederli per ciò che sono. Non può fare sconti a se stessa.

Il ragazzo aveva acceso la luce accanto al letto per vederla meglio e si era addossato alla porta della camera di Nick ordinandole di spogliarsi. Aveva uno zaino in spalla, che aveva posato ai suoi piedi. Poi aveva tirato fuori la macchina fotografica e se l'era appesa al collo, senza mai staccarle gli occhi di dosso. Per controllarla. Per assicurarsi che restasse dov'era. Catherine ricorda di essersi chiesta se intendeva ricattarla. Lui si era allontanato dalla porta e aveva passeggiato per la stanza. Nella serratura della porta di Nick c'era ancora la chiave infilata.

«Toglilo» le aveva ordinato indicando il reggiseno con il coltello. Lei aveva abbassato le spalline, aveva ruotato la fascia e l'aveva sganciato. Avrebbe anche potuto slacciarlo da dietro, ma voleva guadagnare tempo. E si illudeva pure che la sua patetica strategia avrebbe funzionato. Pensava di lanciarsi verso la porta di Nick, aprirla, entrare e richiuderla a chiave dall'altra parte, lasciando il ragazzo nella camera principale. Invece si era ingarbugliata e non era riuscita a estrarre la chiave dalla serratura prima che lui l'afferrasse per la spalla, la facesse voltare e le mollasse un ceffone. Non era mai stata colpita in quel modo, tranne l'occasionale pacca sulle cosce da parte di sua madre quando era bambina. Le fischiavano le orecchie e digrignava i denti.

«Mamma? Mamma?» Una vocina al di là della porta.

Il ragazzo le aveva puntato il coltello sotto il mento.

«Riaddormentalo, o sarà peggio per te.»

«Va tutto bene, tesoro. Ora torna a nanna, fa' il bravo.»

Nick doveva aver sentito qualcosa di strano nel suo tono di voce. Voleva vederla.

«Avevi promesso di tenere la porta aperta, mamma...» Si stava innervosendo.

«Allora apri la porta» le aveva sibilato il ragazzo nell'orecchio. «E chiudigli il becco.»

Catherine aveva obbedito, sperando di riuscire a chiudere la porta una volta entrata, ma il ragazzo era stato più veloce di lei e l'aveva bloccata con un piede. Si era nascosto nell'ombra, ma lei sapeva di essere spiata mentre si sedeva sul letto di Nick e gli accarezzava i capelli. Li spiava entrambi.

«Cos'è questo odore?» aveva chiesto Nick.

Era il dopobarba.

«Oh, un campioncino puzzolente dell'albergo. Ho fatto la doccia» aveva mentito lei baciandogli la fronte.

«Bleah! Che schifo» aveva protestato il bambino, e lei si era sforzata di sorridere.

«Torna a nanna, amore. Sono qui. E ora vado a letto anch'io» lo aveva rassicurato.

«Avevi promesso di non chiudere la porta» aveva ribadito Nick, cercando di tenere gli occhi aperti, ma il sonno aveva la meglio su di lui.

«Sì, lo so. Scusa. Guarda. Ora è aperta. *Shhh*, *shhh*, piccino, rimettiti a dormire» e aveva continuato ad accarezzargli i capelli finché lui non aveva chiuso gli occhi. Erano bastati pochi minuti. Catherine lo aveva sentito spostarsi dietro di lei. Posizionarsi accanto a lei e Nick. Lo aveva visto chinarsi per guardare il bambino, poi estrarre il coltello e lasciarlo sospeso sui suoi occhi chiusi. Da destra a sinistra, la lama aveva sfiorato le ciglia di suo figlio. Catherine aveva trattenuto il fiato, poi si era alzata e aveva guadagnato la porta. Doveva attirarlo lontano da Nick. Grazie al cielo, l'aveva seguita. Se Nick si fosse svegliato... Cosa gli avrebbe fatto?

Una volta tornata nella camera principale, gli aveva chiesto di richiudere la porta a chiave, e il ragazzo aveva sorriso: forse pensava che Catherine l'avesse detto per evitare che il bambino li disturbasse di nuovo.

«Ora va meglio» aveva detto. «Dove eravamo rimasti?»

Catherine, che si era rimessa la maglietta quando era entrata in camera di Nick, se l'era tolta di nuovo. Stavolta più lentamente. Intendeva compiacerlo. Non voleva che facesse del male a lei o a Nick e sperava che volesse solo stare a guardare. Aveva udito lo scatto della macchina fotografica quando si era sfilata la maglietta da sopra la testa. Non sapeva cosa fare. Doveva mettersi in posa? Come doveva comportarsi?

Lui l'aveva guardata con soltanto le mutandine addosso. Erano semplici, bianche. Castigate. Modeste. Era deluso. Era andato al comò, aveva aperto il primo cassetto e aveva rovistato all'interno. Aveva trovato la biancheria che Robert le aveva regalato per la vacanza e gliel'aveva consegnata.

«Metti questi» aveva ordinato. E lei aveva fatto come diceva.

«Siediti sul letto.» E lei si era seduta sul letto.

«Distenditi. Rilassati.» Lei ci aveva provato. Si era appoggiata sui gomiti.

«Ora apri le gambe» aveva ordinato il ragazzo. Lei aveva obbedito.

Lui si era seduto su una sedia a guardarla.

«Infila una mano nelle mutandine.» “Oh, cazzo” aveva pensato lei. Aveva fatto un respiro profondo e aveva fatto scivolare una mano tra le gambe.

«Ora toccati» le aveva detto. «Voglio vederti godere.»

Com’era possibile? Non ne era capace. Aveva iniziato a muovere le dita, il ragazzo aveva accostato l’occhio alla macchina fotografica e aveva aspettato. Era asciutta. Niente. Aveva preso a muovere le dita più velocemente, al che aveva sentito il *clic*, *clic*, *clic*, il ronzio dello zoom man mano che il ragazzo si avvicinava, così Catherine aveva chiuso gli occhi e rovesciato la testa all’indietro. Aveva aperto la bocca, ansimato, finto, si era morsa le labbra, sempre muovendo le dita, aveva goduto, ben sapendo che non succedeva un bel niente, ma che lui non se ne sarebbe mai accorto, e poi un gemito finale, un sospiro. E aveva aspettato. Aveva tenuto la mano tra le gambe, non osando muoversi, chiedendosi se voleva qualcos’altro da lei. L’avrebbe toccata? O guardarla per lui era sufficiente? *Clic*, *clic*, ancora un maledetto *clic*. Aveva tolto lentamente la mano dalle mutandine. E lentamente si era voltata a guardarlo. Era seduto. Sembrava rilassato, la macchina fotografica appesa al collo. Nessun segno del coltello.

«Ti prego. Ora vattene» lo aveva supplicato. «Ti prego.» E d’un tratto non era più rilassato e il coltello era riapparso. Aveva fatto uno sbaglio. Non avrebbe dovuto dirlo. Doveva fargli credere che lo desiderava anche lei. Il ragazzo aveva impugnato il coltello, le aveva tagliato un laccetto delle mutandine, poi le aveva afferrato la mano, se l’era infilata nei jeans e nei boxer. Era bagnato. Catherine sentiva l’odore, l’odore penetrante dello sperma. Con la mano lo aveva sentito eccitarsi; il cuore le batteva a mille e aveva un groppo in gola perché sapeva che non era finita. Le veniva da vomitare per il terrore. Il panico. Paura per se stessa, per il suo bambino. Gli aveva afferrato il sesso con forza, come per strappargielo dal resto del corpo, ma lui le aveva scacciato la mano.

«Non ancora» aveva decretato il ragazzo, quasi che lei fosse impaziente di toccarlo. «Voltati.»

«No, ti prego, non...» Era scoppiata a piangere nella speranza che per qualche motivo avesse pietà di lei. Invece si era diretto verso la porta della camera di Nick.

«Gli facciamo vedere cosa piace fare a mammina?» E lei aveva immaginato, per un istante, che impatto avrebbe avuto su suo figlio l'assistere a ciò che sarebbe successo. Che effetto avrebbe avuto su di lui?

«Va bene, scusa, scusa.»

Lui l'aveva guardata.

«Ti prego, torna qui» lo aveva richiamato. Il ragazzo aveva obbedito, Catherine si era messa a quattro zampe e lui le aveva abbassato le mutandine che ormai erano appese a un solo laccetto.

«Sorridi» le aveva detto. Lei aveva sorriso.

«Girati in modo che ti possa vedere.» Allora lei si era voltata e gli aveva sorriso.

«Fallo di nuovo» aveva detto lui e aveva scattato una raffica di foto mentre lei tendeva la mano per masturbarsi da dietro. Aveva chiuso gli occhi. Si nascondeva da lui, cercava di pensare. Cosa doveva fare? Doveva farlo uscire a ogni costo. Doveva allontanarlo da Nick. Magari poteva uscire dall'albergo insieme a lui...

«Perché ti sei fermata?» Non se n'era resa conto. Aveva ricominciato, più veloce, sempre più veloce, il polso dolorante, e poi lui l'aveva presa e glielo aveva spinto dentro, il dolore, il sangue, quindi l'aveva fatta voltare, l'aveva baciata, i suoi denti, la sua saliva, Catherine sentiva il sapore del dopobarba, amaro sulla lingua. Non aveva emesso il minimo suono. Il ragazzo non aveva dovuto tapparle la bocca per farla stare zitta. Come poteva mettersi a urlare con Nicholas nell'altra stanza? Cosa? Cosa avrebbe fatto? Sarebbe forse venuto a salvarla? Doveva sopportare. E augurarsi che finisse presto e che se ne andasse. Il ragazzo le aveva affondato il ginocchio nella coscia e si era spinto dentro di lei, più forte, più forte. E veloce. Aveva finito. Aveva finito in fretta, ma era giovane e pronto a ricominciare. Ancora. E ancora. E poi finalmente ne aveva avuto abbastanza. Quanto era durato? Ore. Le erano sembrate ore. Tre e mezzo, per la precisione. Era durato tre ore e mezzo. E lei si era lasciata stuprare con brutalità. Non aveva lottato, non aveva gridato. Aveva pensato solo a Nick. Non urlare. Non piangere. Il ragazzo si era disteso sul letto al suo fianco, le aveva preso la mano, si era voltato verso di lei e le aveva sorriso.

«Grazie» aveva detto. «È stato bello.» E lei aveva desiderato che morisse. Avrebbe dato qualsiasi cosa per vederlo morire. Questo sì, glielo ha detto, al padre. Le sembrava giusto che lo sapesse. Non poteva fingere che le dispiacesse. Era vero. Era quello che aveva provato.

Il ragazzo aveva frugato nello zaino, aveva estratto un pacchetto di sigarette e gliene aveva offerta una. Lei aveva scosso la testa. Stava per accenderla.

«Non qui» aveva detto lei. Nick avrebbe sentito l'odore di fumo, ma non voleva dirlo. Non voleva rammentargli della presenza del bambino. Aveva indicato il balcone. Lui aveva aperto la portafinestra, le persiane ed era uscito.

«Sicura?» aveva chiesto lui voltandosi e offrendole di nuovo il pacchetto, e lei aveva pensato che fosse meglio prenderne una e seguirlo fuori, chiudendosi la porta alle spalle. Erano rimasti fianco a fianco sul balcone a guardare la gente festante, la gente allegra, la gente normale che si godeva la serata. Qualcuno aveva alzato lo sguardo passando di lì sotto. Li aveva visti insieme a fumare. Come amici. Senza sospettare che si trattava di uno stupratore e della sua vittima. Catherine ricorda di aver finito la sigaretta. Quando se n'era andato l'aveva baciata, un'ultima aggressione, come se non avesse avuto idea di quello che aveva appena fatto.

52

Tarda estate 2013

La porta emette il solito schiocco richiudendosi al suo passaggio. Quando ha finito di parlare, mi ha guardato e mi ha detto: «Mi dispiace». E poi si è alzata ed è uscita. Non ho replicato. Ho dovuto interromperla solo una volta per porle una domanda a cui lei ha risposto. Non mi sono alzato per accompagnarla alla porta né per ringraziarla di essere venuta. Sono rimasto dov'ero. Vorrei non aver bruciato i quaderni di Nancy: darei qualsiasi cosa pur di riaverli. Ho bisogno del conforto delle sue parole, ma la casa è silenziosa. No, invece non lo è. Tremo al punto che la sedia su cui mi trovo sbatte contro il tavolo e devo aggrapparmi alla seduta per immobilizzare lei e me. Perché ho distrutto i quaderni di Nancy e ho tenuto le foto? Che idiota!

Mi sento come scarnificato, è come se un gatto mi avesse leccato con la sua lingua ruvida portando via lo strato protettivo dell'epidermide, e non sono sicuro di poter sopravvivere senza. Cerco tentoni qualcosa a cui aggrapparmi e mi attacco al primo pensiero che mi capita a tiro. È una bugiarda. Mente da anni, tutti lo sanno. E ha mentito di nuovo. Tendo l'orecchio per ascoltare la voce di Nancy che fa eco alla mia, ma non sento niente. Sento solo le parole di Catherine Ravenscroft che mi descrive Jonathan che si tagliava una croce sul braccio e la costringeva a leccare il sangue, e ricordo i segni violacei che avevo visto quando avevamo identificato il suo corpo. Le cicatrici di una ferita subita durante l'incidente, così ci avevano detto. Un taglio così netto e preciso? Interrogo di nuovo Nancy: «Perché non le hai chiesto delle fotografie? Perché non l'hai messa alle corde quando ha detto di non aver mai conosciuto Jonathan?». Ma Nancy resta in silenzio.

«Non ha prove» urlo.

Non sopporto quel silenzio, indosso il giubbotto ed esco di casa. La fermata dell'autobus è in fondo alla strada e la raggiungo a passo di marcia: destr, sinistr, destr, sinistr, lo sguardo puntato in avanti. Sento il rombo basso dell'autobus e voltandomi lo vedo sopraggiungere verso di me. Affretto il passo, girandomi per attirare l'attenzione del conducente. Alzo la mano. Sono ancora a una ventina di metri dalla fermata. Mi supera, accosta e aspetta. Scende un giovane. Ci sono quasi, ma l'autobus riparte prima del mio arrivo. Non mi ha visto? Deve avermi visto. Che crudeltà! Non ha avuto la creanza di aspettare un minuto, tre al massimo. Rivolgo un saluto militare all'autobus mentre sparisce dietro l'angolo, poi aspetto la corsa successiva.

Il tempo passa e nemmeno me ne accorgo. Ho la testa vuota. Quando arriva l'autobus successivo, salgo e prendo posto dietro il conducente. Una signora anziana siede davanti a me. Cerca di attirare la mia attenzione, ma io rivolgo lo sguardo verso il finestrino alle sue spalle.

«Dicono che sarà un bel pomeriggio. Che più tardi tornerà il sereno» dice. La guardo. Vorrei rispondere, ma non riesco a parlare, perciò annuisco e mi volto. Alla fermata successiva sale una donna con due figli piccoli e l'anziana picchietta sul sedile accanto a sé per indicare a uno dei due bambini di accomodarsi. La bambina sembra nervosa, non riconosce la vecchietta, ma la madre sorride, la solleva e la mette sul sedile, poi prende in braccio l'altro, un maschietto. Hanno sui due anni; credo che siano gemelli. Ora anche la bambina mi fissa. Io la fisso di rimando. Le due donne chiacchierano di niente, ma le loro voci riempiono il vuoto tra loro e me.

L'anziana ha ragione: quando scendo dall'autobus il grigiore si è dissolto e il cielo è azzurro, il sole splende, anche se è basso. Splende dritto al livello dei miei occhi e devo tenere le palpebre socchiuse. Ma anche così davanti a me vedo solo sagome scure e indistinte. Svolto a sinistra verso il cancello; adesso il sole è alla mia destra e la mia vista è più chiara.

È qui che Nancy e Catherine Ravenscroft si erano incontrate: il posto in cui sono sepolti Jonathan e Nancy. Venivo regolarmente a curare le loro tombe, ma è da un po' che non lo faccio. Con Nancy di nuovo a casa, non ne ho sentito il bisogno. Abbiamo acquistato i loculi quando è morto Jonathan, volendo riposare al suo fianco quando sarebbe arrivato il nostro momento. Per qualche motivo i padroni credono che questo sia il posto ideale dove portare i cani a sgambare e defecare. In genere la cosa mi infastidisce, invece oggi mi siedo su una panchina a guardarli. Jonathan e Nancy si trovano su una collinetta dietro di me.

I padroni qui sono delle persone perbene: raccolgono sempre le feci dei loro amici a quattro zampe. Osservo un uomo raccogliere gli escrementi del suo cane con un'efficienza impressionante. Un gesto fluido, la mano in un sacchetto nero, si abbassa, si rialza e poi subito nel cestino, il coperchio già sollevato con la mano libera. Sorrido e gli rivolgo un cenno del capo mentre riprende a camminare. Lo seguo con lo sguardo finché non scompare. Guardo nella direzione opposta. Un uomo che fa jogging varca il cancello, ma imbocca un altro sentiero, allontanandosi dalla mia panchina. Mi alzo, apro il cestino ed estraggo il sacchetto nero. Tenendolo tra pollice e indice salgo fino alla tomba di mio figlio. Apro il sacchetto e il fetore mi dà la nausea.

«Mi fai schifo come la merda» grido e lancio gli escrementi contro la lapide di Jonathan. Una parte mi sfugge e va ad appiccicarsi alla lapide. Mi sento subito sopraffatto dalla vergogna. Nancy giace accanto a Jonathan: *Madre devota, moglie amatissima, per sempre nei nostri cuori.*

Mi guardo intorno per controllare se qualcuno mi ha visto.

No. Corro alla fontanella e riempio un innaffiatoio, poi lo porto alla tomba e rovescio l'acqua sulla lapide di Jonathan. Mi ci vogliono tre viaggi per ripulirla completamente. Dopo di che raccolgo il sacchetto nero e lo getto nel cestino. Torno alle tombe, mi inginocchio in mezzo e piango.

«Tu lo sapevi, Nancy? Lo sospettavi?» Il mio pianto si trasforma in una serie di singhiozzi disperati e crollo carponi, prostrato ai loro piedi. Sento una mano posarsi sulla mia spalla.

«Sta bene?»

Alzo lo sguardo verso l'uomo che ho visto poco prima con il cane. Legge le lapidi.

«Sua moglie e suo figlio?»

Annuisco, aspettandomi che mi dia un'altra pacca e prosegua per la sua strada, invece resta con me.

«Com'è morto suo figlio?» Non è curiosità morbosa; è una domanda formulata con gentilezza. Mi sforzo per rispondere con la bocca piena di saliva e lacrime. Mi porge la mano e mi aiuta ad alzarmi.

«È annegato» riesco a dire.

«È terribile» dice. Voglio di più.

«È annegato nel tentativo di salvare un bambino.» Lo sento prendere fiato.

«Un gesto davvero coraggioso» dice, e annuisce come se capisse chi era Jonathan. «E ce l'ha fatta? A salvare il bambino?»

«Sì.»

«Doveva essere un ragazzo coraggioso.» Mi posa la mano sulla spalla, poi se ne va.

Sì, lo era. Checché avesse fatto, Jonathan aveva avuto del coraggio a tuffarsi per salvare quel bambino, nessuno può negarlo. Quel pomeriggio aveva avuto coraggio. Era stato il primo a intervenire. È quello che aveva detto la polizia. Si era gettato in mare senza pensare a se stesso. Se non avesse agito prontamente, la corrente avrebbe trasportato Nicholas Ravenscroft troppo lontano perché chiunque potesse raggiungerlo. Il giovane spagnolo avrà anche tratto Nicholas in salvo sulla spiaggia, ma era stato Jonathan a salvargli davvero la vita. Io avrei avuto troppa paura, gran parte delle persone ne avrebbe avuta, ma in quel momento Jonathan aveva messo da parte se stesso e aveva trovato il coraggio di fare la cosa giusta. «Era un ragazzo molto coraggioso», così i testimoni lo avevano descritto alla polizia, che poi ci aveva riportato quella dichiarazione. «Si è sacrificato», questa era stata la traduzione dallo spagnolo all'inglese.

So che non mi sono mai sentito orgoglioso di Jonathan come avrei dovuto. Mi umilia riconoscere di non aver mai creduto al suo coraggio. Era stato coraggio o incoscienza? Cerco e non riesco a ricordare un singolo episodio, nei diciannove anni in cui aveva vissuto al nostro fianco, in cui avesse anteposto un altro essere umano a se stesso. Non me ne viene in mente neanche uno. Mai una volta. E allora perché? Perché non era riuscito a nuotare fino a riva? Il mare era davvero così agitato?

«Perché lo spagnolo ce l'ha fatta e Jonathan no?» avevo chiesto una volta a Nancy, e lei mi aveva dato la risposta che volevo sentire.

«Ormai era troppo lontano. Era esausto. Aveva fatto il lavoro più faticoso. Lo spagnolo ha compiuto solo l'ultimo sforzo.»

Quando torno a casa, ricomincio a tremare. La temperatura in casa è più bassa rispetto a quella esterna. Mi siedo alla scrivania e apro il cassetto dove tengo le fotografie. Le sfoglio. Istantanee di una madre e di un figlio sulla spiaggia, lei che cerca di convincere il piccino a mangiare al tavolo di un bar, che si gustano un gelato insieme. Sembrano spontanei. Lei sorride, lui sorride. Sono in vacanza. In uno scatto la donna guarda dritto nell'obiettivo. Si potrebbe pensare che il fotografo fosse seduto allo stesso tavolo, ma non ci credo più. Lei non sapeva di essere fotografata, come Nancy non si era accorta che Jonathan l'aveva ritratta mentre sedeva sulla sdraio in giardino. Era bravo. Aveva talento come fotografo. I suoi sembravano gli scatti dei paparazzi su una rivista patinata. Ravvicinati e personalissimi, ma rubati a debita distanza. L'illusione di intimità. Avevamo regalato a nostro figlio l'obiettivo zoom più costoso che potessimo permetterci.

Le fotografie scattate nella stanza d'albergo sono diverse. Non hanno niente di naturale. La donna è in posa, me ne accorgo solo adesso. E mentre le guardo, allo sgomento va ad aggiungersi il raccapriccio. Per la prima volta vedo qualcosa che avevo scelto di ignorare. Paura.

Se fossi stato io e non Nancy a sviluppare il rullino della macchina fotografica di Jonathan e mi fossi messo a studiare quelle foto con attenzione, avrei visto quello che ci aveva visto lei? O mi sarebbe tornata in mente la raccolta di materiale pornografico che avevo trovato in camera di Jonathan? O forse avrei fatto prima sviluppare le foto e poi avrei trovato il porno? In tal caso avrei collegato i due eventi? Avevo gettato le riviste affinché Nancy restasse all'oscuro degli appetiti sessuali del figlio. E anch'io avevo fatto lo stesso. Me n'ero subito sbarazzato e non ci avevo ripensato quando, molti anni dopo, mi ero imbattuto nelle foto. Avevo visto quello che volevo vedere. Ma Nancy? Mi chiedo se avesse notato qualcosa. E se era stato quel qualcosa a spingerla a scrivere il romanzo. Lo aveva scritto per se stessa e nessun altro.

Aveva congegnato quella storia per dare pace all'anima di suo figlio? Il suo, non il mio. Mio figlio si trova in un posto assai poco tranquillo. Recito una preghiera per la guarigione di Nicholas Ravenscroft e immagino Nancy che ride di me, ma non riesco a evocarla e mi rendo conto che ora apprezzo il silenzio. Ripongo le fotografie nella busta.

Ho chiesto a Catherine Ravenscroft perché non avesse raccontato tutto a Nancy quando si erano incontrate. Perché non le aveva detto che era stata violentata? Mi ha guardato, meravigliata.

«Non l'ho mai detto a nessuno» ha risposto. «E non volevo causarle altro dolore.» Sono il primo a cui lo ha confessato. E lo ha fatto solo perché costretta. Costretta, contro la sua volontà. Credo che fosse sincera quando ha detto che era dispiaciuta. Mi compativa, ma io non voglio la sua compassione. Voglio che mi odi. Ho bisogno che qualcuno mi odi più di quanto io odio me stesso. Devo dirle cosa ho fatto a suo figlio. Che è per colpa mia se si trova in quelle condizioni.

Compongo il suo numero di telefono. L'ho già fatto una volta, ma senza mai parlare. Risponde.

«Pronto?» Credo stia guidando; la sua voce è soverchiata dal rumore del traffico in sottofondo.

«Ho mostrato le fotografie a suo figlio.» Attendo una risposta che non arriva, perciò proseguo. «Mia moglie voleva che lei soffrisse quanto aveva sofferto lei...» Le parlo dei miei contatti con Nicholas. «L'ho portato a credere che lei era innamorata di Jonathan, che per lei la vita di mio figlio contasse più della sua.» Sento il suo respiro sopra i rumori della strada, un respiro breve e affannato, ma non dice niente. Mi aspetto che riagganci. Non lo fa.

«Dovrebbe dirlo a suo marito» aggiungo con la massima gentilezza.

«Perché cazzo non glielo dice lei?» sussurra e le sue parole mi regalano la speranza che in fondo al cuore riesca a detestarmi.

53

Tarda estate 2013

C'è Robert al capezzale di Nicholas quando riapre gli occhi, ed è Robert a dare la notizia a Catherine. Le invia un messaggio che lei riceve durante la seconda seduta dalla psicoterapeuta che ha accettato di frequentare tramite il lavoro. Si era quasi convinta a non andarci, ma nutriva la debole speranza che potesse esserle di aiuto. La psicologa si adombra all'arrivo del messaggio. Il telefonino dovrebbe essere spento. Catherine si alza e annuncia che deve andarsene. La giovane donna inclina la testa senza commentare.

Nel sottoporsi alla psicoanalisi Catherine ha come la sensazione che qualcuno le stia cavando i denti, uno dopo l'altro, con grande serietà ed estrema cura, per poi sostituirli con una dentiera nuova di zecca che alla fine le darà un immenso sollievo. Nel frattempo, tuttavia, è essenziale che si abitui alle voragini sanguinanti che ha in bocca.

«È mio figlio. Ha appena aperto gli occhi.»

La giovane inclina la testa dalla parte opposta.

«È in terapia intensiva.»

Prima un'espressione di stupore, poi di comprensione, come se la terapista a un tratto avesse capito cos'è successo. Non ha capito proprio niente, ma non è colpa sua. Catherine non glielo ha detto. Lei non lo ha chiesto. Non ha fatto nessuna delle domande giuste e Catherine si è limitata a rispondere esclusivamente se interpellata, e senza offrire informazioni supplementari. È una paziente poco collaborativa: una paziente che sembra riluttante o inadatta ad aiutare se stessa.

Quando Catherine arriva in ospedale, un'infermiera le dice che Robert è uscito cinque minuti prima. Rispetta accuratamente gli orari di arrivo e di partenza per evitarla, ma Catherine non è più certa che gliene importi qualcosa. Si inginocchia per mettersi al livello di Nicholas e gli dice che è lì, gli dice che andrà tutto bene, che è al sicuro, che lo ama più di chiunque altro, più di quanto abbia mai amato chiunque altro. Nicholas ha aperto gli occhi, ma non mette a fuoco niente. Fissa nel vuoto e non reagisce agli stimoli; eppure il medico è ottimista. Pazienza. Ci vorrà tempo. Svolgeranno altre analisi; intanto i segnali sono promettenti. È probabile che la ripresa sia lenta ma completa. È una buona notizia. Se la buona notizia non fosse arrivata, Catherine aveva deciso di suicidarsi. Aveva anche pensato a come fare. Lanciarsi sotto un treno della metro era fuori discussione, avrebbe preferito morire con un'overdose di medicinali e alcolici.

Robert ancora non sa che è stata violentata. Catherine aspetta il momento giusto per dirglielo. Spera che arrivi presto. Magari Stephen Brigstocke troverà il coraggio di farlo al posto suo. Altrimenti spetterà a lei dirlo a Robert e si sente male al pensiero che non le creda. Non sarebbe giusto doverlo convincere, ciononostante teme che sia proprio quello che succederà. Il suo odio verso di lei è ormai così radicato che sarebbe più incline a credere a Stephen Brigstocke che alla moglie. E al contempo sarebbe crudele continuare a lasciarlo nell'ignoranza. Catherine lo punisce rimandando la rivelazione, ma in fondo è stato Robert a erigere in fretta un muro tra di loro, Robert a chiuderle la porta in faccia.

Non esiterà a dirlo a Nicholas. Adesso che sa che sopravviveranno entrambi, deve sentirlo dalla sua voce e da quella di nessun altro. Sarà doloroso per tutti e due, però deve sapere. Ma non è ancora abbastanza forte; ci vorrà un po' prima che sia pronto. Gli accarezza la mano. Ha le unghie troppo lunghe. Porterà una tronchesina e gliele sistemerà. Improvvisamente le torna in mente il minuscolo tagliaunghie che usava quando era appena nato. Com'erano morbide le sue unghie! A volte gliele accorciava con i denti affinché non si graffiasse nel sonno. Guarda l'ora, Robert avrebbe dovuto essere già lì, ma è contenta che ritardi. Un'infermiera la sta guardando con aria contrariata. Catherine sta antipatica a tutti. Preferiscono Robert. Il povero marito. Il padre devoto. Lei è una madre isterica e instabile. La donna che ha aggredito quel fragile vecchietto. Un tempo le sarebbe importato del loro giudizio, adesso non più. Posa la testa sul letto e chiude gli occhi, felice di potersene stare ancora un po' da sola con suo figlio.

54
Tarda estate 2013

«Mio figlio ha violentato sua moglie. Me lo ha raccontato lei, e io le credo. Mi dispiace. Mi dispiace per tutto quanto...»

Pover'uomo. È un boccone duro da mandare giù. Sono stato troppo brusco. Siamo seduti al bar dell'ospedale. Mi ha portato una tazza di tè. Ha insistito. Ho provato a fermarlo, a dirgli che non ne volevo, ma lui cercava di mettermi a mio agio, di farmi sentire il benvenuto. Ha detto che ne avrebbe preso una anche per sé. Ha travisato la mia agitazione: pensava che fossi nervoso per ciò che era capitato la volta scorsa. Aveva appena posato la tazza sul tavolo quando gliel'ho detto. Lo ripeto più lentamente.

«Mio figlio ha violentato sua moglie. Me lo ha raccontato lei, e io le credo. Mi vergogno a dirlo, ma credo che mio figlio ne fosse capace... Mi dispiace davvero tanto.»

Vorrei dire di più, invece mi costringo a tacere. Ha bisogno di tempo per metabolizzare. Avrà delle domande, e io sono qui per rispondere.

«Glielo ha raccontato mia moglie?»

«Sì.»

«Catherine?»

«Sì.»

«E lei le crede?»

Annuisco. Guarda dietro di me, alle mie spalle. Ci sono persone sedute tutt'intorno, ma abbiamo un tavolo per noi. Sembriamo padre e figlio. La gente crederà che mia moglie, sua madre, è ricoverata e che siamo venuti qui per consolarci a vicenda.

«Sono sicuro che abbia detto la verità.» Ribadisco: «Sua moglie è stata violentata da mio figlio».

«Quando glielo ha detto?» La sua voce è piatta, come se parlasse sotto ipnosi.

«Ieri. È venuta a casa mia...»

Assimila l'informazione, evitando i miei occhi. Il suo sguardo affonda oltre la mia spalla, poi si posa sulla tazza di tè, le mani richiuse intorno alla porcellana da due soldi.

«Ieri?»

«Sì. È venuta a casa mia ieri mattina.»

Poi alza lo sguardo e mi accorgo che è davvero esausto. Ha gli occhi azzurri e i capelli, un tempo biondi, screziati di grigio.

«Perché non lo ha detto a me? Avrebbe dovuto dirlo *a me*, non a lei.»

Non so cosa dirgli. Mi chieda qualcos'altro. Mi faccia una domanda a cui posso rispondere. Il silenzio dilaga, fagocitando l'aria che ci divide, e vedo la rabbia ardere dentro di lui. Si sta per svegliare... quattro, tre, due, uno.

«E perché non me l'ha detto prima? Doveva saperlo. Bastardo che non è altro! Perché non mi ha detto niente?»

«Non lo sapevo. L'ho scoperto solo ieri. Non avevo mai parlato con sua moglie. Ma quando si è seduta davanti a me e mi ha raccontato quello che era successo, ho capito che diceva la verità. Nessuno vuole credere che il proprio figlio sia capace di una simile barbarie.» Si guarda intorno in cerca di qualcosa. Gli ha dato di volta il cervello. Ora so cosa significa. Ci ha dato di volta il cervello a entrambi.

«L'ha violentata?»

Annuisco.

«Lei lo credeva capace di una cosa simile e non ha detto niente... Lo aveva già fatto...»

«No, no, sono sicuro di no» protesto. «È stato ascoltare sua moglie che descriveva la scena: i particolari, il coltello e... so che ha detto la verità.»

«Ma le fotografie...»

Osservo il senso di colpa discendere su di lui. Si protende in avanti e mi afferra per il cappotto, versandomi il tè bollente sulle gambe. Una donna al tavolo accanto si volta a guardare. Deve chiedersi per quale motivo io non mi alzi e non protesti, ma non sento niente.

«Lei mi fa pena» dice. «Io ero riconoscente nei confronti di suo figlio...»

Poi mi respinge e affonda il viso tra le mani.

«Dovevo dirglielo di persona... non potevo farlo al telefono.»

E in quel momento, verme strisciante che non sono altro, gli ricordo che è stata mia moglie a scrivere il romanzo, non io. Leggo la repulsione sul suo viso. È come se scaricassi la colpa su di lei, ma non è così. Io avevo creduto alle parole di Nancy e mi sentivo in dovere di pubblicarle. Era il suo libro, con le sue parole.

«Lo aveva scritto per se stessa. Avrei dovuto lasciarlo dove...»

«Lo ha mandato a mia moglie. E a mio figlio. Mi ha mandato quelle fotografie. Porca puttana! Come faceva a non saperlo? Ha appena ammesso che suo figlio era capace di una simile bestialità, e non ha dubitato nemmeno un attimo del contenuto di quel libro. Perché?»

«E *lei*, allora, perché non lo ha fatto?» E mi vergogno del dolore che la mia domanda gli ha inflitto.

«Perché non ho dubitato?» Seppellisce il viso tra le mani. Gli vedo tremare le spalle e vorrei toccarlo, ma non posso. Non ho modo di consolarlo, non c'è niente che io possa dire per alleviare il suo senso di colpa o cancellare l'immagine di sua moglie che legge quel libro ignobile sentendosi come violentata di nuovo. Non ho più niente da fare qui. Ho detto tutto. Lo sa. Lo lascio lì e salgo in terapia intensiva. Non entro, mi limito a guardare dal vetro sperando di intravedere Nicholas, e la scorgo inginocchiata al capezzale del figlio. Pare addormentata.

55

Tarda estate 2013

Lo sente inginocchiarsi accanto a lei e cingerle le spalle con le braccia. Catherine continua a tenere gli occhi chiusi. Ha il suo viso vicino al collo. È umido. Sta tremando.

«Perdonami, Cath. Mi dispiace da morire. Perdonami, ti prego. Mi ha detto cosa ti ha fatto suo figlio...» Pronuncia quelle ultime parole affondandole il viso nel collo. Lei continua a tenere gli occhi chiusi. Le gira la testa. Le prende la mano e lei apre gli occhi, ma ad apparirle è il volto di Nick, non quello di Robert. Nick, che la guarda, che la vede. È successo prima dell'arrivo di Robert, non che avesse aperto gli occhi ma che fosse in grado di mettere a fuoco. In quel momento Catherine gli teneva la mano, lui ha spostato leggermente la testa e poi l'ha guardata, e lei ha capito che riusciva a vederla, a riconoscerla, e si è sentita travolta dalla felicità, ha sorriso e ha pianto.

«Ciao, amore mio» ha detto. Non ha risposto, l'ha solo guardata. Catherine ha mandato un messaggio a Robert. Non sapeva che era al bar dell'ospedale con Stephen Brigstocke. Con lei c'era un'infermiera e, per la prima volta, la donna le ha rivolto un sorriso. Poi è arrivato il medico e ha confermato quello che sapevano già. Che era un vero miglioramento. Se continua così, potrà uscire dalla terapia intensiva nel giro di una settimana.

Dopo di che Nick ha richiuso gli occhi e Catherine ha fatto lo stesso. E poi è arrivato Robert.

«C'è papà» sussurra a Nick. Robert è troppo occupato a

guardare la moglie per notare che suo figlio ha aperto gli occhi, ma ora Catherine lo sente rimanere senza fiato, la gioia che pulsa dentro di lui come l'elettricità che passa in un cavo dell'alta tensione.

«Nick» dice. «Siamo qui. Siamo qui, tutti e due. Andrà tutto bene.» E stringe Catherine a sé.

Nicholas guarda i genitori che gli sorridono. C'è sconcerto nei suoi occhi che rimbalzano dall'uno all'altra.

«Chiamo il dottore» le mormora Robert.

«Lo sa» dice lei, e gli dà la bella notizia.

Si trattengono fino a notte fonda. Fianco a fianco, uscendo solo per andare a comprare qualcosa da mangiare o da bere. Non osano lasciare Nicholas, nel caso in cui dica qualcosa. È possibile. E non vogliono perdersi le sue prime parole. All'una stabiliscono che è ora di andare. Catherine ha paura. Dovranno parlare e lei è troppo stanca.

Robert guida fino a casa. È tardi e lei si sente in colpa per aver lasciato sua madre da sola, ma l'ha avvisata e, a quanto pare, la donna deve aver capito che Nick è in via di guarigione e che sua figlia tornerà a casa con Robert. Catherine è sfibrata. Vuole solo rincasare e mettersi a letto. È così stanca da non parlare quasi per niente; il suo silenzio è quieto e sereno, e nell'automobile regna l'immobilità: lei e Robert sembrano cibi sottovuoto. Nemmeno lui ha fretta di parlare. È a pezzi, proprio come lei. Salgono al piano di sopra e Catherine fa una doccia per lavarsi di dosso l'odore di ospedale. Si sdraia con i capelli ancora umidi, godendosi la sensazione di fresco sulla testa. Robert si distende al suo fianco e le prende la mano, ma il suo gesto non è invadente: desidera solo stringerla e lei glielo lascia fare. Rimane rivolta verso di lui, anche se vorrebbe girarsi dalla parte opposta. Dormirebbe meglio sul fianco destro, eppure resta sul sinistro per non urtare i sentimenti del marito.

«Cath» sussurra lui.

Lei emette un suono in risposta, non esattamente una parola, mentre già sprofonda nel sonno.

«Cath, mi dispiace davvero tanto. Non potrò mai perdonarmi...»

Lei gli posa la mano sulla guancia, gli occhi ancora chiusi. Non è colpa sua. Non lo sapeva, lei non glielo aveva detto. Ma adesso è esausta. Finalmente si gira, tirandosi la trapunta fino al mento, inspirandone l'odore familiare.

«Perché non me l'hai detto?» le sussurra affondandole il viso nella piega del collo. È spossata dal bisogno di Robert di darle una giustificazione. È lui ad averne l'esigenza, non lei, che fa finta di non averlo sentito. Vuole solo dormire un po', con la consapevolezza che finalmente la verità è venuta a galla.

Trascorrono i giorni e le sere successive insieme all'ospedale, entrambi concentrati sulla guarigione di Nick. È vicina, ne sono sicuri. È sveglio e cosciente. Ha ricominciato a parlare. Farfuglia ancora un po' le parole, ma tra non molto riprenderà a scandirle con chiarezza. La terapia sistemerà tutto. Sembra ancora confuso dai genitori. Sa chi sono, ma li guarda con sospetto. Il cuore di Catherine va in pezzi quando gli legge negli occhi che non si fida di lei, ma non è ancora pronto per la verità, non sarebbe giusto, perciò lei finge di non notare la sua resistenza e si tiene occupata a servirgli frutta fresca ogni mattina, sbucciata e tagliata da lei personalmente, sul tavolo. Ad assicurarsi che abbia il bicchiere pieno d'acqua. A pulirgli mani e viso con le salviette per bambini. A tagliargli le unghie. A spalmargli crema idratante su mani e piedi. Lui glielo permette. È debole come un neonato. Ha bisogno che qualcuno lo accudisca.

Catherine è pronta a concedergli tutto il tempo necessario, invece Robert ha fretta.

«Era tutto falso, Nick, tutto falso. La mamma ti ama. E ama anche me. Non è successo, non come...»

«Non ancora.» Lo interrompe Catherine. Cosa stava per dire? L'uomo che ti ha salvato la vita aveva violentato tua madre? Prova una punta di risentimento verso il marito. È la sua storia.

Per anni ne è stata l'unica depositaria. Non spetta a lui raccontarla, ma a lei, lei è l'unica che potrà aiutare Nick a capire perché aveva deciso di non parlarne mai.

Seppur lentamente, Nicholas fa dei progressi. È ancora dolorante per il tubicino che gli scendeva giù per gola, ma le parole poco a poco iniziano a uscire. Si riprenderà. Catherine ringrazia Dio. Be', ringrazia qualcuno chiamandolo Dio anche se non sa bene dove collocarlo. È comunque grata che Nicholas sia salvo anche stavolta. E mentre Nicholas si avvia progressivamente verso la guarigione, lo stesso fanno Catherine e Robert riconquistando pian piano la confidenza e la reciproca familiarità. Robert vorrebbe che Stephen Brigstocke fosse morto. Vorrebbe punirlo per ciò che ha fatto alla sua famiglia. Gli toglie il sonno, l'immagine di quel maniaco disgustoso che continua a frullargli in testa. Catherine invece dorme bene per la prima volta da mesi.

Quando ripensa a Stephen Brigstocke, lo fa con sofferenza. Lo ha visto mandar giù una verità difficile da digerire. Avrebbe potuto respingerla, darle della bugiarda, come del resto Catherine si aspettava che facesse, invece no. Ha riconosciuto la verità e lei lo rispetta per questo. Non tutti sono capaci di farlo: negare è molto più semplice. Qualsiasi altro genitore avrebbe considerato inaccettabili le affermazioni di Catherine sul figlio, sul figlio per di più morto. Si sente in colpa per aver fatto soffrire Robert, per aver permesso che venisse a saperlo in quel modo. Avrebbe dovuto essere lei a dirglielo, e ha provato a spiegargli perché non era stata in grado di farlo. Quando aveva visto Jonathan Brigstocke morire, aveva creduto che fosse la giusta punizione per la violenza a cui l'aveva sottoposta. Non avrebbe più fatto del male a nessuno e lei non avrebbe dovuto presentarsi in tribunale per dimostrare la propria innocenza. Lo aveva interpretato come il segno che le era stata concessa la possibilità di cancellare un evento che, lei ne era certa, avrebbe contaminato la loro vita. E il fatto che Nicholas fosse stato risparmiato l'aveva portata a crederlo con maggiore convinzione.

Si sbagliava, ora lo sa, a pensare di poter portare quel fardello da sola, che non avrebbe avuto alcun effetto negativo su di lei. Lo aveva avuto eccome. Aveva influito sul suo rapporto con Nicholas. Pensava di proteggerli tutti impedendo a quella storia di irrompere nelle loro vite.

«Invece ci è entrata... insieme a quel libro. Perché non me lo hai detto subito?» Quella di Robert è una supplica.

«Non lo so. Volevo... Ci ho provato, ma...»

Lui la guarda, aspetta, aspetta che Catherine gli spieghi il motivo per cui ha provato a dirglielo e poi non l'ha fatto.

«A volte ho pensato di dirtelo. Non lo so, Robert. Quando ti sei tenuto dentro una cosa del genere... e non l'hai mai raccontata... mai a nessuno... diventa sempre più difficile farlo.»

Quelle conversazioni sono troppo dolorose per lei. Ne esce in lacrime, umiliata, colpevole. E vorrebbe che lui le chiedesse: "Ed è stato per causa mia? Sono stato io a impedirtelo?". Ma non lo fa. È una domanda che Robert non si pone e lei non lo costringe a farlo. Catherine non ha più la forza di combattere. Non provoca Robert chiedendogli cosa ci fosse in "Charlotte" da convincerlo che si trattava davvero di lei. Non gli dice quanto le avessero fatto male la sua rabbia e il suo odio. Invece piange e lui le chiede scusa. È mortificato per averla tormentata. Non è sua intenzione; anzi, è l'ultima cosa che vuole e perciò smette di farle domande, la lascia in pace. E lei è sollevata. Catherine teme il rancore che le suscitano quelle conversazioni, la pressione che esercitano su di lei.

Nick è a casa da due settimane. Catherine e Robert sono andati a prenderlo insieme. È stato un po' come quando lo avevano portato a casa da neonato: tutti e due erano premurosi nei suoi confronti, come neogenitori impacciati. Quando Nick era piccolo, Catherine temeva il momento in cui Robert sarebbe rientrato al lavoro, adesso non vede l'ora che lo faccia.

Oggi è il primo giorno in cui ha Nick tutto per sé. È pronto. E gli racconta della violenza. Non c'era stata alcuna relazione clandestina. Non amava Jonathan Brigstocke. Non lo conosceva. Racconta a Nick che intanto lui dormiva nella camera vicina. Gli racconta quanto temesse che Jonathan Brigstocke gli facesse del male. Gli racconta del coltello. Non inventa scuse sul motivo per cui non gli ha mai raccontato niente. Non lo aveva mai detto a nessuno.

«Mi ha salvato la vita?»

«Sì.»

«Perché?»

«Non lo so. Non lo sapremo mai. Forse perché si sentiva in colpa.»

Nick è pallido, anche se l'incarnato ha perso il suo grigiore, ma Catherine capisce che è stanco. Hanno pranzato e tra poco vorrà fare un pisolino, ma Nick vuole sapere tutto. Vuole continuare a parlare.

«In colpa?»

«Non lo so, tesoro.» Catherine tace, chiedendosi se non sia troppo per lui. «Forse. Non sapremo mai perché, ma ti ha salvato la vita. Ed è stato un gesto volontario... Si è tuffato in acqua, e non era costretto a farlo. Voleva salvarti.» Gli posa la mano sulla spalla, lui china la testa e Catherine vede una lacrima rigargli la guancia. Fa per trarlo a sé, ma lui si irrigidisce.

«Sto bene» la rassicura.

Lei lo bacia sulla testa, i capelli che profumano di shampoo. Vorrebbe stringerlo tra le braccia, ma non è ancora pronto, perciò distoglie lo sguardo prima di scoppiare a piangere a sua volta.

«Sei stanco» gli dice. «Dovresti riposare. Ne riparliamo più tardi.»

Lui annuisce, si alza e lei lo imita per guardarlo salire le scale.

«Mi dispiace di essere stata una madre inutile» aggiunge.

Lui si volta e si stringe nelle spalle, poi scuote la testa. Non dice niente, ma almeno ha scosso la testa.

Quando Nick è di sopra, Catherine si distende sul divano. Una miriade di *e se* le invade la mente. *E se* avesse chiamato la polizia la notte in cui era successo? *E se* avesse telefonato a Robert? Sarebbe corso da loro, o no? Invece aveva passato la notte in bianco. L'indomani Nick si era svegliato presto, era uscito correndo da camera sua ed era saltato sul letto. Catherine non aveva chiuso occhio. La notte prima aveva svuotato un barattolo da viaggio di crema idratante e lo aveva lavato, poi lo aveva premuto contro la vagina e aveva espulso lo sperma, fuori dal suo corpo. Un grumo lattiginoso, la piccolissima quantità che non le era scesa lungo le gambe. Aveva avvitato il tappo e aveva messo il barattolo nel beauty-case. Ricorda di essersi chiesta cosa sarebbe successo se le avessero perquisito i bagagli, se qualche ignara guardia di frontiera avesse affondato il naso proprio in quel barattolo di crema. Si era scattata delle fotografie: il livido sulla gamba, il morso sul collo. La polizia avrebbe preteso delle prove, e lei le aveva raccolte al posto loro.

Le avrebbero creduto? Aveva lasciato le chiavi della stanza nella serratura. Sapeva che, per quante prove avesse presentato, in tribunale si sarebbe alzato qualcuno, probabilmente un uomo, e le avrebbe dato della bugiarda sostenendo che era stata lei ad attirare quel giovanissimo ragazzo in camera sua. Che si conoscevano. Lui le aveva offerto da bere al bar dell'albergo dove alloggiava. Qualcuno avrebbe ricordato che lei aveva rifiutato l'invito?

Ma poi era morto. E meno male, aveva pensato. È morto. E a quel punto Catherine non avrebbe più dovuto dimostrare la propria innocenza, perciò quando aveva fatto sviluppare il rullino della vacanza aveva distrutto le foto delle ferite e aveva tenuto solo gli scatti con Nicholas e Robert.

Quando Nick era saltato sul letto, lei era rimasta distesa fingendo di sorridere, fingendo di guardarlo. Ogni azione, ogni parola quel mattino era incorporea. Non proveniva da lei. Avevano fatto colazione. Nick aveva mangiato, lei no. Ricorda persino che lui l'aveva incoraggiata a mettere qualcosa sotto i denti.

Moriva dalla voglia di andare in spiaggia. Lei non voleva, ma cos'altro potevano fare? Aveva provato a cambiare volo. Nicholas si era spazientito mentre indugiavano in hotel in attesa di una risposta. No, non era possibile. E così erano andati in spiaggia. Per strada gli aveva comprato il canotto. Una manna dal cielo, aveva pensato sulle prime. Lui era felice, lei sveglia. Nick era davvero contento. Dentro, fuori, dentro, fuori, saltava e parlottava tra sé, recitando il ruolo dei diversi membri dell'equipaggio. Il caldo e l'inquietudine la soffocavano; aveva abbassato la testa, chiuso gli occhi e si era addormentata. Non aveva sorvegliato il suo bambino. Era quasi annegato. Era stato un perfetto sconosciuto a salvarlo.

Robert smette di chiederle perché non glielo avesse detto e Catherine sente di essere stata perdonata. Lui sa di non essere stato tradito. Adesso ha un nuovo ruolo. Non è più il marito offeso, è il pilastro della famiglia. È lì per aiutarla e la incita a parlare con qualcuno, un professionista, che riesca a guidarla attraverso il passato e finalmente fuori da esso, ma Catherine è nauseata dal passato. Non intende rimetterci piede. Avrebbe dovuto farlo tanto tempo prima; ormai non è più il posto che fa per lei. È sul presente che vuole concentrarsi.

56

Autunno 2013

Ho pensato moltissimo a Jonathan cercando di comprendere che persona fosse. È difficile ammettere di non conoscere il proprio figlio, di non averlo mai conosciuto davvero.

Una volta ho affermato che Jonathan non sarebbe mai morto di vergogna grazie all'amore di sua madre, che qualsiasi cosa avesse fatto lei lo avrebbe sempre perdonato. Ma in un certo senso credo che sia proprio morto di vergogna. Gli spagnoli avevano usato la parola giusta: sacrificio. Credo che, violentando Catherine Ravenscroft, avesse imboccato una strada da cui non sarebbe più uscito. Si era perso. Non aveva rischiato la vita, l'aveva donata volontariamente. Forse mi sto aggrappando a questa idea per confortarmi, ma per quale altra ragione avrebbe fatto qualcosa di tanto lontano dalla sua indole? Credo che Jonathan si fosse guardato in faccia e avesse trovato il coraggio di non tirarsi indietro. Aveva visto cos'era diventato. Pochissimi di noi sono disposti a farlo. Io inizio solo ora a trovare la forza di vedere e dubito che Nancy l'abbia mai avuta. Ci vuole coraggio, non vi pare? A calare la maschera e a vederci per ciò che siamo realmente?

Non posso escludere che abbia stuprato altre donne, ma non credo che l'abbia fatto. Però so che Sasha, la sua fidanzata, era corsa a casa dai genitori per qualche motivo. La chiamavamo "fidanzata" anche se in realtà non si conoscevano da molto e ricordo che ero rimasto sorpreso quando Jonathan ci aveva detto che sarebbe partita insieme a lui. Invece quando avevo saputo che era tornata a casa in anticipo non mi ero sorpreso per nulla. Se l'avesse violentata, sono certo che i genitori avrebbero sporto denuncia. D'altro canto doveva esserle successo qualcosa, a giudicare dalla telefonata al vetriolo della madre. Nancy lo sapeva, ma non me l'ha mai detto, e con sommo dispiacere devo ammettere di non averle mai chiesto dettagli. Sapevo solo che Nancy difendeva Jonathan a spada tratta. Era quello il ruolo che aveva assunto. Lo faceva da sempre, sin da quando era piccolo.

Adesso riconosco la voce di Nancy per ciò che era veramente: la voce di una donna portata alla pazzia dal dolore, una voce che ho tenuto in vita per anni permettendole di tessere le sue trame disperate mentre io me ne stavo seduto ad ascoltare. Nancy aveva trasformato nostro figlio in una persona che non era e, molto prima che Jonathan morisse, mi ero reso suo complice nel cancellare tutti gli indizi che avrebbero dovuto metterci in guardia contro nostro figlio. Piccolissime menzogne di quando era bambino che erano diventate sempre più ingombranti a mano a mano che cresceva. Non avevo mosso un dito e avevo lasciato che accadesse. Mio figlio era uno stupratore. Il figlio di Nancy, no. Il mio, sì. Nancy aveva mai sospettato di niente? In tal caso non lo aveva mai dato a vedere. E comunque non si sarebbe mai azzardata a crederci. Aveva riscritto Jonathan proprio come io avevo riscritto lei. Sono colpevole di inganno esattamente quanto Nancy. L'ho trasformata in qualcuno che non era. Non sono stato abbastanza coraggioso da riconoscere che lei aveva smarrito la strada ben prima della morte di Jonathan. Per anni l'avevo aiutata ad alimentare la sua fantasia, imitando la sua miope devozione senza mai confutarla o metterla in dubbio. Mi andavano entrambi a genio: il finto Jonathan e la finta Nancy. In mia difesa posso dire solo di averlo fatto per amore. Ma come difesa fa acqua da tutte le parti.

La gente non prendeva Jonathan in simpatia, nemmeno quando era bambino. Andava all'asilo da appena un mese quando

Nancy lo aveva tolto dicendo che voleva tenerlo a casa con sé. Sosteneva che non fosse ancora pronto. E quando aveva dovuto mandarlo a scuola aveva trovato lavoro nello stesso istituto, in modo da stargli accanto. Aveva degli amici che venivano a giocare a casa nostra, ma non lo invitavano mai da loro. Io ci avevo fatto caso, ma facevo in modo di non dargli troppo peso. Credo che ai bambini piacesse venire per via di Nancy: ci sapeva davvero fare con loro. Quando era piccolo, era più facile fingere che tutto andasse bene, ma durante l'adolescenza l'ascendente di Nancy su di lui aveva vacillato. Ciononostante lei era sempre pronta a difenderlo. Avrei dovuto tenerle testa, ma sapevo che se l'avessi fatto mi sarei alleato con lo schieramento opposto, con il nemico, ossia tutti coloro che non volevano comprendere Jonathan. Avrei dovuto trovare la forza di lottare contro di lei, mia moglie, l'anti-Medea.

Invece mi ero inabissato nelle mie fantasie. Mi divertivo a immaginare come sarebbe stato avere come figlio uno dei miei studenti. Un ragazzo con cui poter parlare. Un ragazzo che mi ascoltava e che forse a volte si comportava da maleducato e da insolente, ma che almeno mi guardava dritto negli occhi, stabiliva un contatto con me. Dopo la morte di Jonathan avevo lasciato che quella illusione prendesse campo. Ed ero crollato.

C'era uno studente a cui davo ripetizioni per il diploma. Per un po' avevo fatto finta che fosse mio figlio. Non era intelligente quanto Jonathan. Lui aveva superato gli esami senza il minimo sforzo e con uno sgradevole sdegno verso i compagni che incontravano difficoltà. Non poteva importargliene di meno e guardava al proprio futuro con la medesima indifferenza, motivo per il quale Nancy aveva suggerito di pagargli il viaggio per l'Europa. Aveva bisogno di tempo per ritrovare se stesso, diceva lei.

Il ragazzo che avevo "adottato" non poteva essere più diverso da lui. Quando si era iscritto all'università, lo avevo seguito. Avevo preso il treno per Bristol con la scusa di andare a trovare mio figlio all'università. Io e mia moglie lo avevamo avuto molto tardi, dicevo quando vedevo la gente storcere il naso dinanzi alla possibilità che avessi un figlio all'università. Avevo speso una fortuna in biglietti di andata e ritorno da Bristol. Nancy non l'ha mai saputo. Avevo chiesto l'aspettativa al lavoro, ma lei pensava che andassi a scuola tutte le mattine. Dopo il pestaggio avevo smesso di andarci. Era stato un toccasana. Mi aveva riportato con i piedi per terra.

Non era colpa di Nancy, non lo è mai stata. È solo colpa mia. Il mio amore aveva messo radici nei nostri primi vent'anni di vita insieme e non avevo né il desiderio né la volontà di estirparlo, allora come adesso. Vedo ancora chiaramente la donna di cui mi ero innamorato, la donna che avevo sposato e con cui vivevo. Ma adesso vedo anche la donna che era diventata dopo la nascita di Jonathan. Una fioritura iniziale, subito seguita dalla crescita incontrollata di polloni, rami, germogli incolti e rigogliosi che si moltiplicavano man mano che Nancy cercava di afferrarlo e trattenerlo – per proteggerlo – con lo scopo di trasformarlo in ciò che non era. Aveva dovuto distorcersi per farlo: era diventata una creatura nodosa, piena di spine. Avrei dovuto prendere le cesoie e tagliare i polloni prima di perderne il controllo, prima che succhiassero via la vita da ciò che era buono. A volte bisogna essere crudeli per essere giusti[1]. E quindi potare quanto basta e dove serve in modo che alla pianta non manchi il nutrimento, che sia in grado di rifiorire.

Ho ricominciato a fare giardinaggio: a strappare le erbacce, a rastrellare le foglie in mucchi da ardere. I vicini si sono lamentati dell'odore. Non ho avuto la minima considerazione, dicono: avevano appena teso il bucato ad asciugare. Purtroppo le loro rimostranze, anziché dissuadermi, sono state di incoraggiamento. Mi piace il fuoco. Mi piace l'odore di fumo sui vestiti e tra i capelli. Gettare le fotografie tra le fiamme mi ha dato gioia, ho tratto piacere nell'assistere alla loro distruzione. La

[1] Liberamente tratto da William Shakespeare, *Amleto*, atto III, scena 4, traduzione italiana di Gabriele Baldini, BUR Milano 1998.

busta gialla con la scritta Kodak è diventata marrone e poi nera, e ho immaginato i negativi al suo interno accartocciarsi prima di dissolversi del tutto. Le ho guardate un'ultima volta, nel caso mi fosse sfuggita un'istantanea di Jonathan. Magari il suo riflesso allo specchio o un'ombra proiettata sul muro, ma non c'era. Poi brucerò gli effetti di mio figlio. Non c'è niente che io desideri conservare. Ho già cominciato a spaccare la legna per riaccendere il fuoco.

Ieri ho consegnato il portatile a Geoff. Come regalo, ho precisato. Era sorpreso, ma gli ho detto che avevo messo gli occhi su un nuovo modello. Una bugia, ovviamente.

«Come va con il nuovo romanzo?» mi ha chiesto.

«Oh, ho lasciato perdere» ho risposto agitando allegramente la mano affinché non si preoccupasse. Ora sto andando dalle signore del mercatino di beneficenza.

«Ho trovato altre cose» annuncio aprendo una sporta contenente la borsetta da sera di Nancy, il berretto di lana e il cardigan. Da quanto l'ho portato è praticamente liso. Ci sono fori sotto le ascelle e manca il primo bottone. Declino l'invito a prendere un caffè e le osservo sbirciare nella sporta, restie a toccarne il contenuto. Mi domando se il cardigan mi sopravvivrà o se quelle gentili signore porranno fine alle sue sofferenze.

Quando rientro in casa qualcuno sta lasciando un messaggio a Nancy. Non sono riuscito a trovare il coraggio di cancellare la sua voce. Il messaggio è la conferma di un appuntamento. Tra una settimana. Il tempo necessario per terminare i miei doveri. Mi siedo alla scrivania e mi procuro carta e penna.

57
Autunno 2013

Anche Catherine si sta sbarazzando del superfluo. Ha comunicato che non tornerà al lavoro. Non ce la fa; almeno per il momento le sembra uno sforzo privo di senso. Ha anche abbandonato la psicoterapia senza nemmeno prendersi il disturbo di tornare dopo la seconda seduta, anche se forse ci riproverà con qualcun altro. Probabilmente è quello che dovrebbe fare.

Lancia un'occhiata verso sua madre. Siedono su due poltrone gemelle, fianco a fianco: Catherine su quella che occupava sempre sua madre prima della morte del marito, sua madre su quella del consorte. Stanno guardando un programma divertente e spensierato alla televisione – un arnese che sembra uscito da un mercatino dell'antiquariato – con una tazza di tè caldo in mano. Suona il campanello e Catherine va ad aprire. È Nick. Aveva detto che sarebbe passato a trovare la nonna, ma Catherine non era sicura che ne avesse davvero l'intenzione. Il fatto che abbia mantenuto la promessa e sia lì davanti a lei le fa balzare il cuore in petto.

«Mamma, c'è Nick» esclama, e l'anziana donna si alza a fatica dalla poltrona e barcolla verso il nipote.

«Ciao, tesoro» dice e si protende per baciarlo sulla guancia. «Adesso stai bene?»

«Sì, nonnina, sto bene» risponde lui, anche se non è vero. È depresso. È solo. È drogato. Ha bisogno di aiuto. Vedere la nonna però gli fa bene. Lei lo ha sempre adorato e Catherine la guarda prendergli la mano e tenerla tra le sue per infondergli il suo amore puro. Nick si rilassa un po' e si siede al posto di Catherine, servendosi una manciata di caramelle da una ciotola sul tavolinetto da caffè.

Catherine va a riempire il bollitore soffermandosi sulla soglia tra la cucina e il salotto mentre aspetta che l'acqua bolla. Osserva la testa di sua madre e quella di suo figlio; non smettono di muoversi, quella di sua madre per il tremore che ormai è inarrestabile, quella di Nick perché sgranocchia freneticamente le caramelle. Forse lei e Nick dovrebbero andarci insieme, dallo psicologo. Scaccia quel pensiero subito dopo averlo formulato: lui sta già frequentando uno specialista all'interno del programma di disintossicazione e lei non vuole interferire nei suoi progressi. Tappa la teiera e la porta in salotto, sedendosi sul pavimento e appoggiando la schiena contro la poltrona di Nick.

«Vuoi sederti?» le chiede.

«No, sto bene qui» risponde picchiettandogli sulla gamba.

Catherine si chiede se per Nick sarebbe diverso se lei e Robert avessero avuto altri figli, se avesse una sorella o un fratello minore per dirottare parte di quello che sta vivendo. Lei era figlia unica ed è sempre stata felice; era questo l'argomento che aveva sempre propinato a Robert ogniqualvolta lui si avventurava su un terreno minato chiedendole se fosse stato il caso di avere altri figli. Nick aveva quasi avuto un fratello. O forse una sorella. Catherine non lo saprà mai.

Quando era tornata dalla Spagna, era incinta. Non se n'era accorta subito. Le mestruazioni erano sempre state irregolari, perciò aveva lasciato passare un mese prima di fare il test di gravidanza. Era rientrata al lavoro da una settimana ed era uscita durante la pausa pranzo per comprarne uno da Boots, poi si era chiusa in bagno. Naturalmente sapeva che si trattava di una possibilità, ma si era convinta che il test sarebbe stato negativo. Non meritava almeno un colpo di fortuna? Evidentemente no, perché era proprio lì. Un bebè, dentro la sua pancia. Aveva abbassato la tavoletta ed era rimasta a lungo lì seduta a dondolarsi avanti e indietro, a riflettere. Poteva essere di Robert. Avevano fatto l'amore durante la vacanza. Una volta. Nonostante l'insolito interesse di Robert per la sua biancheria intima, era successo solo quell'unica volta. Forse un bambino era quello che le ci voleva. Un bambino poteva fornirle la distrazione di cui aveva bisogno. Non il lavoro, ma un figlio. Il figlio di chi? E se gli somigliava? Se aveva i capelli e gli occhi scuri? Non aveva pianto e non aveva preso una decisione seduta stante. Aveva bisogno di tempo. Aveva aperto la porta del gabinetto e gettato il test nel cestino, poi si era guardata allo specchio.

«Buone notizie, spero.»

Aveva sobbalzato. Non si era accorta che era entrato qualcuno. Accanto a lei c'era una collega che le sorrideva.

«L'incontro con Tony... hai ricevuto l'incarico?»

«Ah, sì... be', ha detto che l'idea gli piace, a ogni modo... mi darà una risposta definitiva domani.» Sorridendo aveva strappato una salvietta per asciugarsi rapidamente le mani prima di gettarla nel cestino e seppellire così il test di gravidanza. Si sentiva quasi pazza per la facilità con cui riusciva a mentire, a fare credere alla gente quello che voleva. Non sapeva di averne la capacità.

Più rifletteva sull'eventualità di avere un altro figlio, più si rendeva conto che era impossibile. E così aveva preso appuntamento in una clinica e aveva detto a Robert che sarebbe andata in campagna da un'amica per tutto il fine settimana. Ma non aveva lasciato Londra. Era stato come un pigiama party con le compagne di collegio. Alcune venivano dall'Irlanda. Erano tutte sollevate quando era finita. Erano rimaste sveglie fino a tardi a mangiare biscotti e a bere tè, e a scherzare con un'infermiera che era andata da loro per parlare di contraccezione. Per accertarsi che non avessero altre gravidanze indesiderate. E lei aveva preso parte alla conversazione. Era bello stare con quelle donne, lasciarsi coinvolgere dal loro macabro umorismo. Non aveva raccontato loro dello stupro; non voleva guastare l'atmosfera, ma si era chiesta se lei era l'unica. Quando era tornata a casa la domenica sera, era stanca e pallida. Solo allora la realtà l'aveva travolta. Era stato un fine settimana straziante, aveva detto a Robert.

«*Vi raggiungo verso le 19.*» Legge il messaggio di Robert e gli risponde: «*Perfetto, a dopo*».

Passerà a prenderli tutti e li porterà fuori a cena. Catherine guarda l'ora. Le sei meno un quarto.

«Mamma? Vuoi che ti sistemi i capelli prima di uscire? Potrei lavarli e asciugarli io.»

«Sì, grazie, cara.» L'anziana si alza dalla poltrona con una spinta. «Tua madre è tanto buona con me» dice a Nick mentre si avvia verso il bagno.

«Tu vieni con noi, vero?» Catherine mormora a Nick.

«Be'...» sospira.

«Oh, ti prego, tesoro, la nonna è più felice se ci sei anche tu. Alle nove siamo a casa.»

«E va bene. Ah, a proposito, mentre stavo uscendo è arrivata una lettera per te. Ho dovuto firmare.» Le porge una busta. C'è il timbro di un legale nell'angolo e Catherine la apre con aria imbronciata, chiedendosi quale multa si sia dimenticata di pagare. Rilegge la lettera due volte, poi la richiude e la infila nella borsa.

Inverno 2013

«Stai bene?»

Catherine annuisce, la mano sotto quella di Robert. Lui ce la lascia il più a lungo possibile finché non deve ritirarla per azionare la freccia. Imboccano la prima a sinistra, poi rallentano fino ad avanzare a passo d'uomo per trovare parcheggio. Robert si ferma e Catherine sgancia la cintura. Lui la lascia agganciata, poi tende la mano per trattenere la moglie.

«Sicura di volerlo fare?»

«Sì» risponde lei non riuscendo a nascondere una certa irritazione. È la quarta volta che glielo chiede. Apre lo sportello e scende.

Il pannello di vetro della porta d'ingresso è ancora rotto, ma stavolta Catherine usa la chiave per entrare. Adesso è sua. La casa e tutto ciò che contiene. Varca la soglia, si guarda intorno, fa l'inventario. Il disordine è persino peggiore di quando c'è stata l'ultima volta.

«Mamma mia!» esclama Robert.

Catherine va di sopra e, affacciandosi dalla ringhiera, lo vede in piedi al centro del salotto, a bocca aperta per l'orrore.

«Che schifo» lo sente borbottare. Sì, ha ragione. Fa schifo. Apre la prima porta in cima alle scale e scruta nella camera da letto di Stephen e Nancy Brigstocke: un matrimoniale, una toeletta, un cassettone e un armadio. Il letto è rimasto come quando Stephen Brigstocke vi ha dormito per l'ultima volta. Non sarà Catherine a togliere le lenzuola sporche dal letto: ha già dato disposizione ad altri perché entro qualche giorno vadano a pulire la casa da cima a fondo. Sente i passi di Robert sulle scale e pochi secondi dopo il suo braccio la cinge intorno alla vita, ma Catherine è irrequieta e gira sui tacchi in direzione della stanza successiva.

È l'altra camera. Doveva essere quella di Jonathan. Le pareti sono verde chiaro e ci sono segni dove si trovavano i quadri, o forse i poster: rettangoli perfetti di oggetti mancanti. Esce passando accanto a Robert, che la attende sulla soglia senza sapere se entrare o seguirla all'interno. Catherine preferirebbe che non ci fosse. Ha l'atteggiamento del marito trascinato dalla moglie a visitare una casa che non ha la minima intenzione di acquistare, il tutto sotto lo sguardo vigile del proprietario. Catherine si affaccia nell'ultima stanza al piano di sopra. Un cimelio degli anni Settanta. Un bagno con i sanitari verde avocado. Richiude la porta e scende. Robert la segue.

Attraversano il salotto verso la cucina e osservano il giardino. Qualcuno si è preso cura delle piante dall'ultima volta in cui Catherine è stata là. Sono state potate, i rami probabilmente gettati nella buca annerita in mezzo al prato. Deve essere stato un falò spettacolare. Lui doveva essersi gettato per ultimo. A quel punto i vicini si erano lamentati dell'odore. Quando avevano sentito quello strano fetore nauseante avevano bombardato di telefonate l'amministrazione municipale. Catherine aveva visto uno di loro intervistato al notiziario locale.

«Non ha emesso neanche un suono» ha detto il vicino. «Non ha urlato. Non abbiamo sentito niente.» Naturalmente in quel caso avrebbero chiamato un'ambulanza, non l'amministrazione. Ma nessuno aveva visto niente. Tenevano le finestre chiuse da quando aveva iniziato ad accendere i suoi falò.

Catherine stava guardando la televisione con sua madre quando hanno dato la notizia al telegiornale locale. Sua madre è trasalita per il raccapriccio. Un anziano che viveva da solo si era dato alle fiamme. La polizia non aveva dubbi. Vicino al corpo avevano trovato una tanica di benzina. Catherine non si è resa conto che si trattava di Stephen Brigstocke finché non ha incontrato il suo legale ed è stata informata sull'accaduto. Catherine è l'unica erede. Di quella casa e dell'appartamento a Fulham.

«Vieni, tesoro, andiamocene» dice Robert.

«No, tu aspettami in macchina se vuoi, io non sono ancora pronta.»

Restio a lasciarla sola, Robert si trattiene e si mette ad aprire gli sportelli della cucina, indietreggiando disgustato dalla sporcizia. Dà un calcio a una tazza rotta caduta sul bisunto pavimento di linoleum. Catherine lo vede vagare verso il salotto, scostare con la mano il cappotto dalla porta per non rischiare di insozzarsi. Si guarda intorno in cerca di un posto dove sedersi, ma poi ci ripensa.

«Perché non mi aspetti in macchina?» ribadisce lei. «Vorrei restare un po' da sola.» Lui la fissa senza capire.

«Davvero. Preferisco che tu vada. Per favore.»

«Sicura?»

Lei fa di sì con la testa.

«Ho prenotato un tavolo per pranzo» le dice. «All'una e mezza, da Pier Luigi... Oggi pomeriggio non torno in ufficio.»

È un uomo premuroso. E ce la sta mettendo tutta. Esce dalla casa, mentre lei si dirige verso la finestra del salotto e lo guarda salire in auto. Robert estrae il cellulare e fa una telefonata. Sicuramente sta chiamando in ufficio e Catherine è contenta perché significa che non pensa a lei e che le ha concesso un istante di libertà. Catherine ha deciso di lasciarlo. Ancora non glielo ha detto. Ci riflette da settimane lottando con se stessa: andare o restare. Adesso ha le idee chiare.

Deve perdonarlo, ma non ci riesce. Non può perdonarlo perché nelle ultime settimane lo ha visto accettare l'idea dello stupro con più facilità rispetto alla possibilità di un tradimento. Ovviamente era sconvolto, arrabbiato; si sentiva impotente perché non era lì a difenderla. Eppure Catherine ha l'impressione che quella nuova verità per lui sia stata più digeribile dell'adulterio. Nei momenti di massima crudeltà, Catherine pensa che, potendo scegliere, Robert preferirebbe saperla soffrire le pene dell'inferno piuttosto che concederle una parentesi di piacere proibito. Era ferito. Tradito. Arrabbiato. E sosteneva che la sua rabbia derivava dalla convinzione di non conoscerla più: Catherine per lui era diventata un'estranea. Ora si illude di aver ritrovato la vecchia Catherine. Ma si sbaglia: quella donna non esiste più. La Catherine di Robert non poteva dire la verità. Era la moglie che preferiva portare quel fardello sulle proprie spalle piuttosto che condividerlo con lui. Era una donna autosufficiente, indipendente, una donna di cui poteva andar fiero. E non era colpa di Robert, ma di Catherine.

Ricorda una sera, poco dopo la dimissione di Nicholas dall'ospedale, in cui Robert le ha preso la mano e le ha detto: «Non me lo perdonerò mai, Cath... Come ho potuto credere che ci avresti fatto una cosa simile? Non me lo perdonerò mai...». E a ciascuna parola l'amore di Catherine verso di lui si è inabissato sempre di più. Robert ha pianto, e così anche lei, ma le loro lacrime scendevano lungo linee parallele. Era troppo tardi. Avrebbero dovuto piangere insieme molti anni fa.

E c'era rabbia nelle lacrime di Catherine. Robert aveva guardato le fotografie di quel supplizio e vi aveva visto piacere. Aveva ignorato la ferocia e aveva visto solo lussuria. Era troppo accecato dalla gelosia per vedere. E lei non lo avrebbe mai perdonato per questo. Alla morte di Jonathan aveva creduto di non doverlo mai confessare a nessuno, di non dover mai dimostrare la propria innocenza. Robert l'aveva fatta sentire in dovere di farlo.

Apre la porta sul retro ed esce in giardino. Pioviggina; una lieve acquerugiola grigia che Catherine inspira mentre attraversa il patio, affonda le mani nelle tasche e osserva le mattonelle grigie dissestate, chiedendosi se fossero state posate da Stephen Brigstocke in persona. Cammina sull'erba, adesso tosata, e si avvicina alla buca annerita al centro. Un lampo di giallo cattura il suo sguardo, un nastro impigliato a un cespuglio: il residuo delle brevissime indagini della polizia. Alcuni resti carbonizzati sono stati trascinati lontano dal falò e lasciati lì: indizi che forse i poliziotti credevano servissero a capire cosa era successo. Ma non hanno appreso granché e hanno concluso che si trattava del gesto disperato di un uomo molto solo. All'arrivo della polizia di lui non rimaneva quasi più niente e i pochi resti sono stati portati via per essere esaminati. Catherine affonda la punta della scarpa nella poltiglia nera. Robert le ha detto che Stephen Brigstocke attribuiva il romanzo a sua moglie. Era vero? L'aveva scritto lei? Forse sì, o forse no. E ha importanza? Non esattamente, non più.

Catherine contempla la casa e cerca di immaginare come fosse un tempo. Una giovane coppia, un bambino, la loro prima casa. Un giardino curato, raggi di sole. Una piscinetta di plastica, forse? Un picnic sul prato? Ma quelli sono i *suoi* ricordi. Non appartengono a quella casa. Catherine ripensa a se stessa, Robert e Nick quando era piccolo, appena nato. Prima di quella vacanza in Spagna. Nick che saltava dentro e fuori dalla piscinetta, lei che si accovacciava accanto a lui che, nudo e gioioso, brandiva un cucchiaio di legno e un contenitore di plastica e li usava come tamburo. Sono i *suoi* ricordi. Immagina che in quel giardino Stephen e Nancy Brigstocke avessero vissuto momenti simili insieme al loro piccino. Poveri, poveretti, pensa. Non prova più rabbia per loro. Dio solo sa se hanno patito. Adesso è persino grata a Stephen Brigstocke. Si era seduto davanti a lei e aveva ascoltato la sua storia. Non le aveva dato della bugiarda. Non l'aveva costretta a dimostrare la propria innocenza.

È andata da sola all'appuntamento con il legale di Stephen Brigstocke; non ha detto a Robert del testamento se non dopo. È stato uno strano incontro: l'uomo non ha espresso curiosità nei suoi confronti, non le ha chiesto niente sul suo rapporto con l'assistito, anche se il testamento era stato modificato qualche mese prima. Niente di più semplice, ha detto, approntandosi a riassumere le ultime volontà di Stephen Brigstocke. Lei non ha commentato. Solo quando si è alzata per andarsene le ha consegnato la lettera. Il cliente gli aveva chiesto di consegnarla nelle sue proprie mani. Catherine non l'ha aperta subito; ci ha messo alcuni giorni a racimolare il coraggio per farlo.

Era una lettera titubante, impacciata: difficile da credere che fosse stata redatta da un uomo che insegnava inglese. Non voleva che il suo «*gesto fosse interpretato come l'ennesima aggressione*». Non voleva nemmeno «*che si sentisse gravata da quel lascito*». Immaginava che Catherine avrebbe venduto entrambe le proprietà e si augurava che «*i soldi ricavati avrebbero reso più facile la sua vita e quella della sua famiglia*». Aveva volutamente evitato di usare le parole «ricompensare» e «ricompensa». Chiudeva dicendo che, quando lei avrebbe ricevuto la missiva, «*le sue sofferenze sarebbero terminate*», ma c'era un'ultima cosa che ci teneva a dirle: «*Sono consapevole del fatto che lei e la sua famiglia dovrete continuare a vivere con il dolore che vi ho inflitto*». Infine: «*Spero che lei possa perdonare la mia mancanza di coraggio*». Si è lambiccata a lungo il cervello su quell'ultima frase. Si considerava un codardo perché stava per uccidersi? O perché avrebbe dovuto consegnarle di persona il negativo che aveva accluso alla lettera? Un negativo che non era mai stato stampato, spiegava. Scambiato per un errore sia da lui sia da sua moglie. Era ripiegato al centro della lettera. «*...lo troverà qui allegato*».

Catherine solleva il quadratino marrone contro luce: ombre scure, e lei, una sbavatura in primo piano, una macchia irriconoscibile. Il tenue sole invernale si nasconde dietro una nuvola sottraendole la luce necessaria per vedere lo spettro nell'inquadratura, ma lei sa che c'è. Stephen Brigstocke aveva esaminato i negativi in cerca di suo figlio Jonathan, e invece aveva trovato Nicholas.

Dalla sua posizione sulla soglia aperta aveva visto e sentito tutto. La porta che lei credeva fosse rimasta chiusa. La porta dietro la quale lo credeva addormentato. Invece si era alzato e l'aveva aperta. Ed era rimasto lì a guardare. L'unica fonte di luce di tutto il negativo: una piccola sagoma bianca, inconfondibile una volta individuata. Un piccolo fantasma che era apparso e scomparso senza che nessuno se ne accorgesse.

L'ha esaminato e riesaminato, mettendolo su una lavagna luminosa, guardandolo attraverso una lente d'ingrandimento, per esserne sicura. Senza dubbio aveva sentito tutto: i suoi finti gemiti di piacere. Non aveva detto una parola. Non l'aveva chiamata. Aveva richiuso la porta ed era tornato a letto, troppo spaventato e traumatizzato per parlare. Forse era rimasto lì per un po', nascosto sotto le coperte cercando di dare un senso a ciò che aveva visto. Forse si era svegliato l'indomani mattina pensando di aver sognato. Il suo cervello infantile aveva cancellato il ricordo di quello che aveva visto e sentito quella notte. Ma erano sempre rimaste lì, l'immagine e la memoria di sua madre. Una madre aliena di cui non poteva fidarsi, a cui non poteva credere. Tanti anni prima, in quella stanza d'albergo in Spagna, Catherine aveva provato a immaginare che effetto avrebbe avuto su suo figlio il vedere quello che le stava succedendo. Lui *aveva* visto, e sentito. E i segni si erano manifestati nel corso della sua vita, ma lei non era riuscita a riconoscerli.

Ieri Nick ha visto il negativo per la prima volta. Catherine ha temuto di aver fatto un errore e si è pentita di averglielo mostrato.

«Non me lo ricordo... Non ricordo niente» ha detto. Scuotendo la testa ha scrutato quella versione più piccola di se stesso, ma non è riuscito a entrare nella mente di quel bambino. Lei ha posato una mano sulla sua quando si è accorta che aveva le lacrime impigliate fra le ciglia. Nicholas ce l'ha messa tutta per non piangere, trattenendo il fiato e soffocando un singhiozzo. Lei si è protesa verso di lui, aspettandosi di essere respinta, invece lui si è abbandonato tra le sue braccia e ha posato la testa sul suo petto, lasciando andare il pianto. Si è lasciato accarezzare la schiena e la testa, e Catherine si è sentita sopraffatta dalla gratitudine: per aver avuto, finalmente, l'occasione di conoscere suo figlio.

Ringraziamenti

Le persone qui elencate sono i miei «senza i quali»... Grazie di cuore a tutti voi.

A Richard Skinner della Faber Academy per i suoi eccellenti suggerimenti e ai miei colleghi «Faberisti» del 2012 per il sostegno incondizionato. Ai miei coraggiosi amici Nic Allsop, Meera Bedi, Claire Calman e Beth Holgate per aver letto il romanzo e avermi sempre incoraggiata. A Tiana Brooke, per l'ispirazione. A tutta la Transworld per aver reso questo libro il più perfetto possibile. A Felicity Blunt per la gentilezza e l'energia inarrestabile, e a tutti i suoi colleghi alla Curtis Brown. Infine a mio marito, Greg Brenman, per avermi spedito nella rimessa con un portatile suggerendomi di darci dentro...

Finito di stampare presso ELCOGRAF S.p.A.
Stabilimento di Cles (TN)